오르스크에 오신 것을 환영합니다!

『호러스토어』는 공포와 풍자를 담은 허구의 이야기로, 어떠한 특정 가구 판매 회사 또는 제조 회사와도 지원 혹은 제휴 관계에 있지 않음을 밝힙니다. 소설에 등장하는 장소와 인물은 실존하지 않으며, 모든 가구 및 상품 역시 작가의 과열된 상상력의 산물입니다.

KB075228

오르스크를 통해
당신의 진정한 모습을 찾으세요!
오르스크가 도와드립니다.

스스로 발견하세요!

쇼룸을 천천히 거닐면서,
디자인 콘셉트와 가구 배치를
감상하세요. 당신이 원하는
것을 발견하게 될 겁니다.

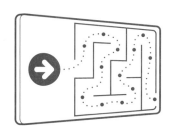

스스로 담아보세요!

당신이 선택한 상품의
제품번호를 메모한 뒤, 찾기
쉽게 잘 정리한 셀프서브에서
찾아 스스로 담아보세요!
오르스크의 모든 제품은 차에
싣기 편하도록 납작하게
포장되어 있습니다.

스스로 선택하세요!

직접 둘러보고 만져보고
경험하고 선택하세요.
자신의 삶을 디자인하는
최고의 디자이너가 되는 법을
보여드리겠습니다.

당신의 삶을 당신의 스타일대로! 오르스크 가구가 함께합니다.

스스로 조립하기!

오르스크가 제공한, 명료하고 따라 하기 쉬운 조립설명서를 무시할 경우 품질보증서는 무효가 된다는 점 꼭 기억하세요.

즐기기!

세계 최고 기업 오르스크는 삶의 각 단계에 필요한 고품격 가구의 생산에 공을 들이고 있습니다. 오르스크와 함께 최고의 자신을 발견하고 즐기세요!

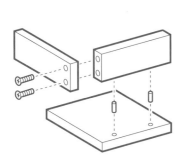

오르스크 하기!

오르스크 전 직원은 당신이 이상적인 주방과 최고의 욕실, 그리고 온갖 고민을 해결해줄 선반을 발견하고 조립하고 즐길 수 있도록 돕겠습니다. 궁금한 게 있으면 언제든 물어보세요. '애스크(ask)' 아니라 '오르스크' 하세요!

오르스크는 모두에게 더 나은 집을 선사합니다!

ORSK 배송 서비스 신청서

사는 사람

이름			
도로명주소			
도시		주	우편번호
전화번호 ( ) -			
이메일 주소			

받는 사람 (사는 사람과 다를 경우에만 기재)

이름			
도로명주소			
도시		주	우편번호
전화번호 ( ) -			

자사에서 발송하는 정보물을 받아보시겠습니까? ○ 예 / ○ 아니오

제품번호	제품명	수량	단가	금액
			과세물품가액	
			프로모션 코드 할인	
	국내 배송비 (2~5일 소요)			
	과세물품가액/배송비			
	$25 이하		$4.95	할인금액
	$25.01~$50		$6.95	부가세
	$50.01~$100		$7.95	상품권 및 오르소크 비자 쿠폰 할인
	$100.01 이상		$9.95	
	빠른 배송 신청 시 추가 배송비 $15 추가(2일 이내 배송)			
	대형 화물 배송 시 추가 배송비(상품 상세 설명 참조)		일반 배송(2~5일 소요)	
			결제 금액	

결제 방법

○ 수표(송금수표* ○ 오르소크 비자**
○ 마스터카드 ○ 아멕스 ○ 상품권 ○ 프로모션 코드

카드 번호	
카드 소유자명	
카드 유효기간 / /	
상품권 번호	PIN번호 네 자리
프로모션 코드 번호	

*** HORRORSTÖR by Grady Hendrix and illustrated by Michael Rogalski
Text Copyright © 2014 by Grady Hendrix
Cover diorama and photography by Christine Ferrara, call-small.com
Designed by Andie Reid

꼼꼼하게 포장된 최고의 가구와 기타 부대용품을 집에서 편안하게 받고 싶으신가요?
오르스크가 해드립니다!

한 치의 실수도 허용하지 않는 정밀 배송 서비스가 1년 365일 고객을 찾아갑니다.
오르스크 제품은 모든 면에서 100% 만족을 보장합니다.*

가격 책정: 오르스크는 고객의 만족을 최우선으로 합니다. 늘 최선을 다하고 있음에도 불구하고 때로 실수가 발생하는 점을 양해해주시길 부탁드립니다. 오르스크는 혹시 발생할지 모르는 가격 책정상의 실수에 대해 공지의 의무가 없음을 밝힙니다.

커뮤니케이션: 오르스크는 늘 고객에게 다가가고자 합니다. 오르스크 카탈로그 또는 주간 업데이트 이메일 등 고객이 원하는 방식으로 오르스크의 소식을 전해드립니다. 수신을 원치 않으시거나 수신 빈도를 조정하기를 원하시면, 오르스크 웹사이트 '내 계정'에서 설정을 변경하시기 바랍니다.

개인정보보호 정책: 오르스크는 고객이 관심을 가질 만한 상품을 판매하는 제휴사에 고객의 이메일 리스트를 제공하고 있습니다. 제휴사의 광고 메일 수신을 원치 않으면 오르스크 웹사이트 '내 계정'에서 설정을 변경하시기 바랍니다.

반품: 제품의 반품 또는 교환을 원하실 경우, 포장에 동봉된 안내서를 참고하시고 제품과 함께 제공된 반품 라벨을 이용해 회사로 보내주십시오. 이미 사용자에 맞춰 변형된 제품이나 카탈로그 주문 및 온라인 주문으로 구입한 할인 제품은 반품 불가합니다. 모든 제품에 관한 상세 반품 정책을 보시려면 www.orskusa.com을 방문하시기 바랍니다.

홈쇼핑: 오르스크는 고객이 어디에서든 편하게 쇼핑을 즐길 수 있도록 하고 있습니다. 가까운 매장을 찾으시거나, 인터넷과 전화를 이용해 오르스크를 방문해보십시오. 인터넷과 전화를 이용한 쇼핑 시스템은 일주일에 7일, 하루 24시간 이용 가능합니다. 낮이든 밤이든 오르스크 라이프스타일을 원하실 때면 언제든 들러주십시오. 오르스크는 늘 고객을 위해 준비하고 있습니다.

'노아'에게 문의하세요: 오르스크의 자동 쇼핑 안내 서비스 '노아(NOAH, Never Offline, Always Helpful!)'를 소개합니다. 전화 한 통으로 원하는 제품의 재고를 확인하고, 온라인으로 다른 업체와 가격을 비교할 수 있습니다. 의자에 가만히 앉아서 제품 배송을 신청하고, 집에서 편안히 쉬면서 오르스크 제품에 대한 유익하고 흥미로운 정보를 탐색해보십시오. 노아는 유용하고, 효과적이며, 시간에 관계없이 이용 가능합니다. 고객의 편안함을 최우선으로 생각하는 충실한 하인이 되어드릴 것을 약속합니다. 팁은 필요 없습니다! 서비스를 받으신 후 전화를 끊거나 로그아웃 하시면 됩니다. 노아는 늘 같은 자리에서 고객의 다음 방문을 기다릴 것입니다.

측정 도우미: 장식장, 조리대, 선반, 소파 등을 구입하실 때에는 정확한 치수를 아는 것이 중요합니다. 오르스크 측정 도우미는 고객의 집을 방문하여 정확한 치수를 측정할 수 있도록 도와드립니다. 저렴한 가격으로 제공되는 측정 도우미 서비스를 이용하시면 사이즈가 맞지 않는 제품을 구입하여 당황하는 일은 없을 것입니다.

이그지스트!: 새로운 라이프스타일과 디자인을 소개하는 오르스크의 디지털 매거진 《이그지스트(Exist!)》가 탄생했습니다. 유용한 디자인 팁과 가구 배치 솔루션, 그리고 오르스크의 숨겨진 뒷이야기와 더불어 활기 넘치는 오르스크 식구들의 흥미진진한 스토리를 전해드립니다. 컴퓨터 앞에서 편안하게 오르스크의 즐거운 경험을 함께하세요. 이제 여러분의 집으로 찾아갑니다.

오르스크 패밀리: 오르스크 패밀리가 되어 특별한 할인 혜택과 각종 보너스 혜택을 누리세요! 매장 곳곳에 설치된 회원 전용 구역에서 오르스크 회원에게 발급되는 '오르스크 패밀리' 카드를 스캔하시면 구입하시는 가구와 식사 비용에 회원 할인이 적용될 뿐 아니라, 무료 롤빵과 음료 등 다양한 혜택을 받으실 수 있습니다. 한 번 가입하면 평생 오르스크의 회원이 되실 수 있고, 패밀리 카드 하나로 온 가족이 혜택을 누릴 수 있습니다. 가족과 함께 오르스크가 제공하는 안전하고 만족스러운 세상을 경험하세요.

*품질보증기간 90일

휴가도 승진도 없는
무시무시한
지옥문이 열린다.

호러스토어

그래디 헨드릭스 소설

번역 **신윤경**

디자인 **앤디 리드**

일러스트레이션 **마이클 로갤스키**

표지 사진 **크리스틴 페라라**

ORSK
MILWAUKEE

문학수첩

01 브루카

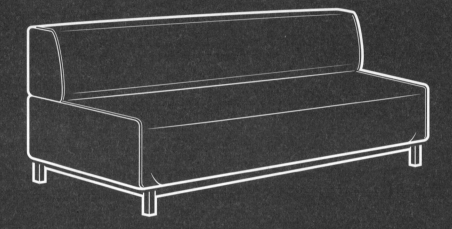

당신이 꿈꾸는 최고의 소파! 메모리폼 쿠션과 목을 편안하게 받쳐주는 높은 등받이까지, **브루카**가 당신의 하루를 느긋하고 여유롭게 바꿔드립니다.

색상: 그린, 퍼플, 카디널, 나이트
사이즈: W 200×D 82×H 87cm
제품번호: 5124696669

새벽이었다. 주차장에서 쏟아져 나온 수많은 좀비가 반대편에 자리 잡은 거대한 베이지색 건물을 향해 비틀비틀 줄지어 걸어가고 있다. 그들을 부활시키려면 최소한 스타벅스 커피 그란데 사이즈 정도는 있어야 한다. 커피를 마시기 전까지 그들은 살아 있는 시체나 다름없었다. 죽음의 이유는 다양했다. 누군가는 과음 후 숙취에 시달리고 있고, 누군가는 밤새 악몽으로 뒤척였다. 한번 시작하면 손을 놓을 수 없는 온라인게임, 늦은 시간 TV 시청이 습관이 되어 완전히 망가져버린 신체 리듬, 어떻게 해도 울음을 그치지 않는 아기들, 새벽 4시까지 요란스럽게 파티를 즐기는 이웃, 실연의 상처, 쌓여가는 고지서와 빈 통장, 잘못된 선택으로 인한 후회, 병들어 끙끙대는 반려견, 해외에 파병된 딸, 간병이 필요한 부모, 그리고 텅 빈 마음을 채워주리라는 헛된 희망으로 깨끗하게 비워버린 커다란 아이스크림 통도 이들이 좀비가 된 이유였다.

하지만 일주일에 5일(동료의 빈자리를 메워야 하는 휴가 기간에는 7일), 매일 아침 그들은 그들의 인생에서 결코 변하지 않는 단 한 가지를 위해, 움직이기를 거부하는 죽어버린 몸을 질질 끌고 이곳에 나타났다. 비가 오든 날이 맑든, 반려견이 죽든, 이혼을 했든, 언제나 그 자리에서 변함없이 그들을 기다리고 있는 단 하나의 버팀목이 이곳에 있었다. 바로 일이다.

오르스크는 스칸디나비아풍을 표방하는 미국의 대표적인 거대 가구 회사다. 이케아(IKEA)보다 싼 가격으로, 더욱 세련된 라이프스타일을 제공하겠다는 이 자신만만한 가구 회사의 슬로건을 보시라. "모두에게 더 나은 삶을 약속합니다!" 이는 결코 거짓말이 아니었다. 적어도 오르스크의 주주들에게는 그랬다. 그들은 이케아의 모조품 버전인 전국의 오르스크 매장이 벌어들인 어마어마한 수입을 확인하기 위해 매년 위스콘신주 밀워키에 위치한 본사 건물에 모였다. 오르스크는 고객들에게도 "생활에 필요한 모든 것"을 제공하겠다고 장담했다. 실제로 오르스크에는 발사크(Balsak) 요람부터 구테볼(Gutevol) 흔들의자까지 없는 것이 없다. 관을 판 적은 없었다. 아직은.

오르스크는 거대한 심장이었다. 228명의 정규직 직원과 90명의 시간제 직원으로 이루어진 총 318명의 '파트너'들은 이 강력한 심장의 펌프질에 따라 끊임없이 혈관을 순환했다. 매일 아침이면 가장 먼저 전시장 파트너들이 이 순환 시스템 안으로 쏟아져 들어왔다. 그들은 직원카드를 리더기에 통과시키고, 컴퓨터를 켜고, 고객들이 원하는 정확한 사이즈의 크네블레(Knäbble) 장식장과 가장 편안한 뮈스크(Müskk) 침대, 그리고 고객들의 식탁에 완벽하게 어울리는 롱니오(Lågniä) 물 잔을 찾아냈다. 오후가 되면 보충 부대가 밀려들어왔다. 그들은 셀프서브 창고에 새로운 물건을 채워 넣고, 충동구매를 불러일으킬 최고의 상품을 선택해 쇼룸에 배치했다. 한마디로 완벽한 시스템이었다. 북아메리카 대륙의 112개 지점과 전 세계에 퍼져 있는 38개 해외 지점이 판매 기능성을 최적화할 수 있도록 고안된 초정밀 시스템인 것이다.

하지만 6월 첫째 목요일 오전 7시 30분, 오하이오주 쿠야호가 카운티의 오르스크 제00108번 지점에서 이 정교한 시스템에 균열이 발생했다.

직원 전용 출입구 옆에 부착된 직원카드 리더기가 유령에 홀린 듯 멈춰버린 것이다. 출입문 앞은 어느새 어리둥절한 표정의 파트너들로 북적이기 시작했다. 그들은 카드 리더기를 향해 하염없이 직원카드를 흔들어댔지만 문은 꿈쩍도 하지 않았고, 결국 부지점장 베이즐이 등장해 그들에게 고객 전용 출입구를 사용하라고 지시했다.

고객들은 건물 중앙에 우뚝 솟은 유리 지붕 아트리움을 통해 오르스크에 들어간다. 에스컬레이터를 타고 이층으로 올라가면 미로처럼 복잡한 쇼룸에 들어갈 수 있는데, 이곳은 실내 디자이너, 건축가, 판매 컨설턴트 등으로 이루어진 막강 군대가 고안한 최적의 방식으로 오르스크 라이프스타일을 보여주는 곳이었다. 하지만 여기에도 문제가 있었다. 이층으로 올라가야 할 에스컬레이터가 거꾸로 내려오고 있었던 것이다. 부지점장의 지시에 따라 가장 먼저 아트리움을 통과한 전시장 파트너들이 그 광경을 보고 어찌할 바를 몰라 걸음을 멈췄다. 다음으로 출입문을 통과한 IT 파트너들 역시 어리둥절한 표정으로 그 뒤에 줄을 섰다. A/S 파트너와 인사부 파트너, 그리고 카트 파트너 들이 뒤를 이었다. 곧 에스컬레이터 앞은 다닥다닥 몸을 부딪치는 사람들로 장사진을 이루었고, 그 긴 줄의 꼬리는 양쪽 여닫이문을 밀치고 밖으로 쏟아져 나왔다.

에이미는 건물 건너편 주차장에서 걸어 나오던 중 이 거대한 체증의 현장을 발견했다. 그녀의 손에 들린 흐물거리는 종이컵에서 커피가 한 방울씩 새어 나오고 있었다.

"안 돼, 오늘만은 제발!"

그녀는 조용히 웅얼거렸다. 지금 그녀가 들고 있는 축축한 종이컵은 3주 전 스피드웨이에서 산 것이었다. 그녀는 무한 리필이라는 권리를 최대한 누리기 위해 1.49달러짜리 커피를 다 마신 뒤 매일 아침 빈 컵을 들고 스피드웨이에 출근 도장을 찍고 있었다. 하지만 그것도 오늘로 마지막이었다. 그녀가 출입문을 둘러싼 한 무리의 파트너들을 불안한 표정으로 바라보고 있는 사이, 종이컵 밑바닥이 마침내 수명을 다하고 찢어져버렸던 것이다. 그녀의 스니커즈 운동화 위로 커피가 쏟아졌지만 그녀의 시선은 여전히 고객 전용 출입문을 향해 있었다. 출근 시간에 저렇게 사람들이 몰려 있다는 것은 분명 문제가 일어났다는 뜻이고, 문제가 있는 곳에는 늘 부지점장이 있었다. 그녀는 베이즐 부지점장의 눈에 띠어서는 안 되었다. 오늘 하루 그녀는 '투명인간'이 되어야 했다.

맷도 주차장 한쪽 구석에서 그 모습을 조용히 지켜보고 있었다. 즐겨 입는 검은색 후드티를 걸친 그는 잔뜩 찡그린 얼굴로 아침 해를 바라보며 에그 맥머핀을 우적우적 씹어대고 있었다.

"무슨 일이에요?"

에이미가 물었다.

"감옥 문이 안 열려서 못 들어가고 있대요."

그가 턱 전체를 뒤덮은 무성한 수염 위에 떨어진 빵 부스러기를 손으로 집어 먹으며 대답했다.

"직원 전용 출입구가 있잖아요."

"고장 났대요."

"그럼 직원카드는 어떻게 찍어요?"

"뭘 그렇게 서둘러요?"

맷이 턱수염에 눌어붙은 치즈 가닥을 호로록 빨아들이며 느긋하게 말했다.

"들어가봤자 뭐가 있다고. 높으신 분들 변덕스러운 기분 맞추느라 뼈 빠지게 일하고 착취당하는 노예 살이나 하는 곳에 그렇게 들어가고 싶어 죽겠어요?"

에이미가 눈을 가늘게 뜨고 조금만 더 유심히 봤더라면, 국수 가닥처럼 가느다란 팔을 이리저리 흔들며 인간 체증을 해결하고자 진땀을 빼고 있는 베이즐의 흐느적거리는 길쭉길쭉한 실루엣을 알아볼 수 있었을 것이다. 베이즐에게서만 느껴지는 서늘한 공포의 기운이 충분히 와 닿을 만한 거리였지만, 다행히 그는 그녀 쪽을 보고 있지 않았다. 어쩌면 그의 눈에 띄지 않고 들어갈 수 있을 것도 같았다.

"그래요. 당신 말이 맞네요, 맷."

에이미가 말했다. 그리고 잠시 후 결심한 듯 걸음을 옮기기 시작했다. 그녀는 허리를 잔뜩 숙이고 뒤꿈치를 든 채 조심조심 앞으로 나아갔다. 거대한 아트리움 안으로 들어서자 아늑하고 익숙한 오르스크의 공기가 그녀를 감쌌다. 그곳은 언제나 적절한 온도를 유지하고, 환하게 불이 밝혀져 있으며, 딱 듣기 편한 크기로 은은한 음악이 흐르고, 늘 차분한 향기를 풍기는 완벽한 장소였다. 하지만 오늘은 뭔가 달랐다. 시큼하고 찜찜한 뭔가가 공기 중에 느껴졌다.

"이 에스컬레이터가 거꾸로 움직일 수도 있는 겁니까?"

베이즐이 기계운용 파트너에게 얼굴을 들이밀고 물었지만, 그는 멈추지 않는 에스컬레이터를 바라보며 애꿎은 비상정지 버튼만 신경질적으로 눌러댈 뿐이었다.

"이게 기계적으로 가능한 일이냔 말입니다."

에이미는 대답을 듣고 싶은 마음이 조금도 없었다. 오늘 그녀의 유일한 목표는 무슨 일이 있어도 베이즐 부지점장 눈에 띄지 않는 것이었다. 앞으로 며칠 동안은 그래야만 했다. 이유는 단순했다. 눈에 띄지 않으면 해고도 할 수 없을 것이라는 생각 때문이었다.

쿠야호가 지점이 영업을 시작한 것은 11개월 전이었다. 하지만 판매 실적이 기대에 미치지 못하고 있다는 사실은 이미 공공연한 비밀이었다. 손님이 없기 때문은 아니었다. 주말이 되면 쇼룸과 부대용품 판매 코너는 가족과 연인, 은퇴한 노인, 딱히 갈 곳이 없어 어슬렁거리는 사람, 룸메이트와 함께 나온 대학생, 어린아이를 데리고 온 젊은 부부, 첫 소파를 사려는 우울한 표정의 부부 들로 발 디딜 틈이 없었다. 이 어마어마한 잠재 고객 부대는 한 손에 매장 지도를 움켜쥐고 다른 한 손에는 마음에 드는 물건의 제품번호를 적은 포스트잇과 카탈로그에서 찢어낸 페이지가 가득 들어 있는 가방을 들고 앞으로 앞으로 진군했다. 그들의 주머니 안에는 철철 피 흘릴 준비가 되어 있는 신용카드가 있었고, 그 수혜자는 당연히 오르스크 쿠야호가 지점이었다.

하지만 이상하게도 판매 실적은 계속 예상에 미치지 못했고, 누구도 그 이유를 설명할 수 없었다.

에이미는 원래 그곳에서 80킬로미터 정도 떨어진 영스타운(오하이오주 동북부에 있는 도시—옮긴이)에서 근무하다가 쿠야호가 지점으로 전근 발령을 받았다. 처음에는 그녀도 발령에 딱히 불만이 없었다. 집도 어차피 두 지점의 중간쯤이어서 출퇴근 거리가 달라지는 것도 아니었다. 하지만 11개월이 지난 뒤, 그녀의 인내심은 한계에 이르러 있었다. 그녀는 영스타운으로 돌아가기 위해 전근 신청서를 제출했고, 오르스크 동부지부에서 서류 심사가 진행 중이었다. 이제 며칠만 더 버티면 구원의 동아줄이 내려올 것이다!

　문제는 최근 부지점장이 된 베이즐이었다. 그는 키가 큰 흑인으로, 늘 주름 하나 없이 다림질한 셔츠를 입고 허리를 곧게 편 채 매장 곳곳을 휘젓고 다녔다. 부지점장으로 승진한 후 베이즐은 줄곧 에이미를 눈여겨보고 있었다. 아무 때고 그녀가 있는 곳으로 찾아와 그녀의 행동에 대한 예측을 늘어놓고, 청하지도 않은 조언으로 그녀를 귀찮게 했다. 그녀는 베이즐이 인사 관리에 필요한 데이터를 축적하고 있다는 사실을 알고 있었다. 베이즐은 작은 실수 하나도 빠뜨리지 않을 것이다. 그러다가 인원 감축을 해야 할 시기가 되면 그녀의 이름을 감축 대상 1순위에 올릴 것이다. 안 그래도 요즘 분위기가 심상치 않았다. 인원 감축이 머지않았다는 뜻이었다.

　그래서 그녀가 택한 전략이 바로 '꼬투리 잡힐 짓 하지 않기'였다. 전근 요청이 받아들여질 때까지만 참으면 된다! 그녀는 매일 제시간에 출근하고 손님 앞에서는 늘 미소 지었으며 갑자기 근무 시간이 변경되어도 싫은 내색조차 하지 않았다. 베이지색 폴로셔츠와 청바지, 그리고 척테일러 스니커즈 운동화로 구성된 유니폼은 잡티 하나 없이 말끔하게 유지했고, 말대꾸를 하고 싶은 것도 이를 악물고 참았다. 그중에서도 가장 중요한 핵심 전략은 바로 베이즐을 피하는 것이었다. 아예 그의 눈에 띄지 않기로 한 것이다.

　날카로운 기계의 비명 소리와 함께 마침내 에스컬레이터가 덜커덩 멈춰 섰다. 그리고 잠시 후 원래 방향으로 작동하기 시작했다. 베이즐은 기계운용 파트너의 등을 툭툭 두드리려고 손을 들었고 파트너는 베이즐과 하이파이브를 하기 위해 팔을 번쩍 들어 올렸다. 두 사람 사이에 어색한 기류가 흘렀다.

　"이런 게 바로 프로 정신이지!"

베이즐이 혼자 손뼉을 치며 큰 소리로 말했다.

에스컬레이터 뒤에 몰려 있던 직원들은 한 명씩 작은 계단에 올라타 긴 줄을 이루며 2층 쇼룸으로 올라갔다.

에이미는 사람들 사이에 섞여 베이즐 부지점장 코앞을 지나가는 것보다 차라리 멀리 돌아가는 편을 선택했다. 유능한 판매 심리학자들이 정교한 이론을 토대로 만들어놓은 의도된 방향을 거슬러, 끝에서부터 시작하기로 한 것이다. 그녀는 계산대에서 시작해 시계 방향으로 움직이며 오르스크의 소화기관을 거슬러 올라 마침내 오르스크의 입, 즉 에스컬레이터 끝에 위치한 쇼룸으로 갈 계획이었다. 오르스크는 고객들이 반시계 방향으로 움직이도록 설계되어 있었다. 판매를 유도하는 최면에 빠지도록 하기 위한 것이다. 그 길을 거꾸로 가는 것은 불을 환하게 밝혀놓은 유령의 집에 들어가는 것과 같았다. 설계자가 의도한 효과를 전혀 체험할 수 없다는 뜻이었다.

그녀는 계산대를 통과해 셀프서브 창고의 거대한 중앙 통로를 따라 달렸다. 15미터 높이의 천장 아래로 수많은 선반이 탑을 이루고 있었다. 납작하게 포장된 가구들이 차곡차곡 쌓인 튼튼한 선반 탑이 회색 줄을 이루며 희뿌연 어둠 속으로 사라졌다. 판지와 강철로 이루어진 음산한 도시와도 같은 창고 안에서 그녀는 한없이 작아지는 것을 느꼈다. 마치 잡아먹을 듯 그녀를 무섭게 짓누르는 41개의 통로를 지나자 마침내 천장이 낮아졌다. 창고와 부대용품 판매 코너의 경계에 도착한 것이다.

그녀는 걸음을 멈추지 않고 홈데코 구역을 그대로 통과했다. 그곳은 향초가 가득 담긴 상자들 덕분에 향기로 가득했다. 더욱 속도를 내 단조롭기 그지없는 벽 장식 구역을 통과한 그녀는 마침내 반회전문을 활짝 열어젖혔다. 그 문은 전구의 열기로 데워진 조명 갤러리에서 주방용품 구역으로 바로 연결되는 지름길이었고, 주방용품 구역 끝에는 쇼룸으로 이어지는 계단이 있었다.

그녀는 계단을 두 칸씩 성큼성큼 걸어 올라 쇼룸 카페를 스치듯 지나쳤다. 쇼룸은 오르스크 체험의 핵심 공간으로, 다양한 오르스크 가구들이 마치 진짜 집처럼 전시된 곳이었다(그곳에 전시된 모든 가구는 셀프서브 창고에서 구입 가능하다). 에이미는 각 부서 사무실로 연결되는 지름길로 가기 위해 어린이방을 내달려 가로질렀다. 바로 그때 어디에선가 불길한 시선이 느껴졌고 그녀는 그 자리에 멈춰 섰다.

저 멀리 한 남자의 실루엣이 보였다. 마고그(Magog) 이층침대 바로 옆이었다. 비록 거리가 멀기는 했지만 그가 오르스크 직원이 아니라는 것은 분명했다. 오르스크 직원은 네 가지 색으로 분류된다. 전시장 파트너들은 베이지색 셔츠를 입고, 보충팀은 오렌지색 셔츠를 입는다. 기계운용팀은 갈색, 그리고 수습직원은 빨간색 셔츠다. 에이미를 뚫어지게 바라보는 그 남자는 짙은 파란색 셔츠를 입고 있었다. 그는 오르스크 사람이 아니다. 어떻게 했는지는 모르겠지만 개점 시간 전에 몰래 숨어 들어온 괴짜 손님일 것이다.

그녀는 시선을 고정한 채 계속 남자를 살폈지만, 그는 등을 돌리고 옷장방으로 쏜살같이 사라져버렸다. 에이미는 어깨를 으쓱했다. 저 사람이 누구든 내 알 바 아니지.

전근 승인이 날 때까지 베이즐 부지점장과 마주치지 않는 것! **그것만** 신경 쓰면 된다.

그녀는 수납 솔루션방에 들어섰다. 줄지어 늘어선 타브세(Tawse)와 피카로(Ficcaro) 사이를 빠져나가자 책상으로 가득 찬 홈오피스방이 나타났고, 바로 그곳에 베이즐이 있었다. 그는 에이미가 '집'이라고 부르는 안내 포스트 옆에서 그녀를 기다리고 있었던 것이다. 베이즐 뒤로는 빨간색 티셔츠를 입은 수습직원 여섯 명이 보였다.

"왔군요, 에이미."

그가 입을 열었다.

"여기 수습직원들한테 전시장 주요 장소들을 좀 안내해줘요."

"네, 알겠습니다."

에이미는 얼굴 전체에 경련이 일어날 정도로 환하게 미소 지어 보이며 대답했다.

"그런데요, 부지점장님. 어제 팻 지점장님이 저에게 매장 재고 확인을 지시하셨거든요."

"에이미, 이 사람들에게 주요 장소들을 안내해줘요."

베이즐은 표정 변화 하나 없이 똑같은 말을 되풀이했다.

"재고 확인은 다른 사람이 하면 됩니다."

에이미는 뭔가 한마디를 더 하고 싶었다. 베이즐 부지점장과 얘기할 때면 늘 그가 내뱉은 말 한마디 한마디에 대해 꼬투리를 잡고 싶은 충동이 느껴졌다. 하지만 그 순간 그녀의 휴대전화가 날카로운 딱따구리 웃음소리를 울려댔다. 메시지가 도착한 것이다. 에이미는 쭈뼛쭈뼛 주머니에 손을 넣어 휴대전화를 꺼냈고, 베이즐은 믿을 수 없다는 표정으로 그녀를 바라보았다.

"우리 회사의 모든 파트너들은 쇼룸에서 **절대** 휴대전화를 울리게 해서는 안 된다는 규율이 있죠. 물론 에이미도 그 사실을 잘 알고 있습니다."

베이즐이 수습직원들을 향해 말했다.

"또 그 메시지예요!"

에이미가 휴대전화를 베이즐에게 보이며 말했다.

몇 주 전 직원 몇 명에게 '살려줘요!'라는 메시지가 전송되었다. 메시지는 그 뒤에도 계속되었고 발신번호는 늘 같았다. 어떤 때에는 마치 토끼가 줄줄이 새끼를 낳듯 메시지가 쏟아져 들어와 직원들을 불안에 떨게 만들기도 했다. 회사는 IT팀에 이 사건을 해결하도록 할 수는 없다는 입장이었다. 엄밀하게 말해 오르스크와 관련된 일이 아니라는 이유 때문이었다. 대신 회사는 직원들에게 그 문제의 번호를 차단하거나 아니면 통신회사에 문의할 것을 권했다. 에이미는 회사의 권유를 적극 받아들여 두 가지 조치를 모두 취했지만, 그럼에도 불구하고 '살려줘요' 메시지를 막을 수는 없었다.

"모든 파트너는 휴대전화를 로커에 보관해야 합니다."

베이즐은 잔뜩 못마땅한 표정을 지으며 꿋꿋하게 말을 이었다.

"에이미도 직원카드를 리더기에 찍기 전에 그렇게 했어야 하죠."

그 순간 에이미는 오늘 직원카드를 **찍지 않았다**는 사실을 깨달았다. 그녀는 지금 아무런 보수 없이 일하고 있는 셈이었다. 지금 당장 직원 출입구로 달려가 카드 리더기에 직원카드를 대야 한다! 하지만 이미 불만에 가득 찬 베이즐 앞에서 그녀는 차마 그런 말을 꺼낼 수가 없었다. 그녀는 일자리를 지켜야 하는 자들의 제1계명에 충실하기로 했다. '나를 해고할 수 있는 사람 앞에서는 절대 바보짓 하지 말 것!'

그녀는 당황스러운 표정을 지우고 함박미소를 지으며 계명을 실천하기 시작했다.

"안녕하세요, 여러분! 제 이름은 에이미이고 여기는 쇼룸입니다. 모든 고객이 오르스크와의 첫 만남을 경험하는 곳이죠. 우리도 여기부터 시작해볼까요? 우리 매장의 총 면적은 2만 440제곱미터이고 고객들은 이 '반짝이 길'을 따라 넓은 매장을 이동하게 됩니다."

그녀는 바닥에 그려진 커다란 하얀색 화살표를 가리켰다.

"이 화살표는 고객들이 입구에서 계산대까지 가장 효과적으로 이

동할 수 있는 길을 표시하고 있습니다. 물론 매장 곳곳에는 지름길도 있죠. 그건 나타날 때마다 제가 여러분에게 따로 말씀드릴게요."

워낙 여러 번 한 말이라, 생각하지 않아도 막힘없이 줄줄 나왔다. 에이미의 머릿속은 사실 다른 것들로 가득 차 있었다. 그녀는 자신이 베이즐을 싫어할 수밖에 없는 이유를 생각하고 있었다. 그가 그녀보다 세 살 어리면서 승진은 다섯 단계나 앞서 있기 때문은 아니었다. 그가 〈패밀리 매터스〉(중산층 흑인 가족의 이야기를 다룬 1990년대 미국 시트콤—옮긴이)의 스티브 어클(언뜻 보기에는 바보스럽지만 천재성을 지닌 〈패밀리 매터스〉의 등장인물—옮긴이)처럼 괴짜 같은 행동으로 늘 주변 사람들을 불편하게 만드는 말라깽이이기 때문도 아니었다. 직원들 사기를 올린답시고 말도 안 되는 헛소리를 하루 종일 늘어놓는 것도 이유는 아니었다. 에이미가 베이즐을 싫어하는 진짜 이유는 그녀를 동정하는 듯한 그의 태도였다. 그는 그녀가 마치 특별한 관심이 필요한 불쌍한 존재라도 되는 듯 그녀를 대했던 것이다. 그런 베이즐을 마주할 때면 에이미는 그의 얼굴에 주먹을 한 방 시원하게 날려주고 싶은 기분이 들었다.

"오르스크를 처음 방문한 고객이 우리 매장에서 보내는 시간은 세 시간 반 정도 됩니다. 그중 대부분의 시간을 바로 이곳 쇼룸에서 보내는 거죠. 쇼룸은 고객들에게 구매를 강요하는 곳이 아니에요. 기대감을 갖게 하는 곳이죠. 고객들은 쇼룸을 보면서, 오르스크 가구를 사면 자신들의 삶도 이처럼 우아하고 효율적일 수 있을 것이라는 기대를 갖게 됩니다. 이 반짝이 길은 고객들이 가능한 한 많은 가구를 천천히 둘러보면서 새로운 라이프스타일을 머릿속에 그려볼 수 있도록 디자인되었죠. 예노팍테(Genofakte) 확장 테이블을 사려고 온 사람이 이곳을 둘러보다가 문득 '레니플루르(Reniflur) 전기스탠드를 테이블 옆에 놓으면 정말 멋질 텐데!' 하는 생각에 빠져들게 하는 거예요."

베이즐이 슬슬 걸음을 옮기기 시작했다. 에이미가 수습직원 투어 임무를 수행하는 것을 보고 어느 정도 마음이 놓인 눈치였다. 그녀는 뒷걸음질로 자리를 이동했고 수습들은 빨간 셔츠를 입은 아기 오리들 처럼 그 뒤를 졸졸 따라갔다.

"오르스크를 방문하는 고객은 두 부류입니다."

그녀가 말을 이었다.

"아무것도 사지 않는 사람과 모든 것을 사는 사람이 있죠. 하지만 진짜 쇼핑은 바로 아래층에 있는 부대용품 판매 코너에서 이루어집니다. 그래서 저희는 그곳을 '지갑 열기' 구역이라고 부르죠. 판매 코너는 고객들의 구매 욕구를 최대치로 끌어올리도록 디자인되었습니다. 목적은 단 하나, 고객의 지갑을 여는 것이죠. 뭐든지 사도록 말이에요. 하다못해 전구 하나라도 사야 합니다. 일단 지갑이 열리고 나면 두 번째부터는 쉽게 풀리기 마련이거든요. 그 결과는 일인당 1회 방문 시 평균 구매 금액 97달러라는 통계가 말해줍니다."

그들은 거실 & 소파방에 이르렀다. 맷과 다른 파트너 한 명이 브루카(Brooka)를 카트에 싣기 위해 끙끙대고 있었다. 베이즐 부지점장도 없겠다, 마음이 한결 편안해진 에이미는 얼굴에 경련을 일으킬 것 같은 미소를 말끔히 지우고 평소의 냉소적인 표정을 되찾았다.

"왼쪽을 보세요. 전시장 파트너들이 하루의 대부분을 보내는 자신의 서식지에서 땀을 삘삘 흘리고 있죠."

그녀의 날 선 안내가 시작되었다.

"거실 & 소파 방에서 일하려면 적어도 20킬로그램 정도는 번쩍 들 수 있어야 해요. 다시 말해서, 기본적으로 몸이 되는 사람만 BA에서 일을 할 수 있다는 거죠. BA란 어디를 말하는 걸까요?"

"근무 공간(business area)을 말합니다!"

교정기를 낀 수습직원이 패기 넘치는 목소리로 외쳤다.

"우리는 이 근무 공간에서 무엇을 해야 하죠?"

질문이 이어졌지만 대답은 없었다. 직원 안내서 표지에 큰 글씨로 쓰여 있는 글귀건만, 지금껏 이 질문에 제대로 대답한 사람은 단 한 명도 없었다.

"우리는 기쁨을 나눠줘야 해요. 오르스크의 기쁨을 모두와 함께 나누는 거죠."

이번에도 에이미의 자문자답이 되고 말았다.

말을 마친 에이미는 맷을 향해 걸음을 옮겼고 그 순간 어마어마한 악취가 그녀의 얼굴을 정면으로 덮쳤다. 햇빛을 받아 뜨끈뜨끈해진 요강과 내용물이 썩어 물이 고인 커다란 쓰레기통, 그리고 상한 해산물의 냄새를 동시에 맡는 것 같았다. 냄새는 곧 그녀 뒤를 따르던 아기 오리들을 덮쳤고, 그들은 누가 먼저랄 것 없이 빨간색 셔츠를 잡아 늘여 코를 틀어막았다. 악취의 근원지는 브루카 덮개의 검은 얼룩이었다(덮개는 오르스크 클래식 라인 제품으로 그 이름은 블라리(Blarg)다).

"여러분은 운이 좋네요. 이런 장면을 목격하게 됐으니 말이에요."

에이미가 말을 이었다.

"오르스크에서 일하다 보면 상상도 못 할 다양한 방식으로 고객들과 소통하게 된답니다. 보시다시피 비싼 소파 위에서 아무렇지도 않게 기저귀를 갈고 그 흔적까지 남겨주는 고마운 분들도 있죠."

"아침에 와보니 이렇게 돼 있더라고요."

맷이 말했다.

"그렇다면 어제 마무리팀 파트너들이 이걸 보고도 그냥 모른 척 넘어갔다는 거군요. 아침 근무팀한테 떠넘긴 거죠. 수습직원 여러분, 세상에 믿을 놈 하나 없다는 말 아시죠? 오르스크도 예외는 아닙니다."

에이미가 말했지만 맷은 고개를 절레절레 저었다.

"어제 마무리 작업을 한 것도 나예요. 퇴근할 때까지만 해도 소파는 멀쩡했다고요. 어떻게 된 일인지 알 수가 없네요."

"바로 그거예요!"

에이미는 더욱 신이 나서 말하기 시작했다.

"그래서 안내 포스트마다 오르스크에서 공인한 무독성, 저자극성 방향제를 비치하자는 겁니다. 누군가 사랑스러운 자기 아기의 흥건한 기저귀를 아무 거리낌 없이 소파 뒤에 내버리고 간다고 해도, 모든 사람이 일하는 내내 장운동 활발한 이 기특하고 사랑스러운 아기의 엉덩이 냄새를 맡을 필요는 없지 않나요?"

"이런 일이 자주 있나요?"

수습직원 한 명이 어렵게 입을 열었다.

"늘 있는 일이죠."

이번에는 맷이 수습직원의 질문에 대답했다.

"고객들이 단지 물건을 사려고 이곳에 오는 건 아니에요. 여기를 자기 거실처럼 생각하는 사람도 있어요. 그런 사람들 눈에는 우리 오르스크 직원들이 모두 하인이죠. 그들은 온갖 지저분한 짓을 하면서 매장을 돌아다니는데, 그 뒤치다꺼리는 모두 여러분 몫입니다. 똥 묻은 기저귀쯤은 아무것도 아니에요. 지난주에 있었던 일을 얘기해드릴까요? 한 남자 고객이 씹는 담배를 입에 넣은 채 들고 있던 콜라 캔에 침을 뱉으면서 매장을 돌아다녔어요. 그런데 조준이 정확하지 않더군요. 직원들은 하루 종일 그 사람 뒤를 졸졸 따라다니면서 바닥에 떨어진 걸쭉하고 냄새 나는 생굴 덩어리를 치워야 했죠."

"자, 재미있는 얘기는 다음에 또 하기로 하고 수납 솔루션방으로 가봅시다. 수납 솔루션방은 오르스크에서 제일 짜증 나는 곳 중 하나예요. 필요한 치수를 정확하게 알고 오는 고객이 아무도 없기 때문이죠."

수습직원들을 위한 투어는 그 후로도 두 시간 십 분 동안 계속되었다. 에이미와 수습직원들은 주방과 다이닝룸, 침실, 욕실, 옷장방, 그리고 어린이방까지 쇼룸 전체를 꼼꼼하게 둘러보았고, 12시경 마침내 쇼룸 카페에 도착했다. 그들은 검은 액자 열 개가 걸려 있는 벽 앞에서 걸음을 멈추었다. 고위 관리자들의 얼굴을 찍은 사진들이었다. 그들은 직원들을 향해 활짝 열려 있는 자신의 마음을 표현하려는 듯 있는 힘껏 미소 짓고 있었다.

"여기가 오늘 투어의 마지막 장소입니다. 여러분은 꿈도 꿀 수 없는 명예로운 자리죠."

에이미가 말했다.

"이 사람들이 바로 우리 오르스크의 숨겨진 브레인들입니다. 여러분이 이곳에서 계속 일하고 싶다면 이들의 얼굴과 이름을 꼭 기억하세요. 그리고 이들과 절대 마주치지 않도록 피해 다니세요."

수습직원들은 무표정한 얼굴로 사진을 바라보기 시작했다. 에이미의 말대로 얼굴을 외우려고 애쓰는 이들도 있었다. 그때 에이미의 등 뒤로 트리니티가 다가왔다.

"유령이 존재한다고 생각해?"

트리니티가 물었다. 에이미는 깜짝 놀라 뒷걸음질을 쳤다.

"하느님 맙소사!"

"하느님도 어떤 면에서는 유령이라고 할 수 있겠지만, 좀 더 〈파라노말 액티비티〉(페이크 다큐멘터리 형식의 미국 공포 영화—옮긴이)에 나올 법한 유령을 한번 생각해봐. 세상에는 두 부류의 사람이 있지. 유령의 존재를 믿는 사람과 믿지 않는 사람! 자기는 어느 쪽이야?"

트리니티는 늘 행복하고 활기 넘치고 인기 있는 여자였지만 에이미는 그녀를 보면 〈그렘린〉(가족 공포 영화로 평소엔 사랑스럽고 귀여운 생명체인 그렘린이 심술궂은 괴물이 되어 말썽을 피우는 이야기를 다룸—옮긴이)이 떠올랐다. 삽십 분정도는 재미있지만 조금만 더 지나면 믹서기에 넣어 갈아버리고 싶은 여자였던 것이다. 그녀의 부모님은 아마도 매우 독실한 한국계 기독교도일 것이다. 땋아 내린 형형색색의 머리카락, 입만 벌리면 번쩍이는 혀 피어싱, 옷 사이로 보이는 허리춤의 문신, 손가락마다 색깔을 달리한 매니큐어를 보면 알 수 있었다. 반항적이고 천박한 차림새지만 사실 매니큐어는 125달러짜리였고 염색도 미용실에 가서 한 것이었다. 피어싱과 문신에도 돈이 꽤 들어갔을 것이다. 결국 반항적인 외모를 가능하게 하는 것은 아이러니컬하게도 언제나 '아빠의 신용카드'였다.

"마침 잘됐네요!"

에이미가 옹기종기 모여 있는 수습직원들을 향해 돌아서서는 말했다.

"트리니티는 가구 배치 및 디자인팀에서 일하고 있어요. 잘만 하면 오르스크 본사에서 카탈로그 작업을 하게 될 수도 있다는 뜻이죠."

갑자기 수습직원들의 얼굴에 생기가 돌았다. 본사 직원이 되면 최고의 연봉과 복지 혜택을 누릴 수 있다는 것은 누구나 아는 사실이었다. 무엇보다 좋은 점은 바로 고객들을 직접 상대할 필요가 없다는 것이었다. 타깃(가구, 장난감, 생활용품 등을 판매하는 대형 할인마트—옮긴이)에서는 똑같은 물건을 더 싸게 팔고 있으니 가격을 20퍼센트 할인해달라고 졸라대는 사람들에게 시달리지 않아도 되는 것이다.

수습직원들이 트리니티에게 질문을 쏟아붓기 시작했다. 그들은 어떤 것이 과연 성공적인 가구 배치인지, 오르스크의 99가지 가구 배치법을 다 익히는 데 시간이 얼마나 걸렸는지, 가짜 컴퓨터를 올려놓은 책상이 그렇지 않은 책상에 비해 6배나 잘 팔린다는 것이 사실인지 등을 물었다.

"곧 인사부 사람들이 올 거예요. 이제부터는 그분들이 오르스크의 다른 곳들을 소개해줄 겁니다."

에이미가 질문 공세를 뚫고 입을 열었지만 그녀의 말에 귀를 기울이는 사람은 아무도 없었다. 모든 시선은 여전히 트리니티를 향하고 있었다.

"좋은 질문이에요!"

트리니티가 활기찬 목소리로 말했다.

"하지만 나는 아무에게나 대답하진 않겠어요. 유령을 믿는 사람? 유령 본 사람 있어요? 손 들어보세요."

에이미는 당황스러워하는 수습직원들을 뒤로하고 홈오피스방으로 돌아갔다. 그리고 매장 재고 확인 작업을 시작했다. 11개월 전 쿠야호가 지점이 문을 연 그날부터, 컴퓨터 재고 목록에는 늘 문제가 있었다. 덕분에 파트너들은 하루에도 몇 번씩 매장 곳곳을 쏘다니며 가구를 일일이 세어보고 재고를 확인해야 했다. 이런 무의미한 반복 작업을 하다 보면 멀쩡하던 영혼도 서서히 병들어 결국 죽고 만다.

최근 이 재고 목록 문제의 피해자는 바로 토수르(Tossur) 러닝머신 책상이었다. 토수르는 오르스크에서 새롭게 선보인 운동용 가구 중 첫 번째 작품인데, 에이미로서는 도무지 이런 경향을 이해할 수 없었다. 그녀가 생각하는 '일'이란 딱 두 종류였다. 세상에는 서서 해야 하는 일과 앉아서 할 수 있는 일이 있는데, 서서 일할 경우에는 시급을 받고, 앉아서 일하면 월급을 받는다. 현재 에이미는 서서 일하는 직업 (즉, 나쁜 직업)을 가지고 있지만, 행운이 따라준다면 언젠가는 앉아서 일하는 직업(즉, 좋은 직업)을 가질 수도 있을 것이다. 토수르는 이렇듯 앉기와 서기의 명확한 구분이 존재하는 에이미의 세계를 혼란에 빠뜨렸다. 러닝머신 책상에서 하는 일은 앉아서 하는 일인가, 아니면 서서 하는 일인가? 생각만으로도 골치가 지끈거렸다.

그녀는 안내 포스트에 서서 재고 목록을 뽑았다. 그때 다시 트리니티가 그녀 앞에 나타났다.

"깜짝이야!"

에이미가 깜짝 놀라 소리 질렀다.

"깜빡 잊은 게 있어서. 베이즐 부지점장님이 교육실에서 좀 보자시네. 개인 지도를 해주시려나 봐. 무슨 말인지 알지?"

에이미는 공포에 질려 입술을 달싹할 수조차 없었다.

"다른 얘기는 없었어? 왜 나를 찾는대?"

"그걸 몰라서 물어?"

트리니티가 이를 드러내며 싱긋 웃었다.

"해고 통보잖아."

02

드릿세크

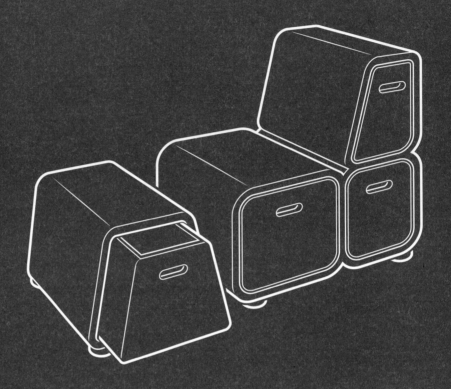

수납함이면서 동시에 편안한 휴식처가 되어드릴 **드릿세크**!
하나씩 떼어 쓸 수 있어 더욱 활용도가 높습니다. 아무리
작은 방도 드릿세크를 만나는 순간 탁 트인 넓은 공간이
됩니다. 이제 여러분의 상상력, 그리고 우정을 그 넓은
방에서 마음껏 펼쳐보세요.

색상: 라임, 레몬, 플라밍고, 스노, 나이트
사이즈: W 107×D 81×H 86cm
제품번호: 5498766643

에이미는 카페를 가로질러 매장 뒤편으로 연결되는 문을 통과했다. 인사부, IT, 영업부 사무실을 지나 긴 복도 끝에 이른 그녀는 용기를 내 교육실 문을 열었다. 드릿세크(Drittsëkk) 위에 한 중년 여자가 앉아 있는 것이 보였다. 크게 부풀린 금발과 진한 마스카라가 컨트리 웨스턴 가수를 연상시켰다. 그녀는 초조한 듯 블리스텍스(입술 보호제―옮긴이) 튜브를 입술에 문질러대고 있었다.

"루스 앤? 당신도 왔어요?"

에이미가 믿을 수 없다는 표정으로 물었다.

"네……. 아직 뭔가 말을 들은 것도 아닌데, 섣불리 단정 짓지 않으려고 해요."

루스 앤이 블리스텍스 뚜껑을 돌려 닫으며 말했다. 차분함을 유지하려고 애쓰는 것이 목소리에서 느껴졌다.

에이미는 문을 닫고 드릿세크 하나를 끌어당겨 앉았다. 에이미는 게으른 골칫덩어리 직원이었지만 루스 앤은 회사 일에 헌신적이고 책임감 강한 직원이었다. 베이즐이 이 두 사람을 같이 불렀다는 것은 인원 감축이 생각했던 것보다 훨씬 큰 규모로 이루어진다는 뜻이었다.

에이미의 머릿속이 더욱 혼란스러워졌다. 루스 앤이 해고당할 정도면 에이미는 당연히 해고였다. 이제 끝장이구나! 아파트 월세를 낼 수 없으니 다시 엄마가 사는 트레일러하우스에 들어가야 한다. 시급 12달러에 복지 혜택도 있으니 그리 나쁜 일자리는 아니었는데……. 여기에서 잘리면 에이미가 갈 수 있는 곳은 쇼핑몰에 있는 소규모 상점 정도밖에 없었다. 그런 곳에서는 최저임금을 받을 텐데, 오하이오주 최저임금은 시간당 7.95달러였다. 이 돈으로는 도저히 생계를 유지할 수가 없었다. 이미 월세도 밀린 상태였다. 하지만 루스 앤을 내보내는 것을 보니 에이미에게는 더 이상 아무런 희망도 없었다.

"무슨 얘기 못 들었어요?"

꼬리에 꼬리를 무는 생각을 잘라내고 에이미가 입을 열었다.

"아뇨. 우리 둘을 같이 부른 걸 보면 뭔가 중요한 말을 하려는 거겠죠."

루스 앤이 대답했다.

"우리가 첫 희생물이 된 거예요. 둘 다 잘릴 거라고요."

에이미가 말했다.

"아직 비도 안 오는데 홍수 걱정부터 할 필요 있나요? 반대로 좋은 일 때문에 부른 것일 수도 있잖아요."

딱 그녀다운 대답이었다. 그녀는 동료의 생일을 기억하고 매년 입사일까지 챙겨주는 사람이었다. 아이들 이름은 기본이고 배우자가 무슨 일을 하는지도 기억했으며, 자기보다 나이 많은 사람이든 적은 사람이든 늘 한결같은 태도로 대했다. 그녀는 단 한 번도 남을 깔보거나 잘난 척한 적이 없고 누구한테든 기분 나쁜 소리를 한 적도 없었다.

루스 앤 역시 쿠야호가 지점으로 오기 전에 영스타운에서 근무했다. 13년 동안 같은 곳에서 일했기 때문에 "새로운 것에 도전해보고 싶다"는 것이 이유였다. 그녀는 마흔일곱 살이 되도록 결혼을 하지 않았고 아이도 없었다. 남자 친구가 있다는 소리도 들어본 적이 없다. 그녀는 오르스크를 집처럼 생각했고, 직장 동료들을 가족으로 대했으며, 늘 회사의 발전을 위해 노력했다. 계산대에서 근무했던 그녀는 고객들이 만면에 미소를 띤 채 오르스크를 나설 수 있도록 하는 것이 자신의 사명이라 생각했고, 늘 다른 사람의 행복을 최우선 목표로 두고 행동했다.

"그래요, 밝은 면을 보려고 노력한다는 거 알아요. 당신 혼자였다면 그 말이 맞을지도 모르죠. 하지만 나도 같이 불려왔잖아요. 절대 좋은 말 들을 일은 없을 거예요."

에이미가 말했다.

"걱정 말아요. 일단 앉아서 기다려보죠. 무슨 일이 됐든, 우리 같이 이겨낼 수 있어요."

루스 앤이 입술을 꼭 다물었다 떼며 말했다. 그러고는 에이미를 향해 몸을 기울여 그녀를 가볍게 껴안았다. 에이미는 뭔가 말하고 싶었지만 눈시울이 붉어지며 목이 메는 것을 느꼈다. 지금 입을 열었다가는 볼썽사납게 꺼이꺼이 울어댈 것이 뻔했다. 그녀는 절대 울지 않으리라 다짐했다. 일자리는 빼앗길지언정 품위마저 잃지는 않으리라! 에이미는 루스 앤에게서 천천히 몸을 떼고 이를 악물었다. 그리고 말없이 카펫을 응시했다.

어쩌다 이 지경이 되었단 말인가? 태어나서 18년 동안 그녀는 오직 하나만 생각했다. 엄마의 트레일러하우스를 벗어나는 것만이 인생의 유일한 목표였던 것이다. 마침내 졸업을 앞둔 그녀는 대학 진학의 꿈을 밝혔지만 그녀의 진로 상담 교사는 그 계획을 비웃었고, 그녀는 자신의 힘으로 이곳저곳에서 보조금을 끌어 모아 클리블랜드 주립대학(오하이오주 클리블랜드의 공립대학교—옮긴이) 산업디자인과에 지원했다. 하지만 엄마는 곧 재혼했고, 그녀가 애써 모은 보조금은 새 가족의 손에 들어갔다. 더 이상 돈을 마련할 방법이 없었던 에이미는 결국 학업을 포기해야 했다. 현재 그녀는 몇 달째 월세를 내지 못했고, 세 명의 룸메이트는 24시간 내에 그동안 밀린 600달러를 가져오지 않으면 당장 그녀를 쫓아내겠다고 으름장을 놓았다.

에이미가 애를 쓰면 쓸수록 상황은 점점 더 안 좋아지기만 했다. 이제는 매달 들어가는 고정 생활비마저 감당하기 힘들어졌다. 다람쥐 쳇바퀴 돌듯 달리고 또 달렸지만 나아지는 것은 아무것도 없었다. 가끔씩 그녀는 다 내려놓고 싶다고 생각했다. 그냥 될 대로 돼라 하고 놓아버리면 과연 그녀의 삶은 어디까지 추락할까? 삶이 공정할 거라고 기대하지는 않지만 그래도 이토록 가혹해야만 하는 것일까?

루스 앤이 에이미의 손을 꼭 쥐더니 크리넥스 뭉치를 내밀었다.

"괜찮아요. 우는 거 아니에요."

에이미가 손을 저으며 말했다.

침묵이 흘렀다. 두 사람은 자리에 앉은 채 꼼짝도 하지 않았지만, 에이미의 머릿속은 온갖 생각으로 복잡했다. 처음 느꼈던 충격은 어느새 타협으로 바뀌고, 다시 우울로 모습을 바꾸었다. 다음 순간 그녀는 정당한 분노가 솟구치는 것을 느꼈고, 마침내 수용의 단계에 이르렀다. 하지만 감정의 순환은 여기에서 멈추지 않고 다시 시작점으로 돌아갔다. 베이즐 부지점장이 방에 들어섰을 때 마침 그녀는 정당한 분노 단계에 있었고, 베이즐이 무슨 말을 꺼내기도 전에 먼저 자리를 박차고 일어섰다. 그녀는 잘릴 때 잘리더라도 영광스럽게 이 자리를 떠나겠다는 정의감에 불타고 있었다.

"왜 저를 보자고 하셨는지 알고 있습니다. 하지만 여기 앉아 있는 이 훌륭한 직원을 해고하는 것은 있을 수 없는 일입니다!"

"네? 무슨 말이죠?"

전혀 예상하지 못했던 반응에 베이즐이 깜짝 놀라 물었다.

"에이미, 그러지 말아요······."

루스 앤이 입을 열었지만 에이미는 그녀의 말을 끊었다.

"아니에요. 내가 해고당하는 건 받아들일 수 있어요. 하지만 당신은 달라요. 당신을 해고하는 게 얼마나 큰 실수인지 부지점장님도 알아야 한다고요."

에이미는 다시 베이즐을 향해 돌아섰다.

"루스 앤을 해고하는 건 작은 강아지를 때리는 것과 다름없습니다. 누가 봐도 나쁜 짓이에요. 이곳 사람들 **누구나** 루스 앤을 좋아합니다."

"에이미, 잠깐 진정하고 내 말 좀 들어봐요."

베이즐이 입을 열었다.

"당신은 애사심도 별로 없고 업무 수행 능력에서도 지적할 부분이 많아요. 태도는 늘 공격적이고 반항적인 데다가 회사의 핵심 가치에도 부합하지 않죠."

"부지점장님, 제발 다시 한 번 생각해주세요."

에이미가 말했다.

"하지만 당신을 해고하지는 않을 겁니다."

베이즐이 말을 마쳤다.

"해고하지 않는다고요?"

에이미가 물었다.

"그럼 **저만** 해고당하는 건가요?"

루스 앤이 비명을 지르듯 물었다.

"아무도 해고하지 않아요."

베이즐이 대답했다.

"두 사람을 따로 만나자고 한 건 부탁할 게 있어서였어요. 오늘 밤 추가 근무를 해야 하는데, 그게 좀 특별한 일이라 조용히 처리하려고 했던 겁니다."

에이미는 온몸에 약 기운이 퍼지듯 안도감이 밀려드는 것을 느꼈다. 추가 근무가 아니라 다른 어떤 일을 시켜도 다 하겠다고 할 태세였다. 에베레스트산을 오르라면 오를 것이고, 비행기를 납치해야 한다면 그렇게 할 것이다. 벌거벗은 채 트롬본을 연주하면서 4만 제곱미터 넓이의 주차장을 가로지르라고 해도 그녀는 거절하지 않을 것이다. 에이미와 루스 앤은 행복한 바보처럼 연신 고개를 끄덕이며 베이즐의 다음 말을 기다렸다. 하지만 이 순간에도 에이미의 마음속 한 부분은 안도감에 젖지 못하고 불안에 떨며 그녀에게 속삭였다. '이상한 일을 시키려는 거야. 분명 이상한 일일 거야.'

"좀 이상한 일입니다만."

베이즐이 마치 에이미의 마음속 속삭임을 따라 하듯 말했다.

"얼마나요?"

에이미가 물었다. 베이즐은 마치 미스터리 스릴러 영화의 광고 영상 목소리처럼 낮은 소리로 입을 열었다.

"지난 6주 동안 우리 매장에서 갖가지 범죄가 일어났습니다. 아침 근무팀이 매일 아침 손상된 가구들을 발견했죠. 거울, 접시, 액자, 벽에서 뜯겨나간 커튼 등 한둘이 아닙니다. 매트리스 하나가 모조리 잘게 찢어진 일도 있었어요. 오늘 아침에도…… 불쾌한 흔적을 발견했죠. 이번에는 브루카였어요."

"흔적이오?"

루스 앤이 물었다.

"얼룩이 묻어 있더군요."

베이즐이 대답했다.

"똥 자국이었어요."

에이미가 명확히 말했다.

"얼룩이라고 해둡시다."

베이즐이 다시 말했다.

"똥 냄새가 나는 얼룩이었죠."

"이렇게 파손된 제품이 11퍼센트가 넘었고, 더 이상 쉬쉬할 수만은 없게 되었습니다. 팻 지점장님은 이 사건을 동부지부에 보고하기로 하고, 나에게는 따로 은밀히 조사할 것을 지시했어요."

팻은 쿠야호가 지점의 지점장으로, 베이즐에게는 직속상관이었다. 그는 갑자기 진통이 찾아온 고객을 뮈스크 침대에 눕히고 아이를 받아낸 적도 있고, 크리스마스 파티 때는 직원들을 위해 자기 돈으로 가라오케 디제이를 부르기도 했다. 직원들은 그를 존경했고 누구도 그를 실망시키고 싶어 하지 않았다.

"난 지점장님을 실망시키고 싶지 않아요."

베이즐의 말은 이번에도 예상을 빗나가지 않았다.

"손실방지팀은 뭐라고 해요? 보안 카메라가 있잖아요."

루스 앤이 물었다.

"수백 대 있죠. 나도 녹화된 화면을 봤는데 예상치 못한 문제가 있더군요. 조명에 타이머가 설치되어 있어서 새벽 2시가 되면 어두워지는 거예요. 아마도 범인은 조명이 어두워진 뒤에 일을 벌이는 것 같습니다. 새벽 2시에서 아침 근무 직원들이 출근하는 7시 반 사이에 말이에요."

베이즐이 말했다.

"그럴 리가요! 11시 후에는 아무도 매장에 들어올 수 없잖아요."

에이미가 말했다.

"분명 누군가가 침입했어요."

베이즐이 다시 한 번 못을 박듯 말했다.

"불길하네요."

루스 앤이 입술을 잘근잘근 씹으며 말했다.

"그래서 말인데요, 우리 셋이 추가 근무를 했으면 합니다. 오늘 밤 10시부터 아침 7시까지요. 휴게실에서 대기하다가 한 시간에 한 번씩 매장 전체를 순찰 도는 겁니다. 쇼룸, 부대용품 판매 코너, 셀프서브 창고까지 전부 말이죠. 누군가가 몰래 들어와 숨어 있다면 우리가 잡아서 경찰을 부르면 돼요. 간단하죠?"

"오늘 밤은 안 돼요. 약속이 있어요."

에이미가 말했다. 물론 거짓말이었다. 그녀는 24시간 내내 잠을 잘 수 없다는 사실 자체가 싫었다.

"오늘 밤에 해야 합니다."

베이즐이 말했다.

"지점장님이 동부지부에 보고서를 보내자마자 그곳에서 답장이 왔어요. 내일 당장 컨설턴트팀을 우리 쪽으로 보내겠답니다. 분명 매장 전체를 꼼꼼히 둘러볼 겁니다. 그분들에게 똥 묻은 브루카를 보여줄 수는 없잖습니까? 얼룩이 묻은 브루카 말이에요……."

"왜 하필 저희 둘이죠?"

에이미가 물었다.

"두 사람이 제일 성실하고 믿을 만하니까요."

에이미가 눈을 크게 떴다.

"솔직히 말씀하시죠."

베이즐은 잠시 머뭇거리더니 다시 입을 열었다.

"좋아요, 솔직하게 말하죠. 사실은 보충팀 파트너인 토미와 그레그를 가장 먼저 떠올렸어요. 그런데 오늘 클리블랜드 인디언스와 보스턴 레드삭스 야구경기가 있다고 슬쩍 빼더라고요. 그래서 어쩔 수 없이 데이빗 포츠와 러셀 형제에게 부탁했죠. 그랬더니 오늘 아침에 갑자기 병가를 냈더군요. 에두아르도 페냐는 손자를 봐야 하고, 카페에서 일하는 타냐는 이베이에 경매 중인 물건이 있어서 안 된다는 겁니다. 그래서 결국 두 사람에게 부탁하기로 한 거죠. 두 사람은 분명 승낙할 테니까요."

"왜요? 정말 그렇게 생각하시는 거예요?"

에이미가 물었다.

"루스 앤은 신중하고 책임감이 강한 데다 회사를 아끼는 마음이 크니까 당연히 동의할 거라고 생각했어요. 에이미는 영스타운 지점으로 돌아가려면 어쩔 수 없이 동의할 거라고 생각했죠. 오늘 아침 컴퓨터로 전근 신청서 확인했어요. 당신이 이곳을 별로 좋아하지 않는 것 압니다. 나에 대한 감정이 안 좋다는 것도요. 하지만 오늘 추가 근무 제안을 받아들인다면 그 전근 신청 반드시 승인되도록 해줄게요. 다시는 나를 안 볼 수 있는 기회예요."

에이미는 늘 그렇듯 재치 있는 말로 베이즐에게 쏘아붙이고 싶은 충동을 느꼈지만, 잠시 생각해보니 꽤 괜찮은 거래였다.

"추가 근무 수당은 시급의 1.5배죠?"

"오늘은 특별히 2배로 할게요."

베이즐의 유혹은 계속되었다.

"근무가 끝나는 바로 그 순간 현금으로 지급할 겁니다. 두 사람의 적극적인 참여와 신중한 태도에 대한 고마움의 표시로 그 정도는 해야겠죠."

에이미는 재빨리 계산했다. 추가 근무 수당으로 시급의 2배를 받고 여덟 시간 근무하면 200달러다. 다음 월급날까지 룸메이트를 잠잠하게 만들기에는 충분한 돈이었다.

"좋아요. 할게요."

에이미가 대답했다.

"저도요. 재미있을 것 같아요. 친구들하고 밤샘 파티 하는 기분인데요."

루스 앤이 말했다.

베이즐은 두 사람과 차례로 악수를 나누었다.

"10시에 직원 전용 출입구에서 만납시다. 기계운용팀이 마무리 작업을 하는 동안 두 사람을 들여보내줄게요. 그런 다음, 모두 퇴근하고 조용해질 때까지 휴게실에서 기다렸다가 순찰을 시작하면 됩니다. 아무한테도 말하면 안 되는 거 알죠? 비밀 작전입니다."

그때 휴게실 문이 벌컥 열리면서 맷과 트리니티가 넘어지듯 들이닥쳤다.

"어, 누가 있었네!"

트리니티가 깜짝 놀란 척하며 소리쳤다.

"안녕하세요? 여기서 뭐하세요?"

맷이 인사를 건넸다. 베이즐은 아무 일도 아닌 척했지만 그 모습이 오히려 부자연스럽고 어색해 보였다.

"그냥 얘기 좀 했습니다."

베이즐은 대충 대답한 뒤 에이미와 루스 앤을 향해 돌아섰다.

"건설적인 제안 고마워요. 잘 기억했다가 반영하도록 하죠."

"무슨 제안요?"

맷이 물었다.

"무슨 일 있는 것 같은데…….'

트리니티가 에이미의 눈치를 살폈다.

"이 방 안에 이상한 기운이 가득해요. 뭔가 곤란한 대화를 나눈 것 같은 분위기인데요."

"잠시 쉬었다가 일해요. 난 먼저 가보겠습니다."

베이즐은 말을 마치자마자 빠른 걸음으로 방을 빠져나갔다.

트리니티가 에이미와 루스 앤 맞은편에 자리를 잡고 앉아 두 사람을 똑바로 쳐다보았다.

"솔직히 말해봐요. 부지점장님이 뭐래요? 두 사람 진짜 해고된 거예요? 나한테는 말해도 되잖아요."

"두 사람, 엿듣고 있었던 거야?"

에이미가 물었다.

"우리는 직원의 사기와 직접적으로 관련된 아주 중요한 정보들을 수집하고 있는 거야."

트리니티가 대답했다.

"해고 아니래요."

루스 앤이 말했다.

"그것 봐. 루스 앤을 자를 리가 없다고 했잖아."

맷이 트리니티를 향해 말했다. 트리니티는 맷을 향해 혀를 삐죽 내밀었고 두 사람은 자연스럽게 끈적한 분위기를 연출하며 아웅다웅하기 시작했다. 에이미는 트리니티와 맷이 사귄다는 소문을 들은 적이 있었다. 하지만 트리니티와 그런 소문이 난 사람은 한둘이 아니었다. 전체 직원의 반은 족히 될 것이다. 그중에는 심지어 여자도 있었다. 간단히 말해서, 트리니티는 누구에게나 친절한 '열린' 여자였다. 바로 그점이 남자들에게는 거부할 수 없는 매력이었고, 에이미 눈에는 꼴불견으로 보였다.

"이제 가야겠어요."

에이미가 자리에서 일어서며 말했다. 그러자 트리니티가 잽싸게 몸을 움직여 그녀와 문 사이를 가로막았다.

"해고 때문에 부른 게 아니라면 대체 무슨 얘기를 한 거야? 다양성 훈련 받으라고? 아니면 파트타임으로 전환하겠대? 혹시 우리 매장 문 닫는대?"

"미안하지만 난 당신 싸구려 소설에 소재를 대주고 싶은 생각 없어. 그보다 중요한 일이 많거든. 예를 들면 재고 확인 같은 거 말이지."

에이미가 말했다.

"맷이랑 내가 아주 객관적이고 과학적인 방식으로 알아낸 건데, 곧 큰 변화가 생길 거야."

트리니티가 말을 이었다.

"우리 매장에 중대한 전환점이 다가오고 있다고. 무슨 얘기든 해봐. 우리가 전체 흐름을 파악하는 데 분명 도움이 될 거야."

"진짜예요. 매장이 문을 닫는 건가요?"

맷이 거들었다.

"루스 앤, 당신이라도 좀 말해봐요. 대체 무슨 일이 있었어요? 우린 정보가 필요하다고요."

트리니티가 조르듯 말했다.

"지금은 아무 말도 하지 않는 게 최선인 것 같아요."

루스 앤이 대답했다.

"죽겠네, 정말! 궁금해서 죽는 꼴 보고 싶어서 그래요?"

트리니티가 말했다.

"잘됐네. 당신이 죽으면 귀찮게 하는 사람이 하나 줄어들 테니까."

에이미는 오르스크에서 가장 성가신 두 사람 사이에 루스 앤을 덩
그러니 남겨둔 채 방을 나갔다. 그리고 곧장 자기 자리로 돌아가 두 시
간 내내 토수르 재고 목록을 파고들었다.

오후 4시, 드디어 근무 시간이 끝났다. 에이미는 뒤도 돌아보지 않
고 자리를 벗어났다. 그리고 삼십 분 정도 드라이브를 하며 이곳저곳
을 헤맸다. 10시부터 비밀 임무를 수행하려면 낮잠을 좀 자두면 좋겠
지만, 룸메이트들이 버티고 있는 집에 빈손으로 들어갈 엄두가 나지
않았다. 베이즐은 초과 근무 수당을 현금으로 주겠다고 했지만 그것
도 내일 아침에나 가능한 일이었다. 그렇다고 오르스크 주차장에 차
를 대놓고 잘 수도 없었다. 지나가던 동료들이 이상한 눈으로 쳐다볼
것을 생각하면 에이미는 벌써 얼굴이 화끈 달아오르는 것 같았다. 결
국 그녀는 77번 도로를 따라 다시 달렸다. 그리고 오르스크에서 1.5킬
로미터 정도 떨어진 레드랍스터(미국 시푸드 레스토랑 전문 체인점―옮긴이) 주차
장으로 들어갔다. 그녀는 커다란 쓰레기통 옆에 차를 세우고 의자를
뒤로 끝까지 젖혔다.

날은 더웠고 차 안에는 기름 냄새가 가득했으며 발치에서는 커피
냄새가 솔솔 올라왔다. 에이미는 눈을 감고 복잡한 머릿속 잡음들을
재워보려 노력했다. 잠이 들 거라고는 전혀 기대하지 않았지만, 그녀
는 바쁜 하루를 보냈고 감정적으로도 녹초가 된 상태였다. 멍하니 허
공을 바라보며 어쩌다 사는 꼴이 이 모양이 되었나 생각하기를 사십오
분, 어떻게 하면 오르스크에서 벗어나 앉아서 일하는 직업을 가질 수

있을까 고민하기를 사십오 분, 갈비뼈를 타고 흘러내리는 땀방울 하나하나를 느끼며 또다시 사십오 분을 보내고 나자, 그녀는 자기도 모르는 사이 끈끈한 반수면 상태에 빠져들었다. 그리고 빼꼼히 열린 의식의 틈새로 잠에 취한 마지막 한 줄기 생각이 스멀스멀 삐져나왔다. 내 삶은 이미 다람쥐 쳇바퀴 안에 갇혀버린 게 아닐까? 영원히 오르스크에서 벗어나지 못하는 것은 아닐까?

하지만 그녀는 더 이상 걱정하지 않았다.

오늘 밤만 무사히 넘기면 이곳과는 이별이다.

단순한 직장이 아닙니다.
평생을 함께할 가족입니다.

오르스크 가족이 되고 싶으십니까?
경력이 없는 신입 직원에게도 충분한 임금과 성장의 기회를 제공해드립니다.
일단 오르스크 가족이 되고 나면, 결코 떠나고 싶지 않을 것입니다.

채용 정보

가구 배치 및 디자인 파트너

다양한 교육을 받고, 매일 실제 가구를 배치하고 관리하며, 매 시즌 성공적인 결과를
기대하는 상부의 지시에 한 걸음 먼저 대응합니다.

전시장 파트너

오르스크의 기본 정신을 누구보다 깊이 이해하고 담당 구역을 찾는 고객들과 가장 가까운
거리에서 직접 이 지식을 전달하여, 매장의 매출 역량을 최대로 끌어올립니다.

카트 파트너

파트너와 고객의 다양성을 있는 그대로 포용하고자 하는 강력한 오르스크 문화가
살아 숨 쉬는 환경을 조성하는 데 기여합니다(35킬로그램 이상을 들 수 있는 자에 한함).

 오르스크에서 '나'가 아닌 '우리'가 되어보십시오!

03

아르슬레

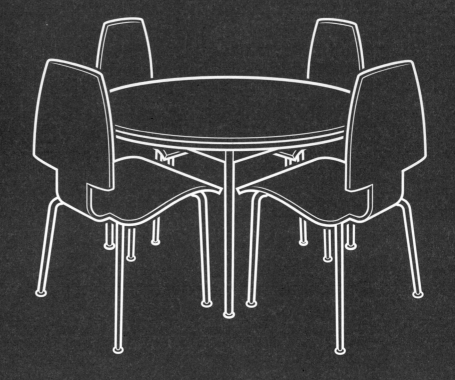

우리 몸과 마음을 충분히 존중하고 정성껏 돌본다면 누구나 아침형 인간이 될 수 있습니다. **아르슬레**와 함께라면 매일 아침은 새로운 하루의 활기찬 시작이 될 것입니다. 앉아보십시오. 평범했던 아침 식탁에 마법이 일어납니다.

색상: 골든로드, 허니듀, 새먼, 와인
사이즈: W 60×D 77×H 82cm
제품번호: 7666585634

낮 동안 오르스크는 어떤 면에서도 특별할 게 없는 평범한 건물이었다. 현대적이고 실용적인 컨테이너 건물에 가구와 사람이 북적거렸다. 하지만 11시가 되면 복도에 넘쳐나던 사람들은 모두 사라지고 건물 뒤편 사무실에는 불이 꺼진다. 마지막 고객이 정문을 통해 밖으로 나가면 문에는 걸림 장치가 채워지고, 전시장 파트너들은 최후 점검을 마친 뒤 퇴근한다. 이제 오르스크는 전혀 다른 세상이 되었다.

에이미는 2층 여자 화장실 변기에 앉아 있었다. 밖에서 무슨 일이 일어나는지에는 전혀 관심이 없었다. 그녀의 걱정은 오직 베이즐뿐이었다. 그녀는 베이즐 때문에 죽을 것만 같았다.

한 시간 뒤면 길고 긴 밤샘 근무가 시작될 텐데, 베이즐은 이미 그녀를 괴롭히기 시작했던 것이다. 그는 근무가 끝날 때까지 잠시도 그녀를 가만두지 않을 것이다. 지금 하는 일에서 마음에 드는 부분은? 보람을 느낄 때는? 일하다가 허탈함을 느낄 때는? 에이미는 보통 직원들이 그렇듯 부지점장의 질문에 성실하게 대답했다. 하지만 이 질문들은 오르스크 사내 문화에서 인력이라는 자산이 얼마나 중요한지에 대한 길고 지루한 강의의 서막에 불과했다. 베이즐은 팀워크의 가치, 회사에 대한 자부심, 그리고 '다가가기 쉬운 상냥한 태도'에 대해 끝없이 설명하고 또 설명했다. 오르스크 창업자인 톰 라슨의 자서전을 참 꼼꼼하게도 외운 듯했다.

루스 앤은 부지점장의 명연설을 귀 기울여 듣는 것처럼 보였지만 실은 테이블 밑으로 몰래 스도쿠를 하고 있었다. 에이미의 눈에 보일 정도면 베이즐도 분명 눈치챘을 터인데, 그는 전혀 신경 쓰지 않는 것 같았다. 그는 왜 늘 에이미만 들들 볶는 것일까? 에이미는 '부지점장님 마음은 정말 감사하지만 제가 알아서 잘하고 있으니 인생살이에 대한 충고까지 해주실 필요는 없습니다'라고 똑 부러지게 얘기하고 싶었다. 영스타운 지점으로 전근을 신청한 것도 이미 발각된 마당에 웬 잔소리를 이렇게 한단 말인가! 뭔가 한마디 하고 싶은 충동과 '마지막이라 생각하고 꾹 참자!' 하는 인내의 목소리 사이에서 한참을 갈등하던 에이미는 드디어 안성맞춤 피난처를 생각해냈다. 바로 화장실이었다.

'오르스크가 그렇게 좋으면 화장실 청소나 좀 깨끗이 하지 쓸데없이 잔소리만 많아!' 화장실 변기에 앉아 가까스로 마음의 평화를 되찾은 에이미는 온갖 낙서로 지저분해진 벽을 보며 생각했다. 화장지 걸이 바로 밑에 "여기를 잡아당기면 미술 석사학위를 받을 수 있음"이라고 써놓았다면 읽는 재미라도 있었을 테지만, 낙서는 지루하게도 아무 의미 없는 괴상한 이름과 숫자가 대부분이었다. 에이미는 볼일을 보고 물을 내린 뒤 세면대 앞에 서서 비누를 집었다. 손바닥을 문지르고 손가락 사이사이를 씻고 손목까지 비누칠을 한 뒤 그녀는 다시 한번 양손을 마주 비비며 한껏 거품을 냈다. 휴게실에 돌아가는 순간을 조금이라도 더 늦추고 싶었던 것이다.

그녀가 다시 방에 들어서자 베이즐은 기다렸다는 듯 손목시계를 보고 입을 열었다.

"한 시간에 벌써 세 번째군요."

"별걸 다 신경 쓰시네요."

"당연히 신경 써야죠. 당신은 지금 순찰을 돌기 위해 야근 중이지 화장실에 죽치고 있으려고 남아 있는 게 아니니까요."

에이미가 이를 악물고 말했다.

"할 일만 제대로 하면 되잖아요. 준비되면 언제든 말씀만 하세요."

그녀는 제자리로 돌아가 앉았다. 휴게실은 아르슬레(Arsle) 테이블과 의자로 꾸며져 있었다. 아르슬레는 가격도 저렴하고 디자인도 우아한 편이었지만, 에이미는 십오 분을 가만히 앉아 있을 수가 없었다. 허리가 아파 자꾸만 뒤척이게 되었던 것이다. 루스 앤은 테이블 위에 블리스텍스 튜브 세 개를 나란히 늘어놓고 조용히 앉아 있었다. 그녀의 무릎 위에는 여전히 스도쿠 책이 올려져 있었다.

문 옆에는 '마법 도구'라고 불리는 공구로 가득 찬 커다란 플라스틱 통이 마련되어 있었다. 본사의 똑똑한 디자이너들께서 오르스크 가구에 일반 공구를 사용할 수 없도록 만들어놓았기 때문에 오르스크 가구는 반드시 오르스크 마법 도구를 사용해야만 조립이 가능했다. 그중에서도 특히 L자 렌치는 워낙 크기가 작아 잃어버리는 사람이 많았다. 그래서 매장에는 늘 L자 렌치가 한 통 가득 구비되어 있었고, 직원들은 누구나 이 렌치를 하나씩 가지고 다녔다. 에이미의 주머니에도 L자 렌치가 하나 있었고, 그녀의 집에 있는 낡은 서랍 안에는 여러 개가 굴러다니고 있었다.

에이미는 방을 한번 쓱 둘러보았다. 벽에 붙은 플래카드가 눈에 들어왔다. "열심히 일함으로써 우리는 가족이 되고, 열심히 일함으로써 우리는 자유로워진다." 순 거짓말이다. 유럽 분위기를 내려고 억지로 멋을 부린 저 문구는 이케아를 흉내 내려는 얕은 수작에 불과했다. 문구를 보고 있자니 에이미는 갑자기 짜증이 났다. 이 얼마나 모욕적인 말인가! 진짜 모습을 감춘 채 위선을 떠는 기업은 그야말로 최악이다.

에이미는 다른 곳으로 눈을 돌렸지만 딱히 그녀의 눈길을 사로잡는 것은 없었다. 한쪽 구석에 걸린 평면 TV에서는 CNN이 무음으로 방송되고 있었다. 오렌지색 죄수복을 입은 수감자들이 콘크리트 바닥으로 된 운동장에서 원을 그리며 행진하는 모습이 보였다. 에이미는 그들이 어떤 기분인지 충분히 알 것 같았다.

그때 베이즐이 에이미를 향해 의자를 당겨 앉으며 말을 걸었다.

"사실 당신의 전근 신청서를 보고 마음이 아팠어요. 당신은 잠재력이 풍부한 사람이에요. 조금만 노력하면 파트장이 될 수도 있을 텐데요."

"고맙습니다."

에이미는 TV에 시선을 고정한 채 짧게 대답했다.

"진심이에요, 에이미. 나도 당신처럼 전시장 파트너로 시작했어요. 그러다가 시험을 봐서 파트장이 됐고, 또다시 승진해서 팀장을 맡게 됐죠. 그렇게 일을 하다 보니 어느 날 팻 지점장님 눈에 띄어서 부지점장 자리까지 오게 된 거예요. 당신도 할 수 있어요."

"그렇겠죠. 그러다가 덜컥 지점장이라도 되면 이 매장에서 일어나는 세세한 일 하나까지 다 책임져야 할 테고, 아무리 사소한 잘못도 모두 제 책임이 되겠죠. 매일 수많은 회의에 참석하고, 초과 근무를 하고, 직원들 근무 시간표를 짜느라 머리를 쥐어짜야 할 테고요. 그 대가로 남들보다 시간당 75센트를 더 받게 되겠죠. 됐어요. 전 시험 같은 거 안 봐요."

"시험은 이미 봤잖아요. 지점장님한테 얘기 들었어요."

베이즐의 말에 조용히 앉아 있던 루스 앤도 번쩍 고개를 들었다.

"정말이에요? 잘됐네요! 축하해요, 에이미!"

에이미는 내색하지 않으려고 애썼다.

"왜 그래요?"

루스 앤이 진심으로 걱정하며 물었다. 긴 침묵이 흘렀다.

"쉬운 시험이잖아요. 이십 분 동안 안내서를 읽고 나서 빈 칸을 채우면 되는……."

마침내 루스 앤이 다시 입을 열었지만 그녀의 목소리는 점점 작아졌다.

"에이미는 시험을 통과 못 했어요."

베이즐이 설명했다.

"딱 2점 모자랐대요. 지점장님께서 동부지부에 이번 한 번만 예외를 좀 인정해달라고 부탁도 해봤지만 뻔한 답만 돌아왔다더군요. 숫자는 거짓말을 하지 않는다는 식으로 깐깐하게 굴었던 거죠."

에이미의 얼굴이 붉어졌다. 파트장 승진 시험은 글만 읽을 줄 알면 누구나 통과할 수 있을 만큼 쉽다고 모두가 입을 모아 말했다. 에이미는 자신감이 넘쳤고 시험 준비조차 하지 않았다. 아무 문제 없이 통과하리라고 믿었던 것이다.

"시험은 6개월 뒤에 다시 보면 돼요. 여기 남기로 하면 내가 도와줄게요."

베이즐이 말했다.

"부지점장님의 도움은 필요 없어요. 옷장방에서 일하셨던 거 알아요."

에이미가 대답했다.

"그게 무슨 상관이죠?"

베이즐이 물었다.

"옷장방은 쇼룸에서 가장 별 볼일 없는 곳이잖아요. 거기서는 지푸라기만 가득 든 허수아비라도 파트장이 될 수 있다고요. 그냥 문짝 달린 빈 상자가 가득한 곳인데 할 일이 뭐가 있겠어요."

"옷장방에 대해 잘못 알고 있군요."

베이즐이 말했다.

"거기 그렇게 만만한 곳 아니에요. 조립하기 힘들다고 고객들이 얼마나 화를 내는데요."

루스 앤도 거들었다.

"알았어요. 알았다고요."

에이미가 깊이 숨을 들이마시며 말했다.

"죄송해요. 옷장방은 정말 끝내주는 곳이죠. 뇌 수술만큼이나 정교한 작업을 해야 하니까 말이에요. 제가 말실수했네요."

"여기 남기 싫으면 억지로 있을 필요 없어요."

베이즐이 말했다.

"저도 있고 싶어요!"

에이미는 손바닥에 손톱자국이 날 정도로 주먹을 꽉 쥐었다.

"기분 나쁘시겠지만, 저는 부지점장님 잔소리가 싫은 거예요. 톰 라슨 회장님 자서전 내용을 줄줄 읊어대는 것도 못 참겠고요. 부지점장님이 이곳을 종교처럼 신성시하는 거 알아요. 하지만 저한테 오르스크는 그냥 직장일 뿐이에요."

"바로 그게 문제예요. '그냥' 직장이라고 생각하는 거 말이죠."

베이즐이 말했다.

"직장이 아니면 뭔데요?"

"**일**이죠."

"그게 그 말이잖아요."

에이미가 말했다.

"아뇨, 그렇지 않아요. 주유소 아르바이트생한테도 직장은 있어요. 하지만 오르스크에서 일하는 우리에게는 일이 있죠. 소명 같은 거예요. 자기 자신보다 더 큰 어떤 것에 대한 책임감 말이죠. 일이 있는 사람에게는 삶의 목표가 생겨요. 그래서 자기가 죽은 뒤에도 세상에 남을 뭔가를 쌓아 올릴 수 있는 거예요. 일은 단순히 돈을 버는 게 아니에요. 그 이상의 가치가 있죠."

"제발 그만 좀 하세요."

에이미가 말했다.

"때로는 진지한 얘기가 필요할 때도 있어요."

루스 앤이 거들었다.

"에이미는 진지한 걸 못 견디죠. 그게 문제예요."

베이즐이 말했다.

"오르스크는 직장이에요."

에이미가 다시 입을 열었다.

"시간 맞춰 직원카드를 리더기에 찍고 업무를 하면 되는 거예요. 책상이 필요한 사람에게 책상을 팔고 저는 그에 대한 보수를 받죠. 돈 받은 만큼 자기 역할을 하면 그만이라고요. 평생 여기에서 그런 일이나 하면서 살 생각은 조금도 없어요."

"그래요? 그러면 뭘 할 건데요?"

"저는……."

순간 에이미는 자신에게 어떤 구체적인 계획도 없다는 사실을 깨달았다.

"생각해둔 게 있어요. 말하고 싶지 않을 뿐이에요."

"에이미, 나무가 아니라 숲을 봐야죠."

베이즐이 말했다.

"저도 다 보고 있다고요. 부지점장님이 **더 좋은** 가구를 만들고 **더 좋은** 경영을 하는 **더 좋은** 회사의 짝퉁에 지나지 않는 이 회사에 죽기 살기로 헌신하고 있는 것도 보고 있어요. 제 눈에 보이는 숲은 그런 모습이에요."

"그만하고 순찰이나 돌죠."

루스 앤이 말했다.

"난 중요한 일을 맡고 있고, 진지하게 그 일을 하는 것뿐이에요."

베이즐이 말했다.

"무슨 중요한 일요?"

에이미가 물었다.

"여기는 물건 파는 곳이에요. 중요할 일이 뭐가 있어요?"

"안전이죠. 난 당신을 포함한 우리 직원 모두의 안전을 책임지고 있어요. 그건 아주 중요한 일이고 난 진지하게 그 일에 임할 겁니다."

"부지점장님이 보호해주지 않아도 제가 하루를 사는 데는 아무 문제가 없어요. 쇼룸에서 길을 잃어버려서 굶어 죽을 일 같은 건 없다고요."

에이미가 말했다.

"정말 이해할 수가 없군요. 승진은 하고 싶은데 시험 준비는 안 하고, 평생 매장에서 일할 생각은 없는데 대학에서 제 발로 걸어 나왔잖아요. 계획이 있기는 한 거예요? 그냥 그때그때 되는대로 사는 거 아닌가요?"

베이즐이 채 말을 마치기도 전에 에이미는 자리에서 벌떡 일어섰다.

"어디 가려고요?"

베이즐이 물었다. 에이미가 문을 향해 걸음을 옮기며 대답했다.

"화장실 가요."

"방금 갔다 왔잖아요!"

베이즐이 에이미를 쫓아가며 소리쳤지만 에이미는 그대로 여자 화장실 문을 박차고 들어가버렸다. 그곳은 베이즐이 쫓아올 수 없는 유일한 장소였다. 갖가지 헛소리를 늘어놓으며 에이미를 괴롭히는 사람은 이제 없었다. 그녀에게 그렇게 창피를 주고도 아직 할 말이 남았던 걸까? 파트장 지원 시험 합격률은 80퍼센트다. 무려 80퍼센트! 에이미는 세면대 앞에 섰다. 수도꼭지에서 신음하듯 끙끙대는 소리가 나면서 도자기 세면대가 달그락거리더니 잠시 후 녹물이 쏟아져 나왔다. 에이미는 수도꼭지를 잠그고 고개를 절레절레 저었다. '엉망진창이군. 지옥이 따로 없어.'

그녀는 심호흡을 하며 마음을 가라앉혔다. 대체 무슨 일이 일어나고 있는 거지? 그녀는 고개를 들고 거울에 비친 자신의 칙칙한 얼굴을 바라보았다. 오른쪽으로 살짝 시선을 돌린 순간, 그녀는 숨이 멎는 것 같았다. 새로운 낙서가 있었던 것이다.

거울 바로 옆에 조금 전까지만 해도 보이지 않았던 낙서가 선명하게 자리를 잡고 있었다. 그녀가 못 보고 지나쳤던 것일까?

아치 윌슨
벌집
3년

얀시롤스
벌집
6개월

제이 벅스턴
벌집
2년

    벌집이 대체 뭐지? 스포츠 팀 이름인가? 혹시 클리블랜드 마약 거래 조직 이름일지도 모른다. 페인트를 긁어서 쓴 낙서가 스무 개 정도 보였는데 형식은 모두 동일했다. 사람 이름 다음에 '벌집'이라는 단어를 쓰고, 그 밑에는 기간을 적어놓았다. 문 쪽으로 다가가자 조금 다른 형식의 낙서들이 보였다.

키트 보러
벌집
~~6시간~~
5년

눈깔 루이스
~~5년~~
6년

그중 가장 긴 목록은 이러했다.

카슨 무어 / 벌집
~~3년~~
~~4년~~
~~5년~~
~~6년~~
~~7년~~
평생

에이미는 청바지에 손을 쓱 문질러 물기를 닦고 화장실 밖으로 나
왔다. 2만 440제곱미터 넓이의 텅 빈 오르스크 매장이 커다란 미로처
럼 느껴졌다. 고객들이 다니는 통로와 직원들의 업무 공간인 사무실,
창고와 부대용품 판매 코너와 쇼룸, 그리고 고속도로와 오르스크 사
이에 위치한 넓디넓은 주차장이 마치 출구를 꽁꽁 감춘 채 그녀를 가
두고 있는 것만 같았다. 오르스크는 워낙 넓기 때문에 이곳을 관리하

려면 사람이 여러 명 필요했다. 세 명으로는 어림없는 일이었다. 모두가 퇴근한 이 시간, 오르스크는 꿈틀꿈틀 거대한 몸을 움직이며 점점 커지고 있었다. 사람이 없는 오르스크는 통제할 수 없는 위험한 존재가 되어가고 있었다.

꽝!

에이미는 온몸이 얼어붙는 것 같았다. 무슨 소리지?

꽝, 딸각, 꽝!

에이미의 눈앞에 긴 복도가 펼쳐져 있었고 양쪽 끝에는 관리사무실로 연결되는 문이 있었다. 벽에는 지속 가능한 성장, 친환경적인 삶, 미래 세대를 위한 오르스크의 헌신 등과 관련된 포스터들이 붙어 있었고, 몇 걸음 떨어지지 않은 곳에 일층으로 내려가는 계단이 있었다. 바로 그곳에서 정체를 알 수 없는 그 소리가 들려왔다. 에이미는 꼼짝도 하지 않고 귀를 기울였지만 들리는 것은 겁에 질린 그녀의 거친 숨소리뿐이었다.

그녀는 심호흡을 하고 정신을 가다듬기 시작했다. 그녀는 지금 직장에 있다. 이런 곳에 위험할 거라고는 아무것도 없다. 베스트 바이(미국 최대 전자제품 소매 업체—옮긴이)에서 살인 사건이 일어났다거나 타깃에서 누군가가 납치당했다는 뉴스는 단 한 번도 본 적이 없지 않은가! 글로벌 기업 소유의 대형 할인 매장보다 더 안전한 곳은 세상에 없다.

하지만 그녀는 여전히 불안감을 떨칠 수 없었다. 그녀는 일층으로 연결되는 계단을 조심조심 밟아 내려갔고 마지막 칸에서 걸음을 멈췄다.

어디에선가 희미한 소리가 들려왔다.

딸각, 꽝…… 딸각, 꽝…… 딸각, 꽝…….

직원들의 출근 시간을 기록하는 시간기록계 너머에서 뭔가 움직이는 것이 보였다. 직원 전용 출입문이 바람에 이리저리 흔들리고 있었다. 마음을 놓은 에이미는 성큼성큼 걸어가 문을 활짝 열어젖혔다. 나트륨등의 오렌지색 불빛으로 물든 주차장이 보였다. 그녀는 눈을 껌뻑였다. 깜깜한 한밤중이라는 사실을 새삼 깨닫고 이상한 기분이 들었던 것이다. 매장 내부에는 창도 없고 시계도 없어서 시간이나 바깥 기온을 전혀 알 수 없었다. 오르스크는 카지노처럼 그 자체로 하나의 독립된 세상이었다. 따뜻하고 끈적한 바람이 가볍게 불어왔다. 어둠 속 늪지에서 울려 퍼지는 개구리 떼의 요란스러운 울음소리 외에는 아무것도 들리지 않는 적막한 밤이었다.

에이미는 주차장 한쪽 구석에 있는 빨간색 혼다를 발견했다. 그녀의 차였다. 지금 당장 뜨끈하게 달궈진 아스팔트를 가로질러 운전석에 앉을 수만 있다면 얼마나 좋을까! 하지만 어디로 가지? 돈 한 푼 없이 룸메이트들이 있는 집으로 갈 수는 없었다. 게다가 이렇게 아무 말도 없이 사라지면 직장에서도 잘릴 게 뻔했다. 그녀는 아무 데도 갈 수가 없었다.

그녀는 힘껏 문을 밀어 닫아버렸다. 꽝 소리와 함께 천장에서 페인트 가루가 눈송이처럼 우수수 쏟아져 내렸다. 하지만 문은 닫히지 않았다. 그녀는 그제야 걸림 장치에 뭔가 끼어 있는 것을 발견했다. 커다란 핑크색 덩어리였는데 껌 같아 보이기도 했다. 그녀는 그 정체 모를 덩어리를 떼어내버릴까 잠시 생각했지만 그만두기로 했다. 그건 그녀의 담당 업무에 포함되지 않는 일이었다. 베이즐이 자기 주장처럼 그렇게 책임감이 강한 사람이라면 **직접** 하면 될 일이었다.

에이미는 휴게실로 돌아왔고 베이즐은 여전히 잔뜩 구겨진 얼굴로 그녀를 맞이했다.

"밤새도록 화장실에 숨어 있을 생각입니까? 이제 순찰을 돌기 시작해야 한다고요."

"직원 전용 출입문이 고장 났어요."

에이미가 말했다.

"아래층에는 뭐하러 내려갔어요?"

"쾅, 쾅 소리가 나서 확인하러 갔죠. 책임감을 가지라면서요. 누군가 걸림 장치를 고장 냈더라고요. 문이 닫히지 않아요."

"보안에 구멍이 뚫렸군요. 내가 뭐랬습니까? 이런 일 때문에 오늘 우리가 밤샘 근무를 하는 거예요."

베이즐은 말을 마치자마자 밖으로 뛰쳐나갔고 루스 앤은 스도쿠 책을 덮었다.

"정말로 누군가가 매장에 침입한 걸까요?"

"나도 모르죠. 하지만 화장실에 못 보던 낙서가 있었어요. 맹세컨대 이십 분 전까지만 해도 없던 거였어요."

에이미가 말했다.

"괜한 일에 엮인 것 같아요. 솔직히 후회되기 시작하네요. 초과 근무 수당이 좀 탐나긴 했어요. 하지만 밤새 퍼즐이나 하면 될 거라 생각했지 진짜로 누군가를 마주치게 될 거라고는 상상도 못 했어요."

루스 앤이 블리스텍스 뚜껑을 만지작거리며 말했다.

"걱정 말아요. 별일 없을 거예요."

에이미가 말했다. 바로 그 순간 요란스러운 딱따구리 울음소리가 방 안을 가득 채웠다. 그녀는 휴대전화를 켜고 메시지를 확인했다.

'살려줘요!'

"난 일단 출근하면 휴대전화를 꺼놔요. 그래서 그런 메시지는 한 번도 받은 적이 없어요."

루스 앤이 말했다. 그때 베이즐이 숨을 헐떡이며 방으로 들이닥쳤다.

"문은 어찌어찌 닫았는데 잠기질 않는군요. 누군가가 의도적으로 우리 매장에 침입한 게 분명합니다. 지금 당장 순찰을 시작하는 게 좋겠어요."

숨 고를 틈도 없이 말을 쏟아낸 베이즐은 곧장 화이트보드를 향해 가더니 매장 지도를 그렸다. 그리고 각자의 순찰 위치와 시간을 적었다.

"수색하기 쉽게 구역을 나눠봤어요. 각자 맡은 곳만 돌아보면 돼요. 일단 첫 번째 순찰은 이렇게 합시다. 루스 앤이 쇼룸을 맡고 에이미는 부대용품 판매 코너, 그리고 난 셀프서브 창고를 돌아볼게요."

"잠깐만요. 각자 돌아보자는 건가요?"

루스 앤이 물었다.

"워낙 넓잖아요."

베이즐이 설명했다.

"그래도 이건 좋은 생각이 아닌 것 같아요. 게다가 여자 화장실에 못 보던 낙서가 생겼어요. 그것부터 좀 보세요."

에이미가 말했다.

"지금 낙서 같은 것에 신경 쓸 여력이 없어요."

베이즐의 목소리가 높아졌다.

"그냥 낙서가 아니라 이상한……."

"다 같이 다니는 게 훨씬 안전할 것 같은데요. 혼자 다니다가 누구라도 마주치면 어떻게 해요? 사실 이렇게 순찰하는 건 누군가를 찾아내려는 거잖아요. 그런데 진짜 침입자와 마주치면 혼자서 뭘 할 수 있겠냐는 거죠."

루스 앤의 말에 베이즐은 갑자기 끔찍한 두통에 시달리는 것 같은 표정을 지었다. 순찰 구역을 나누고 시간표를 짜는 데 많은 시간과 노력을 들였지만 정작 중요한 점을 놓쳤다는 사실을 깨달았던 것이다. 토미나 그레그처럼 하루 종일 납작하게 포장된 가구를 짊어지고 다니는 덩치 좋은 남자들이라면 따로 돌아다니는 것도 분명 효율적인 방법이 될 수 있었다. 하지만 지금 그의 옆에 있는 사람은 루스 앤이었다. 그녀가 혼자 순찰을 돌다가 침입자를 발견한다고 해도 대체 무엇을 할 수 있단 말인가? 루스 앤뿐만이 아니었다. 에이미나 베이즐이라고 뾰족한 수가 있겠는가? 창업자 톰 라슨이 그렇게 좋아하는 '다가가기 쉬운 상냥한 태도'를 보여주는 것은 해결책이 될 수 없었다.

"다 같이 몰려다니면 쉽게 눈에 띌 거예요. 따로 떨어져서 다녀야 더 많은 곳을 볼 수 있기도 하고요."

베이즐이 고집을 부렸다.

"그럼 저랑 루스 앤은 같이 다닐게요. 만에 하나 회사에서 법적 책임을 져야 할 일이 벌어질 수도 있잖아요. 저희 둘이 쇼룸 전체를 살필 테니까 부지점장님이 판매 코너랑 창고를 돌아보세요."

'법적 책임'이라는 단어의 위력은 대단했다. 베이즐은 단 한 마디 반론도 없이 그녀의 제안을 받아들였다.

"좋습니다. 하지만 지금 바로 시작해야 해요. 누군가 이미 매장에 침입했고 회사 소유물을 엉망진창으로 만들고 있으니까요."

베이즐이 말했다.

오후 11시 반 즈음, 세 사람은 쇼룸 입구에 도착했다. 바로 옆에 카페가 있었고 왼쪽으로는 어린이방이 보였다. 그리고 좀 더 앞에는 판매 코너로 내려가는 계단이 있었다.

"눈 크게 뜨고 정신 똑바로 차려요."

베이즐은 자신이 낼 수 있는 가장 근엄한 목소리로 말했다.

"순찰이 다 끝나면 휴게실에서 다시 만나죠. 오늘 밤 뭔가 일이 터지더라도 언제나 다시 모이는 장소는 휴게실입니다. 알겠죠? 순찰 중에 의심스러운 것이 보이면 즉시 전화해요. 난 이런 일에 대비해 필요한 교육을 다 받았어요. 다시 말하지만 두 사람의 안전은 내 책임입니다."

"알겠어요."

에이미가 한숨을 쉬며 대답했다.

그들은 흩어졌다.

04

리리피프

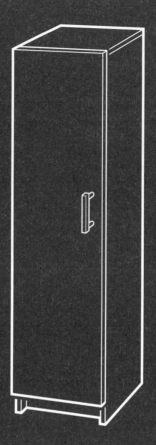

방이 정리되면 온갖 걱정거리도 정리됩니다. 꼭 필요하지만 매일 보고 싶지 않은 물건들이 있나요? **리리피프** 옷장이 해결책이 되어드리겠습니다. 집이 크든 작든 리리피프 하나면 모든 것을 담을 수 있습니다.

색상 및 소재: 내추럴 너도밤나무, 밝은 단풍나무, 그레이 오크
사이즈: W 50×D 39×H 184cm
제품번호: 4356663223

에이미는 카페를 가로질러 에스컬레이터로 향했다.

"반짝이 길을 따라 순서대로 살펴보기로 해요."

그녀가 속삭이듯 말했다. 하지만 바로 그 순간 그녀는 자신이 혼자라는 사실을 깨달았다. 루스 앤은 여전히 카페 반대편에 서서 머뭇거리고 있었다.

"미안해요. 우리 카페부터 좀 둘러보면 안 될까요? 난 솔직히 뭘 찾아야 하는지도 모르겠어요."

루스 앤이 큰 소리로 말했다.

"십대 아이들? 불면증 환자? 뭐든 나오겠죠. 어서 와요. 카페는 돌아가는 길에 마지막으로 보면 돼요."

에이미가 말했다.

"그러는 게 좋을까요?"

"정 카페부터 봐야겠다고 하면 그래도 되고요."

"아니에요. 당신 말대로 하는 게 좋겠어요."

루스 앤이 말했다. 하지만 그녀는 여전히 한 발자국도 움직이지 않았다.

"안 올 거예요?"

에이미가 다시 한 번 그녀를 다그쳤다.

"아, 미안해요."

루스 앤은 가까스로 걸음을 떼어 카페를 가로지르기 시작했다.

"쇼룸이 좀 으스스하네요. 영스타운 지점하고는 영 딴판이에요."

"다를 게 뭐가 있어요. 똑같구만."

에이미가 퉁명스럽게 대꾸했다. 루스 앤이 물었다.

"대체 누가 이런 텅 빈 매장에 몰래 숨어들어오는 걸까요? 전에도 이런 일 본 적 있어요?"

"원래 고객들은 온갖 미친 짓을 하잖아요. 한번은 폐장 시간이 거의 다 됐는데 배가 임산부만 한 덩치의 아저씨가 갑자기 매장에 들어오더니 신발을 벗고 바지를 잘 개켜놓고는 뮈스크에 드러누워 잠을 잤다니까요. 한 시간 동안 아무도 그 사람이 들어온 걸 몰랐어요. 그리고 이건 지점장님께 들은 얘기인데요, 매장 문 다 닫은 후에 한 여자랑 아들을 발견한 적이 있대요. 링암(Lingam) 안에서 말이에요. 지점장님 혼자서 쇼룸 침실을 지나고 있었는데 옷장 문이 살짝 열리더니 두 사람이 기어 나왔대요. 기절할 뻔했다더라고요."

그들은 에스컬레이터 앞에 이르렀다. 반짝이 길에 발을 들여놓으려던 에이미가 관리자들 사진이 걸린 벽 앞에서 잠시 걸음을 멈췄다.

"있죠, 부지점장님이 제발 잔소리 좀 그만했으면 좋겠어요."

루스 앤이 뭔가 날카로운 말을 한마디 할 것 같은 표정으로 입을 벙긋했지만 이내 다물었다. 잠시 침묵이 흐른 뒤 루스 앤이 말했다.

"부지점장님은 좋은 사람이에요."

"솔직히 좀 재수 없는 사람이죠."

에이미가 말했다.

"당신과 뜻이 다르다고 해서 다 나쁜 사람은 아니에요."

"나랑 뜻이 달라서가 아니라 그냥 나쁜 사람이라니까요."

"책임져야 할 게 많아서 그런 거예요."

루스 앤이 다시 말하자 에이미가 비꼬았다.

"무슨 책임요? 가구 포장할 때 나사못 하나씩 빠뜨리도록 챙기는 거요? 직원들 시간표 짤 때 만족하는 사람 한 명 없도록 꼼꼼하게 확인하는 거요?"

"부지점장님은 어린 여동생을 키우고 있어요. 아홉 살이래요. 동생이라고는 하지만 사실 아빠 노릇 하고 있는 거죠. 양말 사는 것부터 학비까지 경제적인 부담도 다 부지점장님 몫이에요."

에이미는 되받아칠 말을 찾기 위해 머릿속을 열심히 뒤졌지만 마땅한 말을 찾을 수가 없었다.

"그렇군요. 그건 몰랐네요. 하지만 부지점장님은 한 마디 한 마디가 무슨 본사 교육용 비디오 같잖아요. 입만 열면 오르스크, 오르스크! 신처럼 떠받든다고요."

에이미의 말에 루스 앤이 차분하게 설명했다.

"회사가 그분에게 큰 울타리가 되어줬거든요. 부지점장님은 이스트클리블랜드(오하이오주 쿠야호가 카운티에 있는 도시—옮긴이) 출신이에요. 혹시 어떤 곳인지 알아요?"

'뉴스에서 많이 봐서 대충 알죠.' 에이미는 속으로 생각했다.

"부지점장님이 오르스크에 입사했을 때, 그분은 인생을 포기하기 직전이었어요. 오르스크가 그분에게 직장을 주고 새로운 기회의 문을 열어줬던 거죠. 누군가는 교회에 매달리고 누군가는 알코올의존자 모임에 희망을 걸어보고 또 누군가는 폭력 조직에서 자신의 삶을 찾아보려 하죠. 베이즐 부지점장님은 <u>오르스크</u>에서 기회를 발견한 거예요.”

에이미는 이런 종류의 대화는 딱 질색이었다. 뭐라고 대꾸할 말이 없지 않은가? '정말 대단하신 분이니 성 베이즐 성당이라도 지어드려야겠네요.'라고 해야 하나? 냉소적인 반응을 보이면 그녀만 옹졸한 사람이 될 것이다. 에이미 역시 만만치 않게 어려운 삶을 살았다. 너저분한 트레일러하우스에서 엄마랑 단둘이 어린 시절을 보냈고, 숨바꼭질 대신 술병 숨기기 놀이를 해야 했다. 하지만 지금 이런 이야기를 꺼내면 베이즐과 경쟁하려는 쩨쩨한 인간으로 비칠 것이다. 게다가 '누가 누가 더 힘들었나?' 경쟁에서 그녀가 이길 가능성은 거의 없어 보였다. 이스트클리블랜드에서 태어나 자란 흑인을 이길 사람은 없을 것이다.

“그냥 망할 놈의 순찰이나 돌아요.”

에이미가 말했다. 에스컬레이터 앞에 서 있던 그녀는 몸을 돌려 거대한 카탈로그 무더기를 지나 거실 & 소파방으로 향했다.

“난 영스타운 지점에서 13년 동안 일했지만 한 번도 쇼룸에서 고생한 적이 없었어요. 그런데 여기 온 첫날 길을 잃었지 뭐예요. 그냥 웃고 넘길 상황이 아니었어요. 오싹한 기분이 들더라고요.”

루스 앤이 다시 이야기를 시작했지만 에이미는 다른 생각에 빠져 있었다. 그녀는 베이즐이 파트장 시험에 대해 말한 것 때문에 여전히 속이 쓰렸다. 시험에 떨어져 속상한 게 아니었다. 모두가 그 사실을 **안다는** 것을 견딜 수 없었던 것이다.

루스 앤의 이야기는 멈출 줄을 몰랐다.

“그때 나는 다이앤을 보러 주방에 가는 길이었어요. 다이앤 다노스키 알죠? 크리스마스 시즌만 되면 산타클로스 배지를 온몸에 붙이고 다니는 사람 말이에요. 아무튼 다이앤을 만나러 가는데 어찌나 길을 헤맸는지 주방까지 삼십 분이나 걸렸어요. 점심시간을 몽땅 써버린 거예요. 소름이 쫙 끼치더라고요. 이 건물이 나도 모르게 움직이고 있는 것 같은 생각이 들었거든요. 마침내 다이앤을 만난 순간 그 자리에 주저앉아서 아이처럼 엉엉 울고 싶었죠. 그날 이후 난 절대 쇼룸에는 가지 않기로 했어요."

"진짜예요? 여기에서 일한 지 11개월이나 됐는데 쇼룸에 한 번도 가본 적이 없다고요?"

에이미가 물었다.

"나이가 들면 사람도 바뀌더라고요. 당신도 나이 들면 무슨 말인지 알게 될 거예요."

"사람이 없으니까 영 이상하긴 하네요."

에이미도 으스스한 기분이 드는 것을 부인할 수 없었다. 루스 앤이 불안해하니까 덩달아 기분이 이상해지는 것 같았다. 에이미는 〈환상특급〉(환상, SF, 호러, 미스터리 등이 주를 이루는 미국 TV 드라마로 한국에서도 방영된 적 있다—옮긴이) 주제곡을 흥얼거리기 시작했다.

"따라다단, 따라다단."

"그만해요, 제발! 안 그래도 불안하단 말이에요."

루스 앤이 말했다.

에이미는 회갈색 안내 포스트 앞에서 걸음을 멈췄다. 안내 포스트 한쪽 면에 쇼룸 지도가 그려져 있고, 거실 & 소파방 한가운데에 '현재 위치'가 커다랗게 표시되어 있었다.

"그냥 큰 원이라고 생각하면 돼요. 오르스크 쇼룸은 다 이렇게 생겼잖아요. 영스타운도 마찬가지고요."

에이미가 손끝으로 지도 위에 원을 그리며 말했다.

"오늘 아침에도 수습직원들한테 쇼룸을 안내해줬는데 다들 금방 익히더라고요."

에이미의 자신감 넘치는 목소리에 루스 앤도 살며시 지도 앞으로 다가왔다. 그리고 마치 고양이가 TV를 보듯 동그란 눈으로 천천히 지도를 바라보았다.

"'현재 위치' 표시된 것 보이죠?"

에이미가 물었다.

"음……."

루스 앤이 여전히 불안에 떠는 목소리로 대답했다.

"지금 우리는 여기에 있는 거예요. 쇼룸 각 방에는 이런 지도가 있으니까 어디에서든 길을 찾을 수 있어요. 헨젤과 그레텔처럼 빵 부스러기만 따라가면 되는 거죠. 조금만 주의를 기울이면 길 잃어버릴 일은 없을 거예요."

에이미의 친절한 설명에도 불구하고 루스 앤의 의심 가득한 표정에는 변화가 없었다.

"그냥 나만 따라와요. 삼십 분 뒤엔 휴게실에 돌아갈 수 있을 거예요."

에이미가 다시 말했다.

두 사람은 베개가 가득 찬 커다란 통과 어린이들을 위한 놀이 구역, 작업대와 안내 포스트 사이를 요리조리 통과하며 앞으로 나아갔다. 천장에는 곳곳에 홍보용 배너가 걸려 있었다. 커다란 베개 통 때문에 모퉁이가 잘 안 보이는 곳도 있었고, 빼곡하게 자리 잡은 가구들 때문에 반짝이 길을 놓치기도 했다. 거대한 쇼룸은 끝없이 길기만 했고, 걸으면 걸을수록 구불구불 괴상한 모양으로 휘어지는 것만 같았다. 에이미는 마치 사라진 문명에서 건져온 가구들만 존재하는, 길도 없는 황

무지 한가운데에서 길을 헤매는 것 같은 기분을 느꼈다.

두 사람은 여섯 개의 각기 다른 스마그마(Smagma) 책꽂이를 지나쳤다. 똑같은 책 수백 권이 책꽂이를 가득 채우고 있었다〔오렌지색과 검정색 표지로 된 『디자인 이즈 굿(Design is Good)』이라는 책으로, 오르스크는 이 책을 트럭 분량으로 구입했다〕. 잠시 후 두 사람은 주방에 도착했다. 에이미가 가장 좋아하는 구역이었다. 부끄러운 고백이지만 그녀는 2구짜리 핫플레이트와 오븐토스터밖에 없는 주방에서 어린 시절을 보냈고, 그런 그녀에게 오르스크 쇼룸 주방은 그야말로 꿈의 공간이었다. 그녀는 언젠가 오르스크 주방을 자기 집에 옮겨놓겠다는 비밀스러운 꿈을 갖고 있었다.

에이미는 희미하게 빛나는 하얀색 하르블로(Harbblo) 앞에서 걸음을 멈추고 루스 앤을 향해 돌아섰다.

"이런 걸 사서 집에 둘 수 있다면 어떨까요? 생각해본 적 있어요?"

루스 앤은 얕은 숨을 헐떡이고 있었고, 윗입술은 땀으로 번들거렸다. 그녀가 주머니를 뒤적거리더니 블리스텍스 튜브를 꺼냈다. 입술에 튜브를 문지르는 동안 그녀의 숨소리가 차츰 안정을 찾는 것 같았다.

"사실 우리 집 주방에 똑같은 게 있어요. 처음에는 이렇게 새하얬는데 지금은 오래돼서 색이 칙칙하게 죽었죠."

에이미는 순간 바보가 된 것 같았다. 당연히 그렇겠지! 루스 앤은 이 정도 물건은 충분히 살 수 있을 것이다. 그녀는 자퇴해서 다니지도 못한 대학 등록금 대출금을 갚느라 허리띠를 졸라매야 하는 처지가 아니었다. 그녀는 굳이 굿윌스토어(기부 물품이나 후원 물품을 저렴한 가격으로 판매하는 회사—옮긴이)에서 옷을 사야 하는 형편도 아니다. 그녀는 분명 노후 대책에도 투자하고 있을 테고, 늘 기름이 줄줄 새는 차를 끌고 다니지도 않을 것이다. 하지만 에이미는 달랐다. 그녀는 100달러가 넘는 물건은 살 생각조차 할 수 없었다.

"저게 무슨 소리죠?"

루스 앤이 물었다.

에이미는 귀를 기울였다. 싱크대에서 나는 소리였다. 무언가 금속을 긁고 있었다. 그녀는 소리 나는 곳을 향해 천천히 걸음을 옮겼다.

"무슨 일이에요?"

루스 앤이 다시 한 번 겁에 질린 목소리로 물었다.

"으엑!"

에이미가 깜짝 놀라 뒤로 물러서며 소리쳤다.

통통하게 살찐 검은 쥐가 배수관에서 미끄러지듯 빠져나오더니 싱크대 옆면에 붙어 갈팡질팡하다가 작은 발톱을 바짝 세워 조리대 위로 기어오르기 시작했다. 루스 앤은 양손으로 입을 꽉 틀어막았다.

"어떡하죠?"

에이미가 물었다. 두 사람이 공포에 질려 꼼짝 못 하는 사이, 투실투실한 검은 쥐는 뒤뚱거리며 조리대에 올라와 냉장고 벽 사이 작은 틈으로 몸을 구겨 넣었다. 잠시 후 벽을 타고 내려가는 소리가 들리더니 곧 발톱이 바닥에 닿는 소리가 들렸다.

루스 앤이 에이미의 손목을 꽉 잡았다.

"내 발!"

그녀가 소리쳤다.

"발이 왜요? 어디 있는지 보여요?"

"그게 아니라, 내 발에 안 닿게 해달라고요."

루스 앤은 말을 마치자마자 반짝이 길을 따라 내달렸고, 에이미도 주저 없이 그 뒤를 따랐다. 그들은 다이닝룸에 이르러서야 겨우 걸음을 멈췄다. 루스 앤은 떨리는 손으로 블리스텍스를 입술에 문질렀다.

"여기에서 쥐를 본 건 처음이에요. 부지점장님이 알면 까무러치겠네요."

에이미가 말했다.

"배수관이 하수구에 연결되어 있지도 않잖아요. 수납장 안에 숨어 있었을 거예요. 쥐가 얼마나 번식력이 뛰어난지 알죠? 한 마리가 눈에 띄면 이미 수십 마리가 근처에 있다는 뜻이에요."

루스 앤의 말에 에이미는 몸서리를 쳤다. 두 사람은 다시 걷기 시작했다. 쇼룸은 걸어도 걸어도 끝이 보이지 않는 거대한 미로 같았다. 온몸을 있는 힘껏 늘여 긴 팔다리로 슬금슬금 그들을 감싸고 토끼 굴 같은 작은 방을 끝없이 만들어내 두 사람을 유인하는 위험한 미로였다. 거대한 인형의 집에 갇힌 기분이었다. 에이미는 걸음을 재촉했지만 루스 앤이 자꾸만 뒤처졌다.

"우리, 주방으로 되돌아가야 하지 않을까요? 정신없이 뛰어오느라 뭐가 있는지 하나도 못 봤잖아요."

루스 앤이 조심스럽게 입을 열었다.

"계속 가죠."

에이미가 말했다.

두 사람은 침실에 들어섰다. 방처럼 꾸며진 공간 안에 매트리스가 즐비했다. 루스 앤은 피코네(Pykonne) 컬렉션 앞에서 걸음을 멈췄다.

"저 벽장은 어떡하죠? 문을 열고 확인해봐야 할까요?"

그녀가 속삭이듯 물었다.

"저 안에 누가 숨어 있을 거라고 생각하는 거예요?"

에이미의 말에 루스 앤의 얼굴이 백지장처럼 하얗게 질렸다.

"혹시 모르잖아요."

에이미가 벽장을 향해 살금살금 걸어가 손잡이를 확 잡아당겼다.

"아!"

루스 앤이 비명을 질렀다. 하지만 문은 여전히 닫혀 있었다.

"이거 가짜 문이에요."

에이미가 설명했다. 그녀가 손잡이를 잡고 흔들자 전시용 벽이 같이 흔들렸다.

"뒤에 아무것도 없는 가짜 문이라고요. 쇼룸 여기저기에 이런 문이 얼마나 많은데요. 정말 계산대 외에는 가본 곳이 없나 보군요."

루스 앤이 순순히 고개를 끄덕였다.

"여기를 한번 봐요."

에이미의 설명이 이어졌다.

그녀가 커튼 뒤로 손을 뻗어 블라인드 줄을 잡아당기자 벽에 고정된 네 개의 창유리가 모습을 드러냈다.

"경치가 끝내주죠?"

루스 앤은 겁에 질려 눈을 질끈 감았다.

"괜찮아요. 아무것도 없어요. 다 전시용으로 만든 가짜라고요."

에이미가 말했다. 루스 앤은 한쪽 눈을 가늘게 뜨고 주위를 살핀 뒤 나머지 눈을 마저 떴다.

"크리피 크롤리(달팽이, 지렁이, 애벌레 등이 주인공으로 나오는 어린이용 애니메이션 제목. 섬뜩하고 징그러운 벌레라는 뜻으로도 쓰인다—옮긴이)를 보게 될까 봐 무서워서 그랬어요."

루스 앤이 말했다.

"뭐라고요?"

에이미가 웃음을 터뜨렸다.

"어렸을 때 난 어둠이 견딜 수 없이 무서웠어요. 그래서 부모님이 내 침실을 따로 마련해준 뒤부터 몇 주 동안 한숨도 잘 수 없었죠. 밤만 되면 어둠 속에서 크리피 크롤리들이 나타났거든요. 고약하고 심술궂은 것들이 꿈틀대며 벽을 타고 내려와서 내 침대를 덮쳤어요. 아무한테도 얘기할 수 없었지만 뭔가 방법을 찾아야 했죠. 눈을 감는 것만으로는 부족했어요. 나도 모르게 실눈을 뜨고 볼 수도 있으니까요. 내가 그 녀석들을 안 쳐다보면 그 녀석들도 나를 못 볼 거라고 믿었거든요. 그래서 양말을 머리에 묶어 눈을 가리기로 했어요. 안대처럼 말이에요. 참 바보 같은 얘기죠?"

루스 앤이 말했다.

"크리피 크롤리들이 당신을 보면 어떻게 되는데요?"

"그야 모르죠. 한 번도 그런 일이 없었으니까요. 하지만……."

루스 앤이 잠시 뜸을 들이다가 한층 낮은 목소리로 말을 이었다.

"분명 안 좋은 일을 당했을 거예요."

불편한 침묵이 흘렀다.

"그만해요. 나까지 기분이 이상해지네요."

두 사람은 다시 걷기 시작했다. 에이미는 두려움에 떨고 있는 불쌍한 동료를 챙겨야 한다는 생각이 들어 루스 앤 옆에 바싹 붙었다. 크리피 크롤리 얘기 때문에 조금 예민해진 탓도 있었다.

침묵에 싸인 쇼룸이 끝없이 이어졌다. 천장에서 커다란 통풍기 돌아가는 소리가 들렸지만, 음악은 꺼진 상태였고 매장 안은 바늘 떨어지는 소리도 들릴 만큼 고요했다. 순간 두 사람의 등 뒤에서 뭔가 부서지는 소리가 났다. 두 사람은 깜짝 놀라 펄쩍 뛰었다.

"계속 걸어요."

에이미가 속삭였다.

두 사람은 더 빠르게 걷기 시작했다. 에이미는 비명을 지르며 가구들 사이로 미친 듯 도망치고 싶은 충동을 가까스로 참았다. 이 넓은 공간을 날카로운 비명 소리로 가득 채우고 싶지는 않았다. 반짝이 길을 중심으로 가느다란 팔처럼 생긴 좁은 복도들이 구불구불 뻗어나갔고 그 끝은 어김없이 침대로 가로막혀 있었다. 어둑한 복도 끝에 자리 잡은 침대 발치들은 두 사람의 걸음을 하나도 놓치지 않으려는 듯 눈을 부릅뜨고 지켜보고 있었다. 그들은 안내 포스트를 지났다. 못에 걸린 여러 개의 나무 자가 에어컨 바람에 흔들려 나지막하게 달그락 소리를 냈다. 옷이 바스락거리며 스치는 소리가 너무 크게 느껴졌다. 두 사람의 귀에 다른 소리는 아무것도 들리지 않았다. 루스 앤은 누가 따라올까 걱정되는지 자꾸만 뒤를 흘끔거렸다.

바로 그때 에이미의 눈에 무언가 움직이는 것이 보였다.

저 앞 뮈스크 침대 위에서 정체를 알 수 없는 뭔가가 꿈틀대고 있었다. 마치 쥐들이 뭉쳐 있는 듯 둥그스름한 털북숭이가 베개 위에서 온몸을 비틀더니 갑자기 두 조각으로 갈라졌다. 그것들은 침대 위에서 펄쩍 뛰어내려 허우적허우적 뒷걸음질을 쳤다. 에이미는 두 눈을 껌뻑거렸다. 대체 저것들이 뭐란 말인가?

잠시 후 두 개의 형체 중 하나가 팔을 쭉 펼치더니 그녀를 향해 손을 흔들었다.

"아, 당신들! 뭐하는 거예요?"

맷의 목소리였다.

그는 숨을 헐떡이며 한 손으로 턱수염을 쓱 쓰다듬었다. 침대 한쪽에서는 트리니티가 검은색 티셔츠를 당겨 내리고 있었다.

"왔어?"

그녀가 발그레 상기된 얼굴로 인사를 건넸다.

루스 앤이 안도의 한숨을 내쉬며 에이미의 팔을 붙잡았다.

"대체 뭣들 하는 거예요?"

에이미가 물었다.

"베이스캠프를 만들고 있었어요."

맷이 대답했다.

"뮈스크에서요?"

에이미가 도저히 믿을 수 없다는 표정으로 말했다.

"둘이 뒹굴고 있었잖아요. 이 지저분한 뮈스크 위에서 한번 하겠다고 아무도 없는 이 시간에 매장에 몰래 숨어들어온 거예요? 얼마나 많은 애들이 여기에 코딱지를 붙이는지 알기나 해요?"

그녀는 슐핀(Sculpin) 진열단상 끄트머리에 털썩 주저앉았다. 갑자기 웃음이 나기 시작했다. 루스 앤도 거칠게 한숨을 몰아쉬고는 웃음을 터뜨렸다. 이제야 좀 살 것 같았다. 죽은 가구들로 가득한 공간을 거닐다 두 사람의 어처구니없는 행동을 보니, 오히려 안도감이 밀려왔다. 트리니티의 얼굴이 더욱 붉어졌고 맷은 겸연쩍은 미소를 지었다.

"우리, 문 따고 들어온 거 아니야."

웃음이 가라앉은 뒤 트리니티가 말했다.

"그럼 어떻게 들어온 거야?"

에이미가 물었다.

"리리피프(Liripip) 안에 숨어서 사람들이 모두 퇴근할 때까지 기다렸지."

"그러니까 엄밀히 말하자면 불법 침입은 아니라는 거죠."

맷이 거들었다.

"부지점장님이 가만있지 않을걸."

에이미가 말했다.

"부지점장님한테 말하면 안 돼."

트리니티가 다급하게 말했다.

"왜?"

"부지점장님은 절대 이해 못 할 거야. 우리는 초심리학적 조사 차원에서 여기 온 거거든."

에이미와 루스 앤이 멍한 눈으로 그녀를 바라보았다.

"쉽게 말해서 유령 사냥 중이에요."

맷이 설명했다.

"여기엔 초자연적 에너지가 가득해요. 그래서 우리가 측정 장비를 가지고 왔죠."

그는 침대 옆에 있는 커다란 검정색 가방 네 개를 가리켰다.

"멜미터(전자기력과 열에너지를 동시에 측정해 유령을 감지하는 장비—옮긴이), 적외선 카메라, 휴대용 동작 감지기, EVP(전기적 음성 현상으로, 유령의 소리로 여겨지는 이상 소음—옮긴이)를 담기 위한 음성 작동 녹음기, 대충 이런 것들이에요."

"그걸 다 어떻게 리리피프 안에 숨겼어요?"

루스 앤이 물었다.

"이건 차에 두고 우리 둘만 리리피프에 숨어 있었죠. 주변이 조용해진 것을 확인한 뒤에 직원 전용 출입문으로 나가서 가지고 왔어요."

맷이 말했다.

"출입문 걸림 장치에 껌을 붙여놓은 게 당신이었군요! 우린 누가 몰래 침입한 줄 알았단 말이에요. 그것 때문에 부지점장님이 온통 예민해져서 한 시간에 한 번씩 쇼룸 전체를 순찰하라고 시켰다고요."

에이미가 말했다.

"자기한테는 안된 일이지만 어쩔 수 없어. 이번 일만 잘되면 그때 부지점장님한테 사과하지, 뭐. 하지만 그전에 말했다가는 아예 시작도 못 하게 막을 게 뻔하잖아. 촬영할 게 얼마나 많은데 아마 하나도 못 하게 할걸."

트리니티가 말했다.

"아, 이제야 좀 알겠네요. A&E(미국 코미디, 드라마, 다큐멘터리, 무대 전문 채널—옮긴이)에서 방송하는 〈파라노말 인베스티게이터〉 같은 거죠?"

루스 앤이 순진한 얼굴을 하고 물었다.

"전혀요! 우린 그 TV 프로그램이랑은 아무 상관도 없어요. 먼저, 우리가 하려는 건 그런 시시한 장난이 아니에요."

맷이 말했다.

"하지만 이 장비들 좀 봐요. A&E에 나오는 거랑 똑같잖아요."

루스 앤이 검은 가방들을 가리키며 말했다.

"A&E 타령 좀 그만해요. 우린 그보다 훨씬 대단한 일을 할 거라고요. 우린 브라보(NBC가 소유한 미국 유선방송 채널—옮긴이)에 출연하는 최초의 고스트 헌터가 될 거예요."

맷이 말했다.

"유령을 찾으면 어떻게 할 건데요?"

루스 앤이 묻자 트리니티가 말했다.

"고해상도 카메라로 촬영해야죠. CG나 속임수 같은 건 전혀 없이 있는 그대로 담을 거예요. 영적 현상이 존재한다는 진짜 증거가 될 거라고요."

"그다음엔요?"

루스 앤이 물었다.

"유령의 기분이 좋다면 인터뷰도 해볼 수 있겠죠. 찰리 로즈(짧게는 15분, 길게는 1시간 동안 인원 수에 상관없이 심층적인 대화를 나누는 웹 인터뷰 쇼의 진행자—옮긴이) 스타일이면 더 좋을 텐데! 물론 가능성은 적지만 기회가 된다면 한번 시도해볼 생각이에요."

맷이 대답했다.

"두 사람 그거 알아요? 유령 같은 건 없어요."

에이미가 말했다.

"있어. 본 사람이 얼마나 많다고."

트리니티가 발끈했다.

"빅풋(전설 속 괴생명체로, 다양한 목격자의 진술과 증거가 있지만 그 진위 여부에 대한 논란은 여전하다―옮긴이)을 봤다는 사람도 많지."

에이미가 다시 말했다.

"빅풋은 신비동물학에서 다루는 거예요. 유령과는 전혀 다른 분야죠."

맷이 말을 이었다.

"유령의 존재를 믿고 안 믿고는 두 사람 자유예요. 하지만 최근 우리 매장에서 이상한 일들이 벌어지고 있다는 사실은 아마 부정할 수 없을걸요. 프롱크스(Pronks)가 부서져 있고, 이상한 메시지가 계속 오고, 브루카에 똥 자국이 남아 있는 거 다들 봤잖아요. 그래요, 유령이 아닐 수도 있어요. 하지만 유령일 가능성도 있죠."

맷은 에이미와 루스 앤의 눈을 똑바로 쳐다보며 부츠 끝으로 바닥을 탁탁 두드렸다.

"오르스크 건물이 들어서기 전에 이곳에 뭐가 있었는지 알아요?"

그가 질문을 던졌다.

"아무것도 없었죠. 차를 타고 늘 이쪽을 지나다녔는데 그냥 텅 빈 습지였어요."

루스 앤이 대답했다.

"예전에는 여기에 감옥이 있었어요."

"그럴 리가 없어요."

루스 앤이 말했다.

"아주 오래전 일이에요. 18세기였죠."

트리니티가 대답했다.

"19세기야."

맷이 말했다.

"그게 그거잖아."

트리니티가 맷을 향해 살짝 눈을 흘겼다.

"몇 백 년 전 여긴 아주 암울한 곳이었어요. 우리가 서 있는 바로 이곳에서 수많은 사람이 죽었죠. 그 후 감옥은 사라졌어요. 대부분 사람들은 여기 감옥이 있다는 얘기조차 못 들어봤을 거예요."

맷이 설명했다.

"으스스한데요."

루스 앤이 말했다.

"으스스할 게 뭐 있어요. 신경 쓰지 말아요."

에이미가 다시 한 번 목소리를 높였다.

"믿기 싫으면 무시해요."

트리니티는 잔뜩 흥분한 표정으로 제자리에서 폴짝 뛰며 말을 이었다.

"하지만 그때 죽은 사람들은 이곳에 심령 에너지를 남겼어요. 그 에너지가 매장을 떠돌고 있는 거라고요. 배고픔을 이기지 못하고 빵 한 덩어리 훔친 죄로 감옥에 가고 사형을 당했으니 다들 분명 억울할 거예요. 세상에 원한을 품고 있겠죠."

그녀는 커다란 장비 가방 하나를 들어 뮈스크 위에 올리고 지퍼를 열었다. 그리고 달걀 모양의 진흙 색깔 플라스틱 물체 아홉 개를 꺼내 침대 위에 한 줄로 늘어놓았다. 그런 다음 그녀는 새로 산 9볼트 건전지 포장을 뜯고 건전지를 갈아 끼우기 시작했다.

"그게 뭐예요?"

루스 앤이 물었다.

"EMF(전자기장―옮긴이) 측정기예요. 측정치를 시간과 함께 기록하도록 플래시 드라이브를 설치했어요. 그렇게 하면 시간에 따라 어떤 변화가 일어나는지 한눈에 볼 수 있을 테니까요."

트리니티가 대답했다.

"무슨 말인지 하나도 모르겠네요."

루스 앤이 말했다.

"휴대전화 많이 쓰면 뇌종양에 걸릴 수도 있다는 말 들어봤어요? 초기에는 그런 걱정을 하는 사람들이 많았죠. 그래서 싸구려 전자제품 회사들은 이런 기계를 만들어냈어요. 휴대전화나 송전선 같은 데서 전자장이 얼마나 발생하는지 직접 측정할 수 있도록 말이에요. 요즘도 건강염려증에 걸린 사람들은 이걸 가지고 다닌다더라고요. 하지만 대부분은 고스트 헌터들이 이용하죠."

트리니티가 설명했다.

"왜요?"

루스 앤이 다시 물었다.

"유령이 곧 에너지니까요. 그것도 몰라요?"

트리니티가 쌀쌀맞게 되물었다.

"이런 게 정말 통할 거라고 믿어요?"

에이미가 맷을 바라보며 물었다.

"그럼요. 이건 과학이에요."

맷은 어깨를 한 번 으쓱해 보이고 다시 말을 이었다.

"지하수나 고압 송전선에서 발생하는 전자기장이 유령을 본 것 같은 증상을 일으킨다는 연구 자료가 얼마나 많은지 알아요? 실제로 이 상한 소리를 듣고 냄새를 맡았다는 사람들이 있다고요. 방향감각을 잃기도 하고 갑자기 조울증에 시달리기도 하죠. 큰 자석만 있으면 직접 실험해볼 수도 있어요."

맷의 말에 트리니티는 고개를 저었다.

"유령이 전자기적 변화를 **유발**하는 거야. 전자기장 때문에 유령을 보는 게 아니고."

"유령을 본 적이 있어?"

에이미가 물었다.

"아니, 보고야 싶지."

트리니티가 두 눈을 커다랗게 뜨고 대답했다.

"생각만 해도 짜릿하지 않아? 어렸을 때 난 부모님이 집을 비우면 몰래 공포 영화를 봤어. 그런 다음 불을 다 끄고 컴컴한 어둠 속을 걸어 다녔지. 유령이 나타나기를 바라면서. 맷은 진짜 유령을 본 적이 있대. 부러워 죽겠어."

"유령을 봤다고요? 어땠어요? 무섭던가요?"

루스 앤이 맷에게 물었다.

"아 뭐, 확실한 건 아니에요. 순식간에 획 지나가는 형체를 본 것뿐이에요."

맷이 대답했다.

"유령이었어. 유령이 당신 앞에 나타났던 거라고. 나한테 그렇게 말했잖아."

트리니티가 단호한 표정으로 말했다.

"워낙 오래전 일이라……."

맷은 흘끗 에이미의 눈치를 살핀 뒤 다시 말을 이었다.

"어쨌든 분명한 건 이곳에서 이상한 일들이 벌어지고 있다는 거예요. 우린 그 현장을 카메라에 담으려고 여기 왔고요. 아직 누구도 뭐라고 단정 지을 수 없는 상황이니까, 일단 찍고 봅시다."

"우리는 어중이떠중이 고스트 헌터와는 달라. 왠지 알아?"

트리니티가 물었다.

"우린 촬영을 하거든. 지금까지 누구도 유령의 모습을 카메라에 담은 적은 없어. 덩치 큰 바보들이 어두운 집에 들어가서 '누구 있어요? 대답해봐요. 당신 유령이죠? 난 느낄 수 있어요. 그러니 신호를 보내줘요'라고 떠들다가 갑자기 무슨 소리를 들은 척 호들갑을 떨면서 카메라를 정신없이 흔들어대는 게 다였지."

"너도 봤지? 그 소리 분명 들었지? 세상에 이런 맙소사! 무서워 죽겠어. 살려줘! 이런 식으로요."

맷이 호들갑스러운 연기를 선보이며 말했다.

"우리는 객관적인 증거를 확보할 거야. 바로 오늘 밤 이 카메라로 말이지. 빛나는 구형 물체나 희뿌연 연기, 공중에 둥둥 떠다니는 형체, 에너지의 흐름 따위를 찍는 게 아니라 실제 유령의 모습을 있는 그대로 찍을 거라고. 그런 다음 촬영 파일을 다른 자료들과 함께 잘 정리해서 유명 제작사에 보낼 거야. 다들 놀라 까무러치겠지. 카메라로 무장한 혼성 고스트 헌터 팀이 세상에 등장하는 거야! 과학 쪽은 맷이 담당하고, 난 생기발랄한 매력으로 시청자들 마음을 사로잡을 계획이야. 다들 우리가 찍은 걸 보고 열광하게 될걸. 우린 이 촌구석을 영영 뜰 거라고. '고스트 밤(Ghost Bomb)' 파이팅!"

"뭐? 무슨 밤?"

에이미가 물었다.

"'고스트 밤.' 우리가 만들 프로그램 제목이야. 유령을 다루니까 '고스트', 폭탄처럼 대단한 위력을 가졌으니까 '밤', 그래서 '고스트 밤'."

트리니티가 신이 나서 대답했다.

"당연하지. 엄청날 거야!"

맷이 트리니티와 하이파이브를 하며 말했다.

에이미는 얼빠진 표정으로 두 사람을 쳐다보았다.

"유치해서 들어줄 수가 없네. 최악의 이름이에요."

트리니티는 에이미를 빤히 노려보다가 매니큐어로 화려하게 칠한 가운뎃손가락을 들어 올렸다.

"괜찮은 것 같은데요. 요즘 스타일이잖아요. 그런 말 많이들 쓰지 않나요?"

"고마워요."

트리니티가 인사하고는 다시 에이미를 향해 돌아섰다.

"그렇게 김빠지는 소리나 할 거면 그만 가지그래. 자기 때문에 있던 운도 다 달아나겠어. 오늘 밤은 우리한테 정말 중요하단 말이야. 유령을 생생하게 카메라에 담을 절호의 기회가 왔는데 자기가 그렇게 부정적인 에너지를 뿜고 있으면 유령이 나타나겠어?"

트리니티가 다시 루스 앤을 바라보았다.

"나랑 같이 가지 않을래요? EMF 측정기 설치하는 것 좀 도와줘요. 오늘 유령이 존재한다는 확실한 증거를 잡아서 같이 떼돈도 벌고 유명해지자고요."

트리니티의 부탁을 거절할 수 있는 사람은 아무도 없었다. 루스 앤은 블리스텍스를 꺼내 입술에 문지르고는 그녀를 뒤따라 다시 반짝이 길에 들어섰다. 그들은 다이닝룸으로 향했고 잠시 후 빼곡한 가구 숲 사이로 사라졌다. 맷과 에이미는 아무 말 없이 두 사람의 뒷모습을 바라보았다.

05

뮈스크

세상의 손길이 닿지 않는 저 높은 구름 속에 푹 파묻혀
당신에게 꼭 필요한 휴식을 누릴 수 있는 나만의 섬으로
떠나보세요. **뮈스크**는 부드러운 손길로 당신을 감싸고
아름다운 꿈의 세계로 안내할 것입니다.

침대 머리판 소재: 너도밤나무, 오크나무, 유럽산 단풍나무
사이즈: 킹, 퀸, 트윈
제품번호: 7524321666

"자, 우리도 시작해볼까요? 반짝이 길을 따라 이것들을 설치해야 해요."

맷이 남아 있는 EMF 측정기들을 가방에 넣으며 말했다.

"이게 정말 뭔가를 감지하고 기록할 거라고 생각해요?"

"당연하죠. 조명 크기를 좀 봐요."

맷이 천장을 가리켰다. 두 사람의 머리 위 3.5미터 높이에 철재와 파이프, 전선과 거대한 공조배관 들이 십자형으로 얽히고설켜 있었다. 그것들은 천장과 똑같은 황백색으로 칠해져 있었지만 완벽한 위장이 되기에는 그 수가 너무 많았다. 에이미가 물었다.

"조명 크기가 중요한가요?"

"크기 자체가 중요한 건 아니죠. 하지만 이 매장에는 680개의 보조조명과 제품을 돋보이게 하는 200개의 집중조명이 있어요. 그것들이 모두 전자기장을 일으키고 변화시키고 있으니까, 당연히 측정기에 기록이 될 거라는 말이에요."

맷이 EMF 측정기 하나를 집어 들더니 마치 향을 피우듯 허공에서 흔들어대고는 말했다.

"2밀리가우스네요. 이런 식으로 밤새도록 숫자가 뜰 거예요."

"그게 다라면 뭐 때문에 이 측정기들을 설치해요?"

맷은 플립카메라를 손에 들고 배낭가방을 어깨에 둘러멘 뒤 에이미에게 매장 지도와 연필 한 자루를 건넸다.

"측정기 위치나 잘 표시해둬요. 하나라도 빠뜨리면 트리니티가 가만있지 않을 거예요."

"하지만 맷, 이게 조명에서 발생하는 전자기장을 감지하고 측정하는 거라면 대체 왜 매장 곳곳에 설치해야 하냐고요."

에이미가 맷의 뒤를 따라 반짝이 길을 걸으며 다시 물었다.

"트리니티가 하고 싶어 하니까요."

"당신, 트리니티한테 단단히 빠졌군요?"

맷은 아무런 대꾸도 하지 않았다. 에이미는 남자 직원들에게 트리니티가 어떤 존재인지 잘 알고 있었다. 그녀가 귀엽고 애교 넘치는 동양 여고생 흉내를 내며 미소를 던지기만 하면, 그녀와 함께 고스트 헌터가 되겠다는 사람이 줄을 설 것이다.

맷은 실비안(Sylbian) 협탁 위에 첫 번째 측정기를 올려놓았다.

"제이슨 호스라고 적어요. 내가 제일 좋아하는 로토루터(하수구, 배수구, 화장실, 정화조 등을 관리하는 미국 세척 전문 업체—옮긴이) 직원이에요."

에이미는 아무 대꾸 없이 맷을 바라보았다.

"측정기에 내가 좋아하는 고스트 헌터들 이름을 붙이고 싶어서요."

맷이 쑥스러운 듯 말했다.

"지도에 잘 적어놔요. 알았죠?"

두 사람은 반짝이 길을 따라 걷기 시작했고, 침실을 벗어난 뒤 다시 구불구불한 길을 따라 욕실과 옷장방을 통과했다. 맷은 20미터마다 걸음을 멈추고 피님브룬(Finnimbrun) 서랍장 위, 문이 한 짝뿐인 좁아터진 리리피프 안, 그리고 어린이방 옆에 위치한 회원용 키오스크(공공 장소에 설치된 터치스크린 방식의 무인 안내 시스템—옮긴이) 위에 측정기를 올려놓았다. 그리고 그때마다 그들의 이름을 불러주었다.

"겁쟁이 로레인 워런…… 호들갑쟁이 라이언 뷰얼…… 모험 중독 조시 게이츠."

"그 사람들한테 무슨 악감정이라도 있어요?"

에이미가 물었다.

"너무 어설퍼요. **에너지**가 무슨 뜻인지도 모르고 쓰는 사람들이에요. 자기들이 사용하는 장비들이 뭔지도 모르면서 마치 물리학자나 되는 것처럼 잘난 척을 하죠. 과학자 행세를 하기는 하는데 사실은 과학적인 방법과는 전혀 관계없는 짓을 한단 말이에요. 물론 가장 큰 문제는 그들이 너무 못생겼다는 거예요. TV로 봐주기 힘든 얼굴들이죠."

"두 사람은 봐줄 만한 얼굴이고요?"

"당연하죠. 트리니티는 카메라발이 끝내준다고요. 재미있지, 예쁘지, 장비도 잘 다루는 데다 회로 납땜도 할 줄 아는걸요. 누구든 빠져들 수밖에 없죠. 오늘 유령을 찍지 못한다고 해도 우린 분명 대박을 칠 거예요. EMF 측정 수치 변화를 표로 멋들어지게 만들고 적외선 카메라나 야간 카메라를 써서 다양한 형식으로 주변을 촬영하고, 또 뭔가 으스스한 전자기 음을 녹음하면 돼요. 원격 온도 측정기로 갑자기 온도가 떨어지는 지점을 찾아내고 동작 감지기도 배치해야겠죠. 초음파를 감지해서 녹음할 수 있다면 그것도 좋겠네요. 이렇게만 되면 아무도 없는 이 거대하고 고요한 매장은 세상에서 가장 무시무시한 장소로 재탄생할 거예요. 편집만 잘하면 아무 문제 없다고요. 진짜 유령이 나오든 안 나오든 엄청난 작품이 될 거예요."

맷의 말을 듣던 에이미는 문득 뭔가를 깨달았다.

"당신은 유령 같은 거 믿지 않는군요, 전혀……."

맷은 카메라 전원을 켰다.

"유령은 주관적인 경험이에요. 객관적 실체라고는 생각하지 않아요. 유령은 그것을 보는 사람의 의식에만 존재하는 거죠."

"세상에 유령 같은 건 없다는 말이잖아요."

"그런 말이 아니에요. 자, 얘기는 그만하고 촬영이나 하죠. 여기를 찍으면 꼭 〈사탄의 인형〉에 나오는 한 장면 같겠어요."

그들은 어느새 어린이방에 들어와 있었다. 에이미는 맷이 카메라로 이곳저곳을 훑는 모습을 가만히 지켜보았다. 커다란 통에 아무렇게나 담긴 봉제인형들이 마치 시체 더미 같았다. 인형들은 선반에 줄줄이 앉아 텅 빈 눈으로 멍하니 허공을 바라보았고, 한 번도 사용한 적 없는 침대 위에는 서커스 동물 그림이 그려진 시트가 펼쳐져 있었다. 유령이 떠도는 도시에 내버려진 아이의 침실을 보는 것 같았다. 맷은 결코 멍청한 사람이 아니었다. 유령과 관련된 프로그램이라면 시즌별로 모조리 챙겨본 덕분에, 그는 시청자들이 무엇을 원하는지 정확하게 알고 있었다. 소름 끼치는 인형과 으스스한 방, 그리고 형체가 모호한 괴상한 그림자만 있으면 충분히 멋진 쇼가 될 수 있었다.

"트리니티한테 유령을 직접 본 적이 있다고 말했다면서요. 아까 트리니티가 그랬잖아요."

"**뭔가**를 보긴 했죠. 내 머리가 그걸 유령으로 인식한 거고요. 하지만 사람의 정신이란 아주 복잡한 거예요. 측두엽 발작이거나 단순한 가위일 수도 있고, 어쩌면 가벼운 변상증(어떤 대상을 실제와 다른 대상으로 보는 증상—옮긴이)일 수도 있죠."

맷이 심드렁하게 말했다.

"죽은 사람의 영혼이 빛을 찾아 떠돌다가 당신과 마주친 게 아닐 수도 있다는 뜻인가요?"

"그렇죠!"

두 사람은 지름길을 이용해 수납 솔루션방으로 들어갔다. 맷은 잠시 걸음을 멈추고 바닥에 드러눕더니 룽카테(Runcate)를 올려다보며 촬영했다. 그런 다음 쿠알타(Qualtagh) 꼭대기로 기어 올라가서 일렬로 늘어선 가구를 내려다보며 촬영했다. 다음으로 그의 카메라가 향한 곳은 안전유리로 만들어 내부가 훤히 들여다보이는 진열장이었다. 그 안에서는 기계 팔이 위클렙트(Yclept) TV 장식장의 문을 천천히 열고 닫으면서 경첩의 강도와 내구성을 테스트하고 있었다. 고객이 없는 시간에도 기계 팔은 성실히 자기 일을 하고 있었다.

"트리니티는 유령이 진짜로 존재한다고 믿잖아요. 그런데 당신은 그저 트리니티랑 한번 자려고 유령을 믿는 척하는 거네요."

에이미가 다시 입을 열었다.

"트리니티랑 내가 어떻게 되든 그게 당신이랑 무슨 상관이에요? 내가 당신 연애사에 이러쿵저러쿵 훈수 둔 적 있어요?"

맷이 불쾌한 듯 물었다. 에이미가 말했다.

"남자들 하는 짓이 한심해서 그래요. 트리니티는 지금 아주 진지하다고요. 그런데 당신은 트리니티랑 잘해보려고 그 점을 교묘히 이용하고 있잖아요. 한마디로 미친 짓이에요. 옛날에 감옥이 있었다는 이야기도 지어낸 것 아니에요?"

"쿠야호가 원형감옥은 진짜 있었어요. 한 번도 못 들어봤어요?"

맷이 물었다.

"오하이오주의 자랑스러운 역사에는 별 관심이 없어서요."

"19세기에는 꽤나 유명한 곳이었어요. 요시아 워스라는 사람이 교도소장이었는데 완전히 미치광이였거든요. 그 사람은 죄수들을 '참회자'라고 불렀어요. 그리고 24시간 철저하게 감시하면 그들을 '치료'할수 있을 거라고 믿었어요. 그래서 감옥을 원형으로 만들고 중앙에 감시소를 설치했죠. 죄수들은 한시도 감시의 눈을 피할 수 없었어요. 사생활이 전혀 없는 거죠. 그래서 이 감옥을 중앙감시감옥이라고도 해요. 감옥 아래 지하실이 3층까지 있었는데 참회자들이 일하는 곳이었대요. 그 거대한 미로 안에는 죄로 물든 참회자들의 머릿속을 하얗게지울 수 있는 고된 일이 가득했다죠."

맷이 잠시 말을 멈췄다가 피식 웃으며 한마디 덧붙였다.

"오르스크랑 별반 다르지 않죠?"

"부지점장님 앞에서는 그런 소리 하지 마요."

"하지만 사실이 그렇잖아요. 오르스크는 사람들이 방향감각을 잃도록 설계된 미로라고요. 일단 이 안에 들어서면 이미 짜인 프로그램에 따라 움직이게 되어 있죠. 쿠야호가 원형감옥도 마찬가지였어요. 교도소장은 강제 노역과, 아무 생각 없이 몸을 움직여야 하는 반복 작업, 그리고 완벽한 감시를 통해 죄수들을 치료할 수 있다고 믿었어요. 건축물을 어떻게 설계하느냐가 사람들의 정신에 영향을 미친다는 생각에 기반했던 거죠."

맷이 항변하듯 말했다.

그는 에이미를 이끌고 희미하게 빛나는 하얀색 헬베테스니크(Helvetesniks)를 지나 옷장방으로 통하는 지름길에 들어섰다.

잠시 후 그들 앞에 안전유리로 만들어 내부가 훤히 들여다보이는 진열장이 나타났다. 그 안에서는 기계 팔이 위클렙트 TV 장식장의 문을 천천히 열고 닫으면서 경첩의 강도와 내구성을 테스트하고 있었다. 고객이 없는 시간에도 기계 팔은 성실히 자기 일을 하고 있다.

어찌 된 일인지 그들은 조금 전 지나온 곳으로 다시 돌아와 있었다.

"뭐예요? 어디로 가는지도 안 보고 걸었어요?"

에이미가 물었다.

"얘기하느라 길을 잘못 들었나 봐요. 그것 봐요. 내가 얘기한 게 바로 이런 거예요. 매장에서 잠깐이라도 한눈을 팔았다가는 이렇게 길을 잃는다니까요. 물건 구경하는 데 정신이 팔려 있다 보면 어느새 계산대에서 800달러짜리 룽카테를 사고 있는 자신을 발견하게 되는 거죠."

맷이 말했다. 두 사람은 반짝이 길로 돌아갔다. 화살표를 따라 주방, 다이닝룸을 지나 침실로 갈 생각이었다.

"여태껏 여기에서 일하면서 아직 길도 제대로 못 찾는다고 속으로 흉보고 있죠?"

맷이 물었다.

"어떻게 알았어요? 인생 계획 세우느라 바빠서 길 외우는 건 잊어먹었나 보네요."

에이미가 냉랭한 목소리로 대답했다.

"인생 계획이라고 하기에는 너무 거창하죠. '오하이오주 탈출 계획' 정도가 어울리겠네요. '고스트 밤'은 분명히 성공할 거예요. 그리고 트리니티는 나와 평생 행복하게 살게 되겠죠. 당신도 채널을 돌리다 보면 브라보에서 우리 쇼를 보게 될…… 제길!"

두 사람은 동시에 걸음을 멈췄다. 그들 눈앞에 버치, 블랙, 화이트 테이블과 책상, 그리고 회전의자가 놓여 있었다. 어찌 된 일인지 그들은 다시 홈오피스방으로 **돌아와** 있었다.

"거 봐요. 내 말이 맞죠? 우리 위대한 창업주 톰 라슨 님께서 그루

엔 전이(구매 품목을 분명히 정하고 쇼핑을 시작한 구매자가 수많은 물건을 구경하는 동안 계획에 없던 물품을 충동적으로 구매하는 현상—옮긴이)를 일으키기 위해 이런 거대한 미로를 만드신 덕분에, 우리가 방향감각을 잃고 바보처럼 제자리를 맴돌게 되는 거라니까요. 이케아, 크레이트앤드배럴(식기류, 조명, 테이블, 침대 등을 판매하는 종합 가구 전문 쇼핑몰—옮긴이)도 다 마찬가지예요. 망할! 지난주에도 샘스클럽(전자제품, 가구, 사무용품 등을 판매하는 창고형 대형 마트—옮긴이)에서 한참을 헤맸다고요."

맷이 잔뜩 흥분한 채 말했다.

"그래요. 무슨 말인지 알겠어요."

에이미가 말을 마친 순간 맷의 휴대전화가 울렸다.

"트리니티네요."

맷이 휴대전화 화면을 보고 말했다. 그는 뮈스크 앞에서 그녀와 만나기로 약속한 뒤 전화를 끊었다.

"거기에서 기다리고 있대요."

에이미가 느끼기에 겨우 몇 분 정도 흐른 것 같았는데, 시계를 보니 거의 삼십 분이 지났다. 베이즐은 지금쯤 무슨 일이 벌어진 것은 아닌지 궁금해하고 있을 것이다.

그들은 다시 반짝이 길로 돌아가 주방과 다이닝룸을 향해 걸음을 옮겼다.

"루스 앤과 난 곧 휴게실로 돌아가봐야 해요. 부지점장님한테 뭐라고 말하면 좋죠?"

에이미가 물었다.

"그게 무슨 말이에요?"

"당신들이 매장에 몰래 숨어 있던 것을 알면 부지점장님이 엄청 열받을 거 아니에요."

맷은 대답하지 않았다. 그는 어리둥절한 표정을 지은 채 카메라 뷰파인더를 뚫어지게 쳐다볼 뿐이었다. 두 사람은 주방으로 가기 위해 마지막 모퉁이를 돌았다. 하지만 두 사람 앞에 나타난 것은 이번에도 홈오피스방이었다.

"잠깐만요. 이게 대체 무슨 일이죠?"

에이미가 물었다. 맷은 고개를 절레절레 흔들었다.

"말도 안 되는 일이죠."

"또 제자리로 돌아왔잖아요."

"카메라 좀 봐요."

맷이 카메라 렌즈를 홈오피스방으로 향한 채 에이미를 불렀다. 그녀는 가까이 다가가 뷰파인더를 들여다보았다.

뷰파인더를 통해 보이는 것은 분명 주방이었다.

"이거 아까 찍은 장면이잖아요."

에이미가 말했다.

"아니에요."

맷이 카메라를 천천히 움직이며 대답했다. 그가 움직일 때마다 뷰파인더 안의 주방도 함께 움직였다. 그가 천천히 앞으로 걸어가자 화면이 점점 확대되더니 그라드그린드(Gradgrind) 수납장으로 가득 찼다. 재고 확인 번호와 가격이 다 보일 정도로 가까웠다.

하지만 그들이 맨눈으로 보는 카메라 바깥 세상에서는 렌즈 앞에 아무것도 없었다.

"메모리 카드에 문제가 있는 거겠죠."

에이미의 말에 맷은 메모리 카드를 카메라에서 빼냈다. 그리고 마술사가 관중이 뽑은 카드를 받아 들듯 천천히 손에 쥐었다.

"메모리 카드 문제가 아니에요."

"말도 안 돼요."

에이미가 말했다.

"당신이 믿든 안 믿든 지금 우리한테는 이상한 일이 벌어지고 있어요. 답은 셋 중 하나예요. 첫째, 우리는 지금 주방에 있는데 홈오피스방에 있다고 착각하고 있는 거예요. 카메라가 진짜 세상을 보여주는거죠. 둘째, 우리는 지금 홈오피스방에 있는데 무슨 이유에서인지 카메라로 보면 주방이 보이는 것일 수도 있어요. 카메라가 잘못된 거죠."

"세 번째는요?"

"우리 둘 다 미친 것일 수도 있죠."

"그건 있을 수 없는 일이에요!"

에이미는 더 이상 참을 수 없다는 듯 소리를 질렀다.

"**충분히** 가능한 일이에요."

맷이 차분하게 말을 이었다.

"아까 EMF에 대해서 했던 말 기억해요? 강한 전자기장은 사람의 뇌에 손상을 줄 수도 있어요. 조명이나 전선 때문이겠죠. 이 건물 아래에 거대한 지구자장이 있을지도 모르고요."

"만약 그런 이유 때문이라면 당신 카메라는 왜 이러는 거죠?"

"어쩌면 카메라에는 아무 문제가 없는지도 몰라요. 우리 뇌가 손상돼서 카메라에 문제가 있다고 착각하는 거죠."

결국 그들은 새로운 방식으로 길을 찾기로 결정했다. 눈에 보이는세상을 무시하고 카메라에 비친 것만 보며 가보기로 한 것이다. 맷은그들이 원하는 곳이 조그만 뷰파인더에 잡힐 때까지 카메라를 좌우로움직였다. 그리고 원하는 곳을 찾으면 카메라를 그 방향으로 고정한채 뷰파인더에 보이는 반짝이 길을 따라 천천히 걸음을 옮겼다. 맨눈으로 보는 것은 어떤 것도 믿지 않기로 한 것이다. 카메라 속 세상과 카메라 바깥 세상을 번갈아 보던 에이미는 현기증이 나서 쓰러질 것만 같았다. 에이미가 말했다.

"난 미친 사람이 되고 싶지 않아요."

"그렇게 되지 않을 거예요. 우리는 전자기장이 뇌에 미치는 강력한 힘 때문에 잠시 혼란에 빠진 것뿐이에요."

맷이 말했다.

카메라 속 세상에서 두 사람은 반짝이 길을 따라 원하는 곳으로 정확하게 나아갔지만, 카메라 바깥 세상에서는 갈지자로 정신없이 이곳저곳을 걷고 있었다. 뷰파인더가 그들에게 수납 솔루션방을 안내하는 동안, 실제 세상에서 그들은 홈오피스방의 쓰레기통과 파일 캐비닛을 정면으로 들이받고, 거실에서 오토만(등받이와 팔걸이가 없는 상자 형태의 쿠션 의자—옮긴이)과 테이블을 기어올라야 했다.

"이런 식으로 뮈스크까지 가는 데 성공한다고 해도, 루스 앤과 트리니티가 눈에 안 보이면 어떡하죠? 카메라로는 보이는데 실제 눈으로는 안 보이면 어떻게 해요?"

"하나씩 해결합시다, 하나씩. 왼쪽으로 돌아요. 머리 조심하고요."

맷이 에이미의 머리를 내리누르며 말했다. 덕분에 에이미는 진열 선반 모서리에 머리를 찧을 뻔한 것을 가까스로 피했다. 그들은 포템킨(Potemkin) 안락의자를 넘어 마침내 거실 끄트머리에 이르렀다. 뷰파인더를 확인해보니 그들이 서 있는 길은 오른쪽으로 급격하게 휘어지고 있었다. 에이미가 말했다.

"이 길을 따라가면 원래 있던 곳으로 돌아갈 것 같은데요."

"당황하지 말고 그냥 카메라를 믿어봐요."

맷이 차분하게 대구했다. 에이미는 맷의 어깨에 한 손을 얹고 다시 그의 뒤를 따라 걸었다. 걸음이 점점 빨라지고 호흡이 가빠왔다. 맷의 후드티가 땀에 젖었다. 마침내 마지막 모퉁이를 도는 순간 두 사람의 눈앞이 뿌옇게 흐려지는가 싶더니, 뷰파인더에 비친 세상과 그들의 눈으로 보는 세상이 하나로 합쳐졌다.

트리니티와 루스 앤이 뮈스크에 앉아 두 사람을 기다리고 있었다.

"어디 갔던 거야? 둘이 눈이라도 맞았어?"

트리니티가 투덜거렸다.

에이미는 침대 끝에 걸터앉아 두 손으로 머리를 감쌌다. 마음을 가라앉히고 생각을 정리해보려고 애썼다.

"어떻게 설명해야 할지 모르겠지만, 우린 길을 잃었어. 완전히 방향 감각을 잃고 여기저기를 헤매 다녔어."

에이미가 어렵게 입을 열었다.

"에이, 그 정도까지는 아니잖아요. 좀 헤매긴 했지만 여기까지 잘 찾아왔는걸요. 내 덕분에 말이에요."

맷이 말했다.

루스 앤이 걱정스러운 표정으로 에이미 앞에 무릎을 꿇고 앉았다.

"얼굴이 창백해요. 대체 무슨 일이 있었던 거예요?"

에이미는 그녀와 맷에게 일어났던 이상한 일, 그리고 카메라 뷰파인더를 보며 침실로 돌아온 과정을 낱낱이 설명했다. 이야기가 이어질수록 트리니티는 점점 흥분했다.

"두 사람은 초자연적 현상을 경험한 거야. 그것 말고는 설명할 방법이 없어."

트리니티가 말했다.

"과학적으로 얼마든지 설명할 수 있는 일이야."

맷이 말했다.

"과학적이니 뭐니 하는 소리는 집어치워. 내가 직접 해봐야겠어.

카메라 들어. 다 같이 주방으로 가서 또 똑같은 일이 벌어지는지 한 번 보는 거야."

트리니티가 맷의 손을 잡아끌었다. 맷은 얼떨결에 장비 가방을 집어 들었고, 두 사람은 반짝이 길을 따라 걷기 시작했다.

에이미가 루스 앤을 바라보았다.

"휴게실로 돌아가야 해요. 부지점장님이 기다리고 있을 거예요."

"그러네요."

루스 앤이 에이미의 허리에 팔을 감고 그녀를 일으켜 세우며 다시 입을 열었다.

"자, 정신 좀 차려봐요. 자판기에서 뭘 좀 뽑아서 먹고 가요. 프레첼이라도 먹으면 혈당이 올라가서 기운이 날 거예요."

두 사람은 옷장방을 향해 걸음을 옮겼다. 쇼룸을 가득 메우고 있던 무거운 적막이 두 사람을 서서히 감쌌다. 에이미는 이제 겁낼 것 없다며 스스로를 타일렀지만, 걸으면 걸을수록 또다시 길을 잃을 것 같은 두려움이 커졌다. 그녀의 걸음은 점점 빨라졌고 두려움은 등골을 타고 그녀의 목덜미를 향해 슬금슬금 기어오르고 있었다. 순간 알록달록한 이층침대가 눈에 들어왔다. 어린이방에 도착한 것이다. 설령 그렇더라도 그녀와 루스 앤이 휴게실에 도착해, 눈에 보이고 손으로 만질 수 있는 사방의 벽을 확인할 때까지는 마음을 놓지 못할 것이었다.

"다 끝나서 다행이에요."

루스 앤이 나지막한 목소리로 말했다.

"그러게 말이에요."

"부지점장님 시간표대로 움직이려면 십오 분밖에는 쉴 시간이 없어요. 두 번째 순찰을 돌아야 하니까요."

에이미는 심장이 쿵 내려앉는 것을 느꼈다.

06

셰링

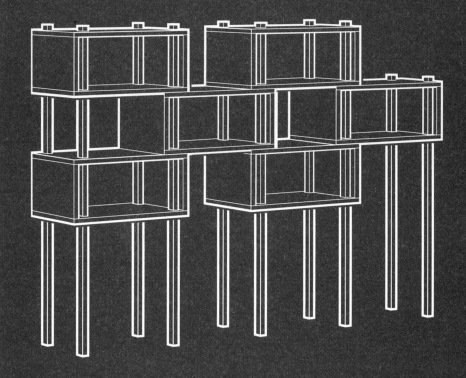

당신의 추억을 한눈에 볼 수 있는 방법을 소개합니다.
좋아하는 책과 영화와 음악을 **셰링**에 담아보세요. 잘 정돈된
기억들이 당신의 삶에 아름다움과 우아함, 그리고 예술의
향기를 더합니다.

색상 및 소재: 내추럴 너도밤나무, 밝은 너도밤나무, 카키 색상
사이즈: W 147×D 46×H 133cm
제품번호: 7766611132

에이미와 루스 앤이 휴게실에 들어서자마자 베이즐은 기다렸다는 듯 화를 내기 시작했다.

"분명히 삼십 분이라고 말했는데 대체 어떻게 된 겁니까? 뭘 하느라 이렇게 오래 걸렸어요?"

그가 물었다.

"맷이랑 트리니티를 만나서 얘기 좀 하느라고요."

루스 앤이 대답했다.

"뭐라고요?"

"직원 전용 출입문에 껌을 붙여놓은 게 그 두 사람이더라고요. 하지만 트리니티가 나가기 전에 다 깔끔하게 정리해놓을 거라고 했으니까 걱정하지 않으셔도 돼요."

루스 앤이 다시 말했다.

"뭐라고요?"

베이즐이 반복했다.

"침실에서 그 두 사람을 만났거든요. 하지만 제품을 훼손하거나 매장을 어지르지는 않았어요. 유령을 찍으려고 들어왔다고 하네요."

루스 앤이 대답했다.

"그게 대체 무슨 말입니까?"

베이즐이 다시 한 번 물었다.

"A&E 방송에서 고스트 헌터 보신 적 있죠? 아! 두 사람은 A&E가 아니라 브라보 채널에 출연하고 싶다고 했어요. 어쨌든, 두 사람 말에 따르면 이 건물이 있는 자리에 감옥이 있었대요. 아주 옛날 일이지만요. 그래서 카메라와 마이크, 전자기장 감지기 같은 것들을 준비해서 유령을 촬영하고 고스트 헌터 쇼를 만들겠다고 하네요. 정말 재미있는 사람들이에요. 둘이 한창 키스하고 있는 걸 저희가 발견했어요. 그렇죠, 에이미?"

루스 앤이 말했다.

"네, 그랬죠."

에이미는 기운이 없는지 짧게 대답을 마치고는 아르슬레에 털썩 앉아 팔짱을 꼈다.

그녀는 그 자리에서 다시는 일어나지 않을 작정이었다. 오늘 밤 쇼룸에 돌아가 순찰을 도는 일은 절대 없으리라! 그녀는 휴대전화를 보고 싶었지만 꾹 참았다. 마지막으로 시간을 확인했을 때가 12시 20분이었으니 이제 1시는 족히 넘었어야 하는데, 만에 하나 그렇지 않다는 사실을 확인하는 순간 미쳐버릴 것만 같았기 때문이다.

그녀는 도저히 휴대전화를 **볼 수 없었다.**

왠지 좀 더 기다려야 할 것 같은 기분이 들었다.

하지만 그녀의 이성은 결국 충동을 이기지 못했고, 그녀는 휴대전화를 꺼내 시간을 확인했다.

12시 25분이었다.

"이런 말도 안 되는 일이! 왜 그런 일을 하려는 겁니까?"

베이즐이 물었다.

"오르스크가 더 유명해질 테니까요."

루스 앤이 대답했다.

"오르스크는 이미 충분히 유명해요. 그 두 사람 어딨습니까? 지금 당장 만나야겠어요."

에이미는 더 이상 이 일에 관여하고 싶지 않았다. 그녀는 안전한 휴게실 구석에 앉아 있고 싶었다. 쇼룸으로 돌아가는 일만은 어떻게 해서든 막아야 했다. 그녀는 베이즐의 시선을 피하기 위해 두리번거리다가 위를 올려다보았다.

"저 얼룩, 원래 있던 건가요?"

에이미가 물었다. 천장 타일 세 개가 희미한 노란색 얼룩으로 물들어 있었다.

"당연하죠."

베이즐이 대답했다.

"아닌 것 같은데요."

에이미가 다시 말했다.

"봐요, 색이 벌써 바랬잖습니까. 생긴 지 오래됐다는 뜻이죠. 별걸 다 궁금해하네요."

베이즐의 설명은 논리적이었지만 에이미는 뭔가 찜찜한 기분을 떨칠 수가 없었다. 순찰을 돌기 전 베이즐이 톰 라슨의 『조립이 필요한 순간 – 어느 판매상의 이야기』 중 3장을 인용해 열변을 토하는 동안, 그녀는 천장을 바라보며 타일을 세고 있었다. 112개까지 셌지만 그중 어디에도 얼룩은 보이지 않았던 것을 그녀는 기억하고 있었다.

"갑시다. 맷과 트리니티 문제를 처리해야죠."

베이즐이 다시 말했다.

"문제랄 것까지는 없는 것 같은데요."

루스 앤이 말했다.

"무슨 소리예요? 이건 **분명 심각한** 문제입니다."

말을 마친 베이즐은 곧장 문을 향해 몸을 돌렸지만, 그가 걸음을 떼어놓기도 전에 '문젯거리'들이 제 발로 그들을 찾아왔다. 트리니티가 한 손에 카메라를 든 채 문을 박차고 요란스럽게 등장했던 것이다.

"유령을 찍었어요!"

그녀는 두 팔을 번쩍 들어 이리저리 흔들면서 춤을 추듯 펄쩍펄쩍 휴게실을 뛰어다녔다.

"유령을 봤다고요! 진짜 유령을 찍었어요. 아주 무시무시한 진짜 유령이었다니까요!"

"그만! 당신들 도가 지나쳤어요. 이 시간에 여기 있으면 안 된다는 거 모릅니까?"

베이즐이 소리쳤다.

"유령이 아니라니까."

문 앞에 서 있던 맷이 헐떡이며 말했다. 그의 몸에서 땀이 뚝뚝 떨어지고 있었다.

"직원 출입구로 누군가가 들어왔어요. 지금도 매장 안에 있을 거예요."

"당신들, 이런 행동은 용납할 수 없습니다. 매장을 마음대로 뛰어다니고 그런 말도 안 되는 짓을 하다니 정말 무책임하군요. 지점장님이 봤으면 당장 해고입니다!"

베이즐이 말했다.

"부지점장님한테도 촬영 장면을 보여드려. 진짜 **끝내주는** 장면을 찍었잖아."

트리니티가 맷을 보며 말했다.

"유령이 아니라고 몇 번을 말해? 유령은 그렇게…… 아무튼 아니야!"

맷이 답답한 듯 말했다.

"두 사람 다 그만해요!"

베이즐이 소리쳤다. 트리니티도 이제 좀 정신이 드는지 잠자코 서서 베이즐을 바라보았다.

"지금은 얘기하고 싶지 않으니, 내일 동부지부에서 파견한 컨설턴트팀이 떠난 다음 다시 만납시다. 두 사람이 오르스크에 계속 머물러도 될지 진지하게 생각해보기로 하죠."

"그럴 필요 없어요. 전 '고스트 밤'만 있으면 되니까요. 이제 유령도 찍었으니까 모든 게 계획대로 될 거예요. 부지점장님도 깜짝 놀라실걸요."

트리니티가 말했다.

"다른 사람은 어떤지 모르겠지만 전 보고 싶네요."

루스 앤이 끼어들었다.

"제발 부끄러운 짓 좀 그만해. 그건 유령이 아니라니까. 누가 매장에 몰래 들어온 거라고."

맷이 트리니티를 향해 다시 한 번 큰 소리로 말했다.

"지금 부끄러워해야 할 사람은 내가 아니라 당신이야. 난 유령을 바로 코앞에서 봤고 카메라로 촬영까지 했어. 그렇게 잘난 척을 하더니 나한테 큰 건을 빼앗겨서 질투하는 거지?"

트리니티가 말했다.

"유령 같은 건 없어. 과거에도 그랬고, 지금도 그렇고, 앞으로도 쭉 그럴 거야. 유령은 죽음을 두려워하는 바보들을 안심시키기 위해 만들어낸 이야기일 뿐이야. 당신은 자신이 그런 바보들 중 하나라는 걸 사람들한테 자랑하고 있는 거라고."

맷의 말이 끝나고 한참 동안 아무도 입을 열지 않았다. 수많은 감정이 뒤섞인 무거운 침묵이 휴게실을 가득 채웠다. 트리니티는 뺨을 한 대 얻어맞은 표정으로 맷을 바라보고 있었다.

"내 말은……."

맷이 더듬거리며 다시 입을 열었다.

"유령이 **있을 수도** 있지. 하지만 아까 본 건 아니라는 뜻이었어."

"닥쳐!"

트리니티가 맷에게 등을 돌리며 말했다.

"유령 찍은 거 볼래요, 루스 앤? 이리 와봐요."

트리니티는 카메라를 켜고 촬영 파일을 앞으로 돌렸다. 호기심을 이기지 못한 에이미도 어느새 그녀 곁에 바짝 붙어 카메라를 들여다보고 있었다. 가로 줄을 죽죽 그으며 앞으로 돌아가던 파일이 잠시 멈추더니 제 속도로 재생되기 시작했다. 여덟 개의 의자로 둘러싸인 거대한 프로니크(Frånjk) 식탁 한가운데 EMF 측정기가 놓여 있는 것이 보였다. 카메라는 측정기가 점으로 보일 때까지 뒤로 쭉 빠지더니, 마치 유혈이 낭자한 공포 영화 화면처럼 좌우로 흔들거리며 식탁을 향해 다가갔다.

카메라에서 트리니티의 목소리가 작게 들렸다. 기계음이 섞인 날카로운 소리였다.

"죄수들에게 벌을 준 건 그들의 영혼을 구원하기 위해서였다죠. 지금까지도 오르스크에는 망자들의 비명 소리가 울려 퍼지고 있습니다."

"당신이 내레이션 한 거야?"

에이미가 물었다.

"그러지 말라고 했는데도 고집을 부리더라고요."

맷이 말했다.

"당신 말은 이제 아무도 안 믿어, 맷."

트리니티가 말했다.

카메라는 방 전체를 훑으며 천천히 식탁을 향해 다가갔다. 프로니크 생산에 사용된 친환경 소재들을 모조리 나열한 커다란 포스터가 잠시 화면을 스쳐 지나갔다. "오르스크, 영원한 나의 집"이라는 문구가 유독 눈에 띄었다. 바로 그때 침실 문 앞에 누군가 서 있는 것이 보였다. 하지만 카메라는 형체를 지나쳐 리메이오브(Rimmeyob) 책꽂이를 비췄다. 에이미는 다리에 힘이 풀리는 것 같았다. 숨도 제대로 쉴 수 없었다.

카메라가 다시 천천히 방향을 돌려 침실 문을 비췄지만, 때는 이미 늦었다. 검은 형체가 쏜살같이 달리기 시작했고, 화면은 이내 검게 변했다. 잠시 후 카메라 화면이 살짝 흔들리더니 홱 방향을 바꾸었고, 화면은 천장 조명으로 가득 찼다.

"봤죠? 유령이 나를 향해 달려왔어요. 차가운 기운이 확 스치고 지나가는 게 느껴졌거든요. 깜짝 놀라서 의자에 걸려 넘어진 거예요."

"그 사람이 당신을 **치고** 도망간 거야."

맷이 말했다.

"아니, 나와 대화를 시도한 거거든?"

트리니티의 말이 끝나는 순간 카메라가 다시 쇼룸을 비췄다. 그들은 주방을 향해 도망치는 남자의 좀 더 선명한 뒷모습을 볼 수 있었다.

짧은 순간이었지만, 에이미는 짙은 파란색 셔츠와 하얀색 테니스화를 알아보았다. 남자는 곧 아일랜드 카운터(벽에 부착하지 않고 섬처럼 따로 설치하는 주방 가구로, 조리대 겸 식탁으로 활용 가능—옮긴이) 뒤로 모습을 감췄다.

"저것 봐. 신발 봤지? 대체 어떤 유령이 운동화를 신고 다니겠어?"

맷이 의기양양한 목소리로 말했다.

"어쩜 좋아. 나 저 사람 본 적 있어요. 오늘 아침 출근할 때 마주쳤거든요. 침실에 멀뚱히 서 있더라고요."

에이미가 말했다.

"개점 시간 전에 낯선 사람을 봤는데 그냥 지나쳤단 말입니까?"

베이즐이 물었다.

"전 손실방지팀이 아니잖아요. 그건 제가 할 일이 아니죠."

에이미가 대답했다.

"수상한 것을 목격하면 즉시 보고한다. 직원 안내서 36쪽에 분명하게 쓰여 있어요. 정말 실망이네요, 에이미."

에이미는 베이즐을 무시했다.

"이 사람이 그랬나 봐요. 화장실 낙서랑 브루카의 똥 자국 말이에요. 이 남자 짓이 분명해요!"

"그 '남자' 소리 좀 제발 그만해. 이건 사람이 아니라 유령이라고."

트리니티가 말했다.

"유령 아니라니까!"

맷의 말에 트리니티가 그를 정면으로 바라보고 입을 열었다.

"지금까지 나한테 했던 말은 다 거짓이었어? 분명 유령의 존재를 믿는다고 했잖아. 그런데 내가 유령을 카메라로 찍었더니 갑자기 **말을 바꾸네?**"

"지금까지 계속 설명했잖아. 내 말을 듣기는 한 거야?"

맷이 말했다.

"아니. 당신 말 따위 안 듣는 게 나으니까. 당신은 겁쟁이에 거짓말쟁이야. 우린 유령을 찍으려고 여기 왔으니 원하는 장면을 얻을 때까지 절대 나가지 않을 거야. 다른 얘기는 집어치워."

"그만! 두 사람 다 그만해요."

베이즐이 소리쳤다.

화가 잔뜩 난 그의 목소리가 작은 방의 네 벽에 부딪치며 날카로운 울림을 만들어냈다. 다들 입을 다문 채 그를 바라보았다.

"우리가 파자마 파티나 하려고 모인 줄 압니까? 당신들 두 사람은 방송국에 유령 영상을 보내겠다고 매장을 몰래 휘젓고 다니고 출입문까지 고장 냈어요. 그리고 지금 우리 매장 안에는 벽에 낙서를 하고 가구에 볼일을 보는 불량배가 한 놈 있고요. 그리고……."

베이즐은 손목시계를 내려다보고 말을 이었다.

"이제 여섯 시간 뒤면 컨설턴트팀이 들이닥칠 거예요! 그전에 이 모든 상황을 해결해야 한단 말입니다. 꼬투리 잡힐 만한 건 단 하나도 남겨둬선 안 돼요. 그래야 동부지부에서 우리 매장에 아무 문제가 없다는 판정을 내릴 테니까요. 조금이라도 일이 틀어진다면 우리 모두 여기보다 시급도 적고 거리도 먼 피츠버그 이케아에 자리를 알아봐야 할 겁니다. 내 말 알아들었어요?"

더 이상 베이즐의 말에 토를 다는 사람은 없었다.

"그럼 일단 급한 것부터 처리하죠. 그 남자를 찾읍시다."

베이즐이 조금은 누그러진 목소리로 말했다.

"남자가 아니라 **유령**이에요."

트리니티가 작은 목소리로 웅얼거렸다.

"유령 아니라니까."

맷이 트리니티를 향해 속삭이듯 말했다.

"그만해요. 다 같이 협력해서 매장 구석구석을 뒤져봅시다. 그놈을 어떻게 처리할지는 일단 찾은 다음에 고민해보죠. 다음 차례는 당신들 두 사람이에요."

"이 넓은 매장에서 그 사람을 어떻게 찾죠?"

에이미가 물었다.

"글쎄요. 한 줄로 쭉 서서 훑어나가는 방법을 써볼까요?"

베이즐이 말했다.

"저기 있잖아요."

트리니티가 말했다.

"중앙에서 바깥쪽으로 점점 큰 원을 그리면서 수색하는 건 어떨까요?"

맷이 말했다.

"바로 저기 있다니까요."

트리니티가 다시 말했다.

"일단 높은 곳에 올라서서 벽 너머로 매장의 전체적인 형태를 봅시다. 그런 다음 가구 배치 상황을 고려해서 매장 전체를 몇 개의 구역으로 나누고, 각 구역에서 맷이 말한 방법대로 하면 되겠네요."

베이즐이 말했다.

"그렇게 복잡하게 할 필요 없어요."

트리니티가 다시 말했다.

"대체 **어쩌자는** 겁니까?"

베이즐이 마침내 짜증을 참지 못하고 버럭 소리를 질렀다.

"우리가 찾는 게 바로 눈앞에 있잖아요."

트리니티의 말에 모두 그녀의 시선을 따라 고개를 돌렸다.

그녀는 휴게실 한쪽 구석 벽에 걸린 평면 TV를 보고 있었다. 조금 전까지만 해도 CNN 채널이 방송되고 있었는데, 지금은 일반 가정용 비디오카메라로 찍은 것 같은 화면이 펼쳐지고 있었다. 흐릿하고 흔들려서 잘 알아볼 수는 없었지만, CNN 로고도 보이지 않고 뉴스 진행자 밑으로 지나가는 한 줄짜리 기사도 없었다. 가만히 보니 회사 보안 카메라에 찍히고 있는 장면 같았다. 어둡긴 했지만 그들이 보고 있는 것은 분명 쇼룸이었다. 침실과 다이닝룸의 경계쯤이 분명했다.

"저기요."

트리니티가 TV로 다가가 스크린을 손으로 짚으며 말했다.

모두의 시선이 집중되었다. 셰링 책꽂이 가장자리에 남자의 다리 한쪽이 삐죽 튀어나와 있는 것이 보였다. 화면에 보이는 것은 남자의 종아리 부분과 맨살이 드러난 발목, 그리고 지저분한 운동화뿐이었다. 그들이 숨죽이고 화면을 응시하고 있을 때 갑자기 남자의 다리가 셰링 뒤쪽으로 사라졌다. 그 동작이 너무 빠르고 갑작스러워 에이미는 자기도 모르게 뒷걸음질을 치고 말았다. 네 사람은 아무 말 없이 베이즐을 바라보았다. 불안한 상황에 처한 그들에게는 리더가 필요했다. 베이즐은 그들의 표정을 읽고 즉시 상황에 대처했다.

"좋아요. 다 같이 다이닝룸으로 갑시다."

그가 말했다.

"보안 카메라 화면이 어떻게 TV에 나왔을까요?"

에이미가 물었다.

"모르겠어요. 하지만 고민해봤자 답을 찾을 수 없는 질문은 일단 접어두기로 하죠. 지금은 매장에 침입한 사람을 찾아서…… 얘기를 듣는 게 급선무예요. 누군지 밝혀내야죠. 그래야 이 상황을 해결할 수 있을 테니까요."

베이즐이 대답했다.

"잠깐만요. 카메라 배터리 좀 바꾸고요."

트리니티가 배낭가방을 열면서 말했다.

"당신은 여기 있어요."

베이즐이 말했다.

"말도 안 돼요!"

트리니티가 항의했다.

"부지점장님 말 들어. 아까도 이 남자가 도망가면서 당신을 넘어뜨렸잖아. 우리가 가서 찾을게."

맷이 말했다.

"당신도 여기 남아요."

베이즐이 맷을 향해 말했다.

"나 원 참!"

트리니티가 어이없다는 듯 웃음을 터뜨렸다.

"우리를 억지로 여기 가둬둘 수는 없어요. 문을 잠글 수도 없잖아요."

맷이 말했다.

"그렇다면 두 사람은 차에서 기다려요. 거기까지 데려다줄 테니."

베이즐은 단호했다.

"안 돼요. 매장에 놔둔 장비들을 챙겨 가야 해요. 비싼 것들이란 말이에요."

베이즐은 더 이상 대꾸하기 싫다는 듯 입을 다물었다.

"잠깐만요."

루스 앤이 조심스럽게 대화에 끼어들었다.

"제가 참견할 일은 아니지만, 지금은 그 사람이 다시 숨기 전에 찾는 게 제일 중요하지 않을까요? 그리고 사람 수가 많을수록 더 안전할 것 같은데, 그냥 다 같이 가면 안 될까요?"

"아까 보여준 장면 말입니다, 언제 촬영한 거죠?"

"십오 분쯤 전에요."

맷이 대답했다.

"좋아요. 그럼 일단 다 같이 갑시다. 이 남자를 찾을 때까지만이에요. 카메라도 챙겨요. 지점장님께 보고할 때 필요할지도 모르니까요. 내가 모든 일을 제대로 처리했다는 걸 보여줘야죠."

베이즐은 말을 마치자 걸음을 옮겼고, 다른 이들도 그 뒤를 따라 휴게실을 나섰다. 에이미는 쇼룸에 다시 가고 싶지 않았지만 그렇다고 혼자 남아 있고 싶지도 않았다. 그녀는 한참을 망설인 끝에 결국 일행의 꽁무니를 따라 느릿느릿 걷기 시작했다.

앞서 가던 베이즐이 여자 화장실 앞에서 갑자기 걸음을 멈추고 에이미를 돌아보았다.

"아까 낙서가 있다고 했죠?"

그가 물었다.

"네, 안에요."

에이미가 대답했다.

그들은 모두 베이즐을 따라 화장실 안으로 들어갔다. 이번에도 에이미는 맨 뒤에 서서 일행을 따랐다. 화장실 안에 들어선 그들은 한동안 아무 말도 할 수 없었다. 화장실 벽은 온통 낙서로 가득했다. 바닥부터 천장까지 끌로 새겨놓은 흉터 자국 같은 낙서가 정신없이 펼쳐져 있었던 것이다.

벽을 덮은 노란색 페인트는 한 치의 빈틈도 없이 깨지고 파이고 긁히고 찍히고 훼손되어 있었다.

Archie Wilson   Carson Moore / Beehive

BEEHIVE   here   3 YR   6 YK   J. Buxton
3 years   is   4 YR   7 YR   BEEHIVE
         forever   5 YR   FOREVER   2 YR.

ghegan   danny dum
                                          1 year and
Paddy the PIG   2 year

⑤ YEAR   Dolph Saunders
          3rd day 200 day 500 day   BILL Poole ✗ VI

                                       Charley Lozier   ARCHIBALD. F
          GALLUS Mag   six   12 years
                        eight for my lord   10 years
Singer   '39   (10 years)
tolenbaum   four more   Ikey Vail   MIKE Byrnes
years 3 year   1827
                                               8 YEARS
Gentleman Joe   Dassle D
4 YR   (5 YR)   Harry Hirow   5 year?

ANNY   Billy McGlory   Paudeen McLaughlin
                        2 Y   NEVER

                   Gaylord B. Hubbell   DANNY DRISCO
                   ✗ ✗ ✗ ✗ VII   1 year
                                          III years

KIT BOERER
BEEHIVE   Old JUNK   Fernando Woo
3 years |||||||||||||
5 YR   three

FATE COX/beehive

~~3 yr~~
~~5 yr~~ Beezey Garrity
~~6 yr~~ '31 — '38 (R.I.P.)

BEEHIVE

Tom Gould
IV   1833   Slobbery J

~~7 yr~~ Dan Noble
forever Never

band Lou's the Eyes ~~2 year~~ 4 YEAR
for eternal
rest 1 year   Owney Geo

Shad Belly   6 years   /////

7 Y

ezy Lazarus   ~~2 Y~~
XXIIIV   6 Y

HELL
HERE

Dutch Heinrichs,
until My Jesus
brings me Home

Jesus loves me
gentle and wild
bless me Jesus
forgive me Jesus

MICK THE JUDGE
~~1 YEAR~~
+ 1 YEAR MORE

traveling Jack

~~2 years~~

VG TONY
McNally ~~HV~~

see the hurt stp hurt

YANCY RAWLS
Beehive
6 MONTHS

~~3 years~~
~~4 years~~
5 years

Quimbo
3 Y

IT BURNS
YEAR hard

BILLY PATTERSON
6 year ('38)

Tom Hyer
'29 - '33

"이럴 수가……."

베이즐은 말을 잇지 못했다.

"왜 진작 말하지 않았죠?"

"아까는 이 정도까지는 아니었어요. 그새 더 늘어난 거예요."

에이미가 말했다.

트리니티는 넋을 잃은 표정을 한 채 손가락 끝으로 벽을 쓰다듬었다. 루스 앤은 아무 데도 닿지 않으려는 듯 어깨를 잔뜩 웅크리고 꼼짝하지 않았다. 그날 아침 브루카에서 맡았던 불쾌한 냄새가 화장실을 가득 채우고 있었다.

"벌집……."

맷이 낙서를 소리 내어 읽었다. 같은 단어가 여러 번 반복돼 있었고, 그 주변에 수많은 이름과 숫자가 적혀 있었다.

"대체 무슨 뜻일까요?"

"한 사람이 이걸 다 썼을 리는 없어요. 폐점한 지 몇 시간 되지도 않았잖아요. 이걸 다 쓰려면 하루 종일도 부족할 거예요."

베이즐이 말했다.

하지만 현실은 그들 눈앞에 펼쳐진 그대로였다.

"냄새 때문에 숨을 못 쉬겠어요."

루스 앤이 화장실 밖으로 나가자 다른 네 사람도 차례로 화장실을 빠져나왔다.

"분명 논리적으로 설명할 방법이 있을 겁니다. 다들 내 말 잘 듣고 내가 시키는 대로 해야 돼요. 알겠죠?"

베이즐이 말했다.

"경찰을 불러야 하지 않을까요?"

에이미가 물었다.

"절대 안 됩니다. 경찰을 부르면 지점장님도 오실 거예요. 불같이 화를 내시겠죠. 오전에 컨설턴트팀이 오기로 되어 있는데 아직 아무 것도 해결된 게 없잖아요. 우리끼리 매장을 수색해서 범인을 찾아내 면 이 문제를 말끔하게 마무리 지을 수 있을 겁니다."

베이즐이 단호한 목소리로 말했다.

"저는 쇼룸에 다시 가고 싶지 않아요. 죄송하지만 전 못 할 것 같 아요."

에이미가 말했다.

"좋을 대로 해요. 그럼 루스 앤과 함께 휴게실에서 기다려요. 앞으 로 단독 행동은 금지합니다. 어디에 가든 짝을 이뤄서 다니도록 하죠."

베이즐이 말했다.

루스 앤은 썩 만족스럽지는 않은 표정이었지만 말없이 고개를 끄 덕였다.

"뭔가 의심스러운 것을 발견하면 즉시 내 휴대전화로 연락해요. 그 리고 무슨 일이 있어도 휴게실 밖으로 나오지 말고요. 수색 인원은 우 리로도 충분합니다. 〈스쿠비두〉(초자연적 사건을 파헤치고 악당을 잡는 이야기를 그 린 TV 애니메이션—옮긴이)의 에피소드 같군요. 범인을 발견하면 그때 다시 모이도록 하죠."

밤 근무가 시작된 후 에이미는 처음으로 베이즐의 지시를 기쁜 마 음으로 받아들였다. 그녀는 곧장 휴게실로 돌아가 휴대전화를 꺼내 들었다.

"정말 기분 나쁜 밤이네요."

루스 앤이 그녀의 뒤를 따라 휴게실에 들어서며 말했다.

"그러게 말이에요."

에이미가 건성으로 대답하며 휴대전화 화면을 두드렸다.

"뭐하는 거예요?"

"경찰에 신고해야죠."

"방금 그러지 않기로 다 같이 결정했잖아요."

"대답만 그렇게 한 거예요."

"911입니다. 무슨 일이시죠?"

교환원의 목소리가 들렸다.

"안녕하세요? 오르스크 쿠야호가 지점인데요, 누군가 매장 안에 침입해서 제품들을 부숴놨어요. 꽤 위험한 사람인 것 같아요."

"경찰을 보내드릴까요? 아니면 소방대나 구급대원이 필요하세요?"

"경찰이 좋겠죠? 구급대원도 필요할 것 같은데요."

"부상자가 있습니까?"

"아뇨. 하지만 다들 많이 놀라서 충격을 받은 상태예요."

"정확한 위치를 알려주세요."

"가구 회사 오르스크 아시죠? 77번 도로 옆이에요. 인디펜던스(오하이오주 쿠야호가 카운티에 있는 도시─옮긴이)에서 가까워요."

"정확한 도로명주소를 알려주세요."

에이미의 머릿속이 순간 하얘졌다. 오르스크는 **그냥 오르스크일 뿐**, 주소가 있다는 사실은 한 번도 생각해본 적이 없었다. 크래커 배럴(미국 남부 가정식을 즐길 수 있는 레스토랑 및 기념품 체인─옮긴이)이나 홈데포(가정용 건축 자재 제조 및 판매 업체─옮긴이)처럼, 도로를 달리다 보면 그냥 눈에 띄는 곳인데 주소가 필요할 일이 뭐가 있단 말인가? 그녀는 직원 게시판에 압정으로 붙여놓은 메모지를 뒤적이기 시작했다. 다행히 회사 공고문 한쪽 구석에 작게 인쇄된 도로명주소를 발견했다.

"리버파크 드라이브 7414네요. 77번 도로에서 빠져나오는 지선도로예요."

에이미가 휴대전화에 대고 말했다.

"주거용 건물인가요, 아니면 상업용 건물인가요?"

"에이미."

루스 앤이 입을 벙긋거리며 에이미를 불렀다.

"상업용이오. 멀리서도 보이는 큰 건물이에요. 3미터짜리 간판에 '오르스크'라고 커다랗게 쓰여 있어요. 전국에 지점이 수백 개나 있는데, 모르세요?"

"에이미?"

루스 앤이 에이미의 어깨를 조심스럽게 두드리며 다시 한 번 그녀를 불렀다.

"잠깐만요."

에이미는 휴대전화를 귀에서 떼고 루스 앤을 바라보았다.

"왜 그래요?"

"전화 끊어요."

루스 앤이 말했다.

"왜요?"

"나 여기에서 잘리면 안 돼요. 당신이야 젊으니까 다른 데 또 취직하면 되지만 난 그럴 수가 없어요. 여기에서 나가면 일할 곳이 없어요. 그러니까 어서 끊어요."

루스 앤이 사정하듯 말했다.

"지금 일이 문제예요? 안전을 생각해야죠!"

"제발 부탁이에요, 에이미. 친구로서 부탁할게요. 어서 전화 끊어요."

에이미는 잠시 망설이다가 다시 휴대전화를 귀에 가져다댔다.

"여보세요? 듣고 계십니까?"

교환원의 목소리가 들렸다.

"저기요, 죄송한데 제가 착각했네요. 여기는 아무 문제 없어요. 경찰 안 보내서도 될 것 같아요."

에이미가 말했다.

"이미 경찰에 연락했습니다. 저희 규정상 일단 신고가 들어오면……."

에이미는 더 이상 듣지 않고 전화를 끊었다.

"고마워요."

루스 앤이 말했다.

"별로 좋은 생각은 아닌 것 같아요. 부지점장님은 이 일을 해결하지 못할 거예요. 문제만 더 커질 거라고요."

에이미가 말했다.

"범인만 찾으면 다 잘될 거예요. 분명히 그렇게 될 거예요. 경찰을 부른 걸 알면 부지점장님은 자기 지시를 따르지 않았다고 화만 더 낼 걸요."

루스 앤이 조금은 밝아진 얼굴로 말했다.

그때 에이미의 휴대전화 벨이 울렸다.

"전화가 끊겨서 다시 연락드렸습니다."

911 교환원이었다.

"조금 전 브렉스빌(오하이오주 쿠야호가 카운티에 있는 도시—옮긴이) 경찰서에서 말씀해주신 주소 리버파크 드라이브 7414번지로 경찰을 파견했습니다. 곧 도착할 겁니다."

"네, 고맙습니다."

에이미는 서둘러 전화를 끊고 루스 앤을 향해 고개를 돌렸다.

"경찰이 이미 출발했대요."

"어, 그래요?"

루스 앤이 입술을 꽉 깨물었다.

"미안해요. 신고가 들어온 이상 어쩔 수 없는 일이라네요. 차라리 잘됐어요. 우리 그냥 여기 조용히 앉아서 기다리기로 해요. 이십 분 뒤면 다 끝날 거예요."

에이미가 달래듯 말했다.

"아뇨, 위층에 올라가야겠어요. 부지점장님을 도와서 경찰이 도착하기 전에 그 남자를 찾아야죠. 부지점장님 지시대로 해야 여기에서 계속 일할 수 있다고요."

루스 앤이 말했다.

"난 싫어요. 쇼룸에는 절대 안 갈 거예요."

"오, 이런! 어떡하지……."

루스 앤은 초조한 눈빛으로 방 안을 이리저리 둘러보았다. 마치 누군가가 지켜보고 있는 것은 아닌지 확인하는 것 같았다. 그리고 잠시 후 그녀는 완전히 달라진 눈빛으로 다시 에이미를 바라보았다. 망설이고 초조해하던 모습은 온데간데없었다. 그동안 루스 앤 특유의 연약하고 사람 좋아 보이는 모습은 찾아볼 수 없었다.

"자기밖에 모르는 응석받이 어린애 같으니라고! 내 말 잘 들어요."

에이미는 루스 앤이 이런 식으로 말하는 것을 한 번도 본 적이 없었다. 이런 말을 **할 수 있을 거라고** 생각해본 적조차 없었다.

"당신은 어딘가 기댈 곳이라도 있는지 모르겠지만 난 아니에요. 난 가족도 없고 친구도 별로 없어요. 퇴근하고 집에 가면 낱말 퀴즈를 풀거나 스누피를 끌어안고 TV를 본다고요. 스누피가 누군지 알아요? 강아지 같죠? 아뇨! 강아지 인형이에요. 이제 내가 무슨 말을 하려는지 알겠어요? 나한테는 이 일이 전부란 말이에요. 오르스크 덕분에 월세를 내고, 주방도 꾸밀 수 있죠. 매일 가족 같은 사람들을 만날 수도 있고요. 그래서 난 절대 여기를 떠나고 싶지 않아요. 평소에는 반항하고 말대꾸나 하는 게 무슨 멋이라도 되는 줄 알고 이리저리 날뛰다가, 막상 일이 벌어지니까 무섭다는 핑계로 동료들을 도와 매장에 숨어든 침입자를 찾아내는 일은 못 하겠다고 떼쓰는 버르장머리 없는 어린애 때문에 나까지 여기서 잘릴 수는 없다고요!"

"루스 앤⋯⋯."

"그만! 당신 말은 들을 만큼 들었어요. 이제 입 다물고 내 말이나 잘 들어요. 당신은 이제 스물네 살이에요. 열세 살 사춘기 소녀 시절은 이미 오래전에 끝났다고요. 정신 똑바로 차려요. 지금은 윗사람 말에 따르고 책임감 있게 행동해야 할 때예요. 무서워서 쇼룸에는 못 가겠다고요? 안됐지만 내가 그렇게 하도록 놔두지 않겠어. 나도 무서워요. 하지만 조직에서 일한다는 건 하기 싫은 일도 참고 해야 한다는 뜻이에요. 그러니까 회사에서 돈을 주고 사람을 쓰는 거라고요. 인생이 어디 마음대로만 되는 줄 알아요? 다른 사람들이 당신 생각에 신경이나 쓰는 줄 아느냐고요! 세상이 보는 건 당신이 어떻게 행동하느냐예요. 그러니까 지금은 내가 시키는 대로 해요. 우리는 당장 저 문 밖으로 나가서 동료들을 찾아 이 상황을 함께 해결할 거예요. 내일 당신이 무슨 짓을 하든 그건 내 알 바 아니에요. 하지만 난 오르스크에 남고 싶어요. 그러니까 자리에서 일어나서 마음 단단히 먹고 나를 따라와요."

에이미는 멍한 표정으로 입을 벙긋거렸다. 뭔가 말하고 싶었지만 그녀가 할 수 있는 말은 딱 하나뿐이라는 걸 깨달았다.

"알겠어요."

오르스크 직원 평가서

매장 번호: <u>00108</u>   매장 위치: <u>오하이오주 쿠야호가 카운티</u>   평가자: <u>베이즐 워싱턴</u>

직원 번호: 408 2156800	이름: 트리니티 박	담당: 가구 배치 및 디자인	근무 기간: 3년

평가 내용:
이 직원은 초자연적 현상과 관련된 이야기로 고객들을 불편하게 하였기에 1대 1 교육을 2회 실시하였다. 하지만 이 직원의 가구 배치 능력은 늘 만족스러운 결과물을 창출하였다. 이러한 경우 직원을 올바른 방향으로 이끌어갈 수 있는 효과적인 리더십이 필수적으로 요구된다.

직원 번호: 407 2345641	이름: 매튜 C. 맥그래스	담당: 거실 & 소파방	근무 기간: 4년

평가 내용:
이 직원은 수염 관리에 대한 말만 나오면 수정헌법 제1조(종교, 언론, 출판의 자유와 집회의 권리—옮긴이)를 마치 무기처럼 꺼내 들고 투쟁해야 한다는 강박에 사로잡혀 있는 듯하다. 직원이 수정헌법 제1조의 내용을 이해하고 있는지 의문스럽다. 면담 및 교육은 적절하지 않은 것으로 판단된다. 성공적인 관리자는 권위가 아니라 리더십으로 직원들을 변화시킬 수 있어야 한다.

직원 번호: 408 2156759	이름: 에이미 포터	담당: 홈오피스방	근무 기간: 3년

평가 내용:
이 직원은 지난 시험을 통해 파트장으로서 갖춰야 할 책임감을 제대로 이해하지 못하고 있음이 판명되었다. 하지만 본 평가자는 이 직원이 관리자가 될 수 있는 잠재력을 갖고 있다고 믿는다. 지난 승진 시험 결과는 충격적일 정도였지만, 본 평가자는 이 직원이 6주 후 다시 한 번 시험을 치를 수 있도록 준비시킬 계획이다. 더 많은 훌륭한 리더를 발굴하고 양성해내는 것이 진정한 리더십이다.

직원 번호: 405 1110627	이름: 루스 앤 디소토	담당: 계산대	근무 기간: 14년

평가 내용:
이 직원에 대한 진급과 임금 인상 조치를 취해줄 것을 다시 한 번 요청한다. 직원의 기록을 검토해본 바, 이 직원의 임금은 지난 3년간 동결된 상태였다. 임금 인상을 통해 오르스크가 이 직원의 오랜 노고에 깊이 감사하고 있음을 표현하는 일이 필요하다고 판단된다. 회사가 먼저 직원을 부유하게 하면, 직원도 회사를 부유하게 한다.

07 반베이르드

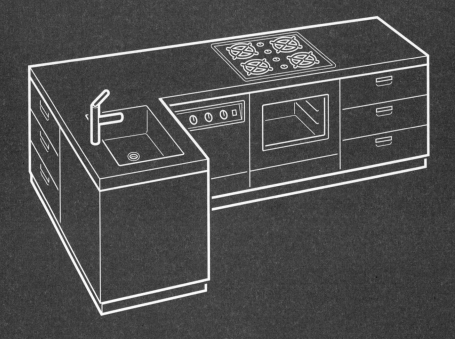

맛있는 음식과 맛있는 냄새, 훌륭한 요리와 좋은 친구들이
흘러넘치는 주방이야말로 그 집의 중심이죠. 현대적인
디자인의 **반베이르드**는 멋진 작품을 만들고자 하는
당신에게 날개를 달아드립니다. 두 사람만의 오붓한
아침 식사든 여러 친구와 함께하는 시끌벅적한 저녁 식사든
반베이르드가 있다면 모두 가능합니다.

색상: 스노, 나이트, 슬레이트
사이즈: 배치 형태에 따라 다양함
더 많은 정보를 원하시는 고객께서는 오르스크에 문의하세요.

쇼룸을 헤매던 에이미와 루스 앤은 침실에서 동료들을 발견했다. 그들은 드라셀(Drazel) 서랍장 뒤에 몸을 숨기고 있었다.

"쉿! 그 사람…… 저기…… 있어요."

맷이 건물 뒤편으로 이어지는 문을 향해 손가락을 쿡쿡 찌르며 속삭였다. 에이미는 바짝 엎드린 채 고분고분 드라셀 뒤로 숨었다.

"어떻게 생겼어요?"

그녀가 속삭이듯 물었다.

"사실 그 사람을 정확하게 본 건 아니에요. 트리니티가 누군가 움직이는 것을 봤다고 해서 고개를 돌렸더니 저 문이 흔들리고 있더군요. 그놈을 이쪽으로 유인해서 재빨리 붙잡을 생각입니다."

베이즐이 대답했다.

"재빨리 어떻게요?"

에이미가 다시 물었다.

"맙소사! 대체 뭐하는 건지 모르겠네요."

루스 앤이 탄식하더니 갑자기 문을 향해 저벅저벅 걸어갔다. 그리고 양손으로 문을 활짝 밀어젖혔다.

"여기 누가 있다는 거예요? 그 불쌍한 사람은 아직도 다이닝룸 어딘가에 숨어 있을 거라고요."

루스 앤이 말했다.

"어쩌려고 이런 위험한 행동을 합니까? 그 사람이 공격이라도 했으면 어떡하려고 했어요?"

베이즐이 펄쩍 뛰었지만 루스 앤은 단호하게 고개를 저었다.

"누구인지는 모르겠지만 그 사람도 지금 어쩌할 바를 모르고 바들바들 떨고 있을 거예요. 빨리 찾아서 도와줘야 한다고요."

"맞는 말이에요. 나 같아도 이런 곳에는 한시도 더 있고 싶지 않을 거예요."

에이미가 말했다.

"그럼 다이닝룸으로 가봅시다."

베이즐은 에이미의 말을 못 들은 척 무시하고 루스 앤에게 말했다.

"잠깐만요."

맷이 사람들을 가로막더니 타브세 옷장 문을 열고 장비 가방 하나를 꺼냈다. 지퍼를 열고 손을 넣어 뒤지자 검은색 맥라이트 손전등 하나가 나왔다. 길이가 60센티미터나 되고 꼭 경찰봉처럼 생긴 손전등이었다. 두개골을 박살 낼 수 있을 정도로 튼튼해 보였다.

"설마 그걸 사람한테 휘두를 생각은 아니겠죠?"

베이즐의 물음에 맷이 말했다.

"글쎄요. 상황에 따라서요. 그 남자가 트리니티를 쓰러뜨리는 거 보셨잖아요."

"아까도 말했지만 난 이 매장에서 일어날 수 있는 모든 상황에 대해 철저하게 교육받고 훈련받은 사람입니다. 내 지시 없이는 어떤 행동도 해선 안 돼요."

베이즐이 재차 말했지만 맷은 아무 대답 없이 다이닝룸을 향해 걸음을 옮겼다.

"유령한테는 그런 거 안 통해."

트리니티가 맷을 뒤따르며 말했다. 루스 앤도 천천히 다이닝룸을 향해 움직였다.

"부지점장님이 통제할 수 있는 상황이 아니라는 거 이제는 인정하시죠."

에이미가 베이즐에게 말했다.

"그게 무슨 말입니까? 모든 게 내 계획대로 되고 있는데."

베이즐은 에이미를 뒤로하고 서둘러 일행을 쫓아갔다.

다이닝룸을 향한 멀고 먼 반짝이 길로의 여정이 다시 시작되었다. 그들은 벽에 기대서 있는 거대한 프롱크(Pronk) 거울 앞을 지났다. 거울 속에 갇힌 차가운 은빛 형체들이 그들과 함께 소리 없이 다리를 움직였다. 그들은 기다림에 지쳐 망부석이 되어버린 것 같은 안락의자와 차가운 선반, 벌거벗은 테이블과 텅 빈 침대, 그리고 아무 데로도 연결되지 않는 가짜 문 사이를 조용히 지나갔다.

"무슨 냄새가 나는데요."

루스 앤이 말했다.

"불쾌한 냄새네요."

트리니티가 거들었다. 썩은 진창에서나 날 법한 시큼하고 눅눅한 냄새가 마치 안개처럼 피어오르고 있었다. 냄새는 다이닝룸에 가까워질수록 심해졌다. 어느 순간 그들의 콧구멍을 가득 채우더니 침을 삼킬 때마다 목을 타고 내려가는 것 같았다. 조금 전 화장실에서, 그리고 그날 아침 브루카에서 맡았던 바로 그 냄새였다. 에이미는 온몸이 끈적끈적해지는 것 같았다.

"바짝 붙어."

맷이 트리니티에게 말했지만 그녀는 아직도 그에게 화가 나 있는지 그를 밀어냈다.

그들은 마침내 다이닝룸에 도착했다. 보안 카메라 화면으로 보았던 바로 그 자리였다. 그들은 반짝이 길 끄트머리에서 걸음을 멈췄다. 마치 텔레비전 화면 속에 들어온 것 같은 기분이었다. 눈에 보이지 않는 수백만의 시청자가 그들을 뚫어지게 쳐다보고 있는 것 같았다. 거대한 프로니크 테이블 한가운데에 EMF 측정기가 놓여 있고 의자들은 옆으로 쓰러져 있었다. 에이미의 심장이 쿵쾅거렸다.

"혼령이여! 내 말이 들리나요?"

트리니티가 소리쳤다.

"쉿! 또 공격당하려고 그래?"

맷이 깜짝 놀라 그녀를 쳐다보았다.

"내가 뭘 하든 내 맘이야."

트리니티가 사납게 받아쳤다. 그녀는 다시 한 번 유령의 모습을 카메라에 담기 위해 구석구석 렌즈를 들이댔다.

"혼령이시여, 모습을 보여주세요."

그녀가 다시 한 번 소리쳤다.

"정말 어이가 없네요. 나도 둘째가라면 서러운 겁쟁이지만 당신들 하는 꼴을 보니 정말 기가 막혀서 가만히 있을 수가 없군요!"

루스 앤은 말을 마치자마자 무릎을 꿇고 고개를 푹 숙이더니 셰링 수납함 아래 공간을 뚫어지게 노려보았다.

"아무것도 없어요. 또 사라졌네요."

에이미는 남몰래 안도의 한숨을 내쉬었다. 이제 휴게실로 돌아갈 수 있게 되었다. 어쩌면 이 모든 소동이 여기에서 끝날 수도 있겠구나! 하지만 고개를 돌려 반짝이 길을 훑어보던 그녀는 보지 말아야 할 것을 보고 말았다.

반짝이 길 너머 다이닝룸 맞은편에는 보라색 실비안 침실 가구들이 전시되어 있다. 모든 것이 한 치의 흐트러짐도 없이 제자리에 잘 정리되어 있었다. 하지만 단 하나, 박스스프링(침대에서 매트리스를 올리는 부분―옮긴이)을 따라 엉망으로 흐트러진 하얀색 침대보가 문제였다. 그 아래 짙은 어둠 속에서 금반지를 낀 털북숭이 손이 삐죽 튀어나와 있는 것이 보였다.

에이미는 팔꿈치로 베이즐을 쿡 찌르고는 침대를 가리켰다. 에이미의 손끝을 따라가던 베이즐의 두 눈이 만화 속 캐릭터처럼 커졌다.

근처에 서 있던 맷도 이상한 낌새를 느꼈는지 두 사람을 향해 돌아섰다. 그리고 그들의 시선을 따라 천천히 고개를 돌렸다. 마침내 털이 수북한 손을 발견한 그는 자기도 모르게 한 걸음 물러섰다. 그는 아무 말도 하지 못한 채 한 손으로 트리니티를 잡아당겼지만, 그녀는 몸을 꿈틀거리며 그의 손아귀에서 벗어났다. 잠시 동안이었지만 당당한 모습을 보였던 루스 앤마저 굳은 표정으로 살금살금 뒷걸음질 쳤다.

"저기, 다 보입니다만!"

베이즐이 떨리는 목소리로 외쳤다.

상대는 아무런 반응도 보이지 않았다.

"거기, 침대 밑에! 결혼반지도 보이고, 손도 보인다고요. 이봐요, 털북숭이 씨! 이제 그만 포기해요. 당신은 포위됐어요."

베이즐은 굴하지 않고 계속 소리쳤다.

손은 여전히 움직이지 않았다. 움찔하는 기색조차 없었다. 에이미는 혹시 시체가 아닐까 하는 생각에 심장이 내려앉는 것 같았다. 누군가가 침실에서 죽은 것이다. 아침 근무팀이 출근할 때까지 저 시체를 그대로 둘 수는 없는 일이었다. 베이즐은 분명 컨설턴트팀이 도착하기 전에 시체를 치워야 한다고 고집을 부릴 것이다. 상황이 나아질 기미가 보이기는커녕 갈수록 태산이었다.

"경찰도 불렀어요. 지금 순순히 나오지 않으면 경찰이 들어가서 끌고 나올 겁니다. 호신용 스프레이나 전기충격기 맛을 보고 싶어요?"

베이즐이 다시 한 번 목청껏 소리쳤다.

갑자기 루스 앤이 베이즐 옆을 지나 침대를 향해 저벅저벅 다가가더니 한쪽 끝을 번쩍 들어 올렸다. 남자는 팔다리를 쫙 벌린 채 마치 불가사리인 양 바닥에 납작 엎드려 있었다. 그는 숨어 있던 바위를 들어 올리자 허둥지둥 도망치는 벌레처럼 갑자기 몸을 움직이기 시작했다. 휘청거리며 두 발로 일어서려 했던 것이다. 하지만 바로 그 순간 침대 틀에 머리를 찧고 말았다. 워낙 빠른 속도로 움직이고 있었기 때문에 뒤로 벌러덩 넘어가지는 않았지만, 어마어마한 충격 때문인지 남자는 중심을 잃고 비틀거렸다. 침대에서 벗어나 반짝이 길을 가로지른 그는 결국 스플루그(Sploog) 2인용 소파에 다리가 걸려 공중에서 180도 회전하며 바닥으로 곤두박질쳤다.

"그래, 꽁지 빠지게 도망가보시지!"

맷이 소리쳤다.

"안 돼! 멈춰요! 거기 서요!"

베이즐이 다급하게 외쳤다.

남자는 바닥을 짚고 일어나더니 절뚝거리며 책상들 사이로 달아났다. 그는 수납 솔루션방으로 이어지는 지름길로 들어서고 있었다.

"이봐! 멈추라니까! 문은 다 잠겼어요. 보안 카메라에 당신 얼굴이 찍혔단 말입니다."

베이즐이 달아나는 남자를 향해 고래고래 소리 질렀다.

순간 남자가 걸음을 멈추고 양손을 축 늘어뜨렸다. 갑자기 전원이 꺼진 로봇처럼 양어깨가 풀썩 내려앉는 것이 보였다. 그가 천천히 돌아섰다. 앞머리가 벗겨지고 턱에는 사포처럼 거친 수염이 거뭇거뭇하게 난 남자의 얼굴이 그들을 향하고 있었다.

"그래요, 잡혔군요. 다 끝났어요. 당신들이 이겼다고요."

남자가 투덜대듯 말했다. 파란색 폴로셔츠는 불룩한 배 위로 말려 올라가고, 땀에 젖었다 마른 양쪽 겨드랑이는 허옇게 변해 있었다. 카키색 바지는 무릎이 닳아 반질반질했고, 한쪽 스니커즈는 발가락 부분을 테이프로 칭칭 감아놓은 상태였다.

"거기 있어요. 꼼짝도 하지 말아요."

베이즐이 말했다.

"알았다고요. 안 움직여요."

남자가 대답했다.

"아까 왜 내 여자 친구한테 달려들었죠?"

맷이 화난 목소리로 따져 물었다.

"달려들어요? 무슨 그런 말도 안 되는 소리를! 그냥 부딪친 거죠. 나도 깜짝 놀라 달아나다가 그랬어요. 오히려 **저 여자가 나한테** 달려들었죠. 난 지금까지 살면서 단 한 번도 여자를 때려본 적 없는 사람이에요. 저 여자가 당신들한테 뭐라고 했는지 모르지만, 난 평화주의자라고요."

"나한테 달려든 게 아니라 나랑 대화를 시도한 거야."

트리니티가 나섰다. 그녀는 남자에게 다가가 그의 얼굴에 카메라를 들이밀었다.

"죽은 지 얼마나 됐죠?"

그녀가 물었다.

"보고도 모르겠어? 유령이 아니라 그냥 노숙자잖아. 부랑자라고. 너무 가까이 가지 마."

맷은 더 이상 참을 수 없다는 듯 분통을 터뜨렸다.

"그렇게 심하게 말할 것 없잖아요."

남자가 잔뜩 풀이 죽은 표정으로 말하고는 트리니티를 향해 고개를 돌렸다.

"하지만 당신 남자 친구 말이 맞아요. 난 유령이 아니에요."

"저 사람 내 남자 친구 아니에요. 그리고 당신이 유령이 아니라는 건 나도 알아요. 유령이라면 침대 밑에 숨어 있었을 리가 없죠."

트리니티는 입을 삐죽거리며 쇼펠로이트(Schopperloit) 의자로 걸어가 털썩 주저앉았다. 그리고 울음을 터뜨렸다.

"저런, 저런!"

루스 앤이 그녀에게 다가갔다.

"괜찮아요. 진짜 괜찮아요."

트리니티가 울먹거리며 말했다.

"대체 당신 누굽니까? 여기 들어오면 안 된다는 거 몰라요?"

베이즐이 질문했다.

"내 이름은 칼이에요."

남자가 말했다.

"성은?"

"그건 그냥 넘어갑시다."

"신분증 있습니까?"

"날 체포하는 겁니까?"

칼이 물었다.

"내가 경찰도 아닌데 어떻게 당신을 체포합니까?"

베이즐은 '체포'라는 단어를 말하면서 두 손으로 공중에 큰따옴표를 그렸다.

"하지만 난 이 매장 책임자예요. 그러니 대답해요. 어떻게 들어온 거죠?"

베이즐이 물었다.

"매일 하던 대로 했죠, 뭐. 영업시간이 끝날 때까지 카페에서 어슬렁거리다가 9시 반쯤 화장실로 갔어요. 누가 들어오는 것 같으면 변기에 앉은 채 발만 들어 올렸죠. 보안 업체 직원들이 일을 영 엉망으로 하던데요. 다른 업체로 바꿔버려요."

칼이 대답했다.

트리니티는 밤새도록 울음을 그치지 않을 기세였다. 루스 앤은 그녀 곁에서 등을 쓰다듬고 있었고, 맷은 곤란한 표정으로 멀찌감치 서서 그들을 바라보고 있었다.

베이즐이 에이미를 향해 몸을 돌렸다.

"당신이 봤다던 남자가 이 사람입니까?"

"꽤 먼 거리에서 보긴 했지만 맞는 것 같아요."

에이미가 대답했다.

"아!"

칼이 갑자기 탄성을 질렀다. 에이미의 대답을 듣고 뭔가 떠오른 게 있는 듯했다.

"아침에 마주쳤던 사람이 당신이군요. 나 때문에 겁먹었을까 봐 걱정했어요. 경비를 부를 줄 알았는데……."

"당신이 브루카를 못쓰게 만들었습니까?"

베이즐이 칼의 말을 끊고 물었다.

"뭘 못쓰게 만들어요?"

"브루카 소파 말이에요. 아침에 매장 문을 열었는데 소파 하나에…… 얼룩이 잔뜩 묻었더라고요."

"똥이었어요."

에이미가 덧붙였다.

칼은 살짝 얼굴을 붉히며 베이즐에게 말했다.

"저, 잠깐 단둘이 얘기할 수 있을까요? 남자 대 남자로 말이에요."

베이즐은 직원들을 향해 "이건 내가 알아서 처리하지!" 하는 듯 자신만만한 손짓을 해 보였다.

"다들 여기 있어요. 금방 돌아올게요."

그는 말을 마친 뒤 칼의 팔을 잡고 몇 걸음 떨어진 곳으로 갔다.

"솔직히 말할게요. 내가 최근에 상태가 좀 안 좋았어요. 어젯밤에 무슨 일이 있었는지 하나도 기억이 안 나요."

칼이 낮은 목소리로 말했다.

"혹시 약에 취한 겁니까?"

칼은 고통스러운 표정을 지었다.

"두통이 가시질 않아요. 내가 간질이 있다고 얘기했던가요? 가끔씩 기절을 하는데 깨어나 보면 온몸은 먼지투성이가 되어 있고 머리카락에는 유리 조각이 붙어 있어요. 내 손 좀 봐요."

그가 양손을 내밀었다. 손톱 열 개가 모조리 까맣게 변해 있었다.

"어젯밤 잠들 때까지만 해도 이렇지 않았거든요."

"정말 아무것도 기억이 안 난단 말입니까?"

베이즐이 물었다.

"예전에 병원 다니며 약 먹을 땐 괜찮았는데, 이젠 더 이상 그럴 형편이 못 되거든요."

"언제부터 우리 매장에 들어왔죠?"

"화내지 말아요. 부탁이에요. 난 그냥 잠잘 곳이 필요했어요. 화장실도 좀 쓰고요. 물건을 훔친 적은 한 번도 없어요."

"하지만 우리 물건을 부숴뜨렸잖아요. 거울이며, 커튼이며, 유리그릇도……."

"아니에요! 맹세코 그런 적 없어요. 여긴 내게 집 같은 곳이라고요. 오르스크, 모두를 위한 집! 그게 당신네 회사 모토잖아요. 여긴 **내** 집이에요."

칼이 억울한 듯 목소리를 높였다.

"여기는 엄연한 사업장입니다!"

"난 갈 곳이 없어요. 로스(주택 개선 용품 및 기기 판매 체인―옮긴이)나 이케아에도 가봤지만 거기는 경비가 훨씬 삼엄하더라고요. 불쌍한 사람 돕는다 생각하고 눈감아주면 안 될까요?"

칼이 애원하듯 말했다. 그는 베이즐 뒤에 서 있는 에이미, 루스 앤, 맷, 그리고 트리니티를 애처로운 눈빛으로 바라보았다.

"어린 딸이 하나 있는데 아내가 데리고 살아요. 난 거주지가 생길 때까지 아이를 만날 수가 없어요. 노숙자 쉼터는 거주지로 인정해줄 수 없대요. 그래서 취직 자리를 알아보려고 여기 왔는데, 와서 보니 너무 마음에 드는 거예요! 노숙자 쉼터에 비하면 천국이었죠. 그래서 그냥 눌러앉게 된 거예요. 카페 음식도 가격이 엄청 싸더라고요."

칼은 끈질기게 그들을 설득했다.

"하긴 어떤 면에서는 당신도 우리 경제체제의 희생자일 뿐이죠."

베이즐이 한발 물러서듯 부드러운 목소리로 말했다.

"그렇다니까요!"

칼의 목소리에 활기가 돌았다.

에이미는 생각에 잠긴 베이즐의 표정에서 그의 꿍꿍이를 읽어낼 수 있었다. 드디어 설교를 늘어놓을 수 있는 순간을 맞이했다고 생각하는 것이다. 오늘 밤 내내 권위를 세우려고 그토록 노력했건만 번번이 훼방꾼에 가로막혔던 그가 마침내 자신의 은밀한 욕구를 마음껏 충족할 수 있는 기회를 포착했다!

"미안한 말이지만, 이건 내가 결정할 수 있는 문제가 아니에요."

잠시 생각에 빠져 있던 베이즐이 결심한 듯 천천히 입을 열었다.

"이곳 오르스크에서 우리는 모두 하나의 팀입니다. 따라서 어떤 결정이든 함께 내려야 하죠. 그것이 바로 오르스크 정신입니다."

"그런 게 있나요?"

에이미가 눈썹을 치켜세우며 물었지만, 베이즐은 하고 싶은 말을 꿋꿋이 이어갔다.

"당신을 그냥 보내줄 수도 있고 경찰을 부를 수도 있어요. 어느 쪽이 됐든, 여기 있는 모든 사람이 자신의 의견을 밝히고 함께 결정할 겁니다."

"경찰은 안 돼요. 제발요!"

칼이 애원했다.

"내 의견을 먼저 말하죠. 난 경찰을 부르는 쪽에 한 표 던지겠어요."

베이즐이 말했다.

"저도요. 저 사람 때문에 트리니티가 다칠 뻔했다고요."

맷은 길게 생각할 것도 없다는 듯 냅다 자신의 의견을 말했다.

"누구를 해칠 생각은 없었어요. 도망치다 부딪친 것뿐이라니까요."

칼이 한층 다급해진 목소리로 말했다.

"잠깐만요. 아래층으로 내려가서 내 얼굴 사진을 찍읍시다. 나를 매장 출입 불가 고객 명단에 올려서 사진을 입구에 딱 붙여놓으면 되잖아요. 다시는 내가 여기 들어올 수 없게 말이에요. 그런 다음 개 쫓듯이 나를 내쫓아버려요. 한밤중에 클리블랜드로 돌아가야 하는데 그것만으로도 벌은 충분하지 않나요? 노숙자 쉼터도 아직 닫혀 있을 거예요. 지금 당장 나갈게요. 그리고 다시는 돌아오지 않을게요. 제발요, 경찰만 부르지 말아줘요. 아내가 알면 분명 판사 앞에서 다 말할 거예요. 돈 없는 아빠들이 얼마나 설움을 당하는지 다들 알잖아요."

"전 그냥 보내줬으면 좋겠네요. 워낙 상황이 어려운 분이잖아요."

루스 앤이 말했다.

"고맙습니다. 이렇게 만난 것도 인연인데……."

칼이 손을 내밀어 악수를 청했다.

"전 어떻게 하든 상관없어요. 그냥 얼른 보내요."

마침내 울음을 그친 트리니티가 말했다.

모든 사람의 시선이 일제히 에이미에게 향했다. 2대 2가 되었으니 결과는 에이미의 선택에 달려 있었다. 에이미도 루스 앤과 같은 생각이었다. 이 불쌍한 남자에게 벌을 주는 게 무슨 의미가 있겠는가? 이미 범인을 잡았고 그동안 벌어진 이상한 일들도 해명이 되었다. 이쯤에서 상황이 종료되면 그들은 더 이상 순찰 근무를 하지 않아도 되고, 예정보다 일찍 집에 돌아갈 수도 있을 것이다.

"보내주죠. 경찰을 부른들 뭐라고 하겠어요? 이 남자가 자기 차에서 자기 싫어하니까 체포하라고 할 건가요? 저도 차에서 자는 건 딱 질색인데요."

에이미가 말했다.

"난 차도 없어요."

칼이 작게 웅얼거렸지만 에이미는 못 들은 척 말을 이었다.

"그냥 물건 몇 개 부순 것뿐이잖아요. 개인 소유도 아니고 회사 물건인데, 오르스크 같은 큰 기업이 그 정도는 봐줘야죠. 그동안 매장을 어질렀던 범인을 잡았으니 이제 다 끝났어요. 어서 내보내고 우리도 집에 가죠."

"좋습니다."

베이즐이 약간 짜증이 난 듯 말했다.

"보내주는 건가요?"

칼이 물었다.

"네, 가셔도 돼요."

에이미가 대답했다.

"와! 감사합니다!"

칼이 소리쳤다.

그는 트리니티에게 달려가 두 팔로 그녀를 감싸 안고는 번쩍 들어 올렸다. 마치 다른 세상에라도 온 듯 순식간에 분위기가 바뀌었다. 밤새 그들을 짓누르던 긴장감은 물러가고 안도감이 밀려들었다. 그들은 아찔한 행복감에 흠뻑 젖어들었다. 물론 베이즐만은 여전히 짜증스러운 표정을 짓고 있었다.

"저기요, 작은 문제가 하나 있는데……."

루스 앤이 머뭇거리며 입을 열었다.

"에이미가 이미 경찰에 신고를 했어요."

"뭐라고요? 신고하지 말라고 신신당부했는데 대체 왜 그랬어요?"

베이즐이 물었다.

"너무 무서워서 어쩔 수가 없었어요."

에이미가 대답했다.

"다시 전화해서 오지 말라고 해요."

칼이 말했다.

"그것도 이미 해봤는데, 안 된대요. 〈캅스〉(폭스TV에서 방송하는 경찰 추적 프로그램—옮긴이) 같은 거 보면 늘 나오잖아요. 일단 신고가 접수되면 경찰은 현장에 출동해야 한다고 하네요."

루스 앤이 말했다.

"죄송해요."

에이미가 처음으로 고분고분한 말투로 베이즐에게 사과했다.

베이즐은 잔뜩 화가 난 표정으로 그녀를 바라보았다.

"어쩔 수 없이 내가 나서야겠군요. 이렇게 합시다. 내가 아래층에 내려가서 경찰을 기다렸다가 필요한 서류에 사인하고 잘못된 신고였다고 말할게요. 그들이 돌아가면 칼을 내보내기로 합시다. 어때요?"

"그렇게 해주신다면 저야 감사하죠. 정말 큰 빚을 졌습니다. 이렇게 사정을 이해해주셔서 정말 감사드려요. 고맙습니다."

칼이 베이즐의 손을 잡고 연신 흔들어대며 말했다.

베이즐은 겨우 손을 빼낸 뒤 다시 입을 열었다.

"다들 내가 돌아올 때까지 여기에서 꼼짝도 하지 마요."

"정말 고맙습니다."

칼이 다시 베이즐을 향해 다가서며 말했다.

"인사는 충분합니다."

베이즐은 또다시 그에게 손을 잡힐까 봐 뒷걸음질을 치며 서둘러 아래층으로 내려갔다.

베이즐이 떠나자 칼은 남은 사람들과 차례로 악수하며 인사를 나눴다.

"아까 내 편 들어줘서 고마워요. 오늘 정말 큰 신세 졌네요. 다들 좋은 분들 같아요. 평생 잊지 않겠습니다."

칼이 에이미를 보며 말했다.

"아, 네. 뭐 별말씀을요."

에이미가 당황하며 대답했다.

어색한 침묵이 다이닝룸을 가득 채웠다. 딱히 할 일이 없었던 그들
은 그저 억지 미소를 지으면서 시간이 빨리 흐르기만 기다렸다.

"이럴 땐 카드놀이나 하면 딱인데."

루스 앤이 분위기를 띄워보려는 듯 입을 열었다.

"카드놀이는 무슨!"

트리니티가 뿌루퉁한 얼굴로 말했다.

그때 에이미의 주머니에서 희미한 음악 소리가 들려왔다. 그녀는
휴대전화를 꺼내 전화를 받았다.

"여보세요?"

"여기 브렉스빌 경찰서인데요, 911에 신고하셨죠?"

"네, 그런데 그게 착오가……."

"리버파크 드라이브 7414번지 맞죠?"

"네, 맞는데요, 오실 필요 없……."

"어떻게 가야 하죠?"

"어느 쪽에서 오느냐에 따라 다르죠. 경찰이 그런 것도 모르나요?
쿠야호가 쪽으로 오는 고속도로 타고 오다가 지선도로로 빠지면 돼요.
고속도로에서 바로 들어올 수는 없거든요."

"아, 고속도로를 타고 가다가 지선도로로 빠진단 말씀이시죠?"

"네."

에이미가 살짝 짜증 난 목소리로 대답했다.

"알겠습니다. 혹시 또 다른 문제가 생기면 이 번호로 연락드리면

될까요?"

"네, 그러세요. 그런데 배터리가 얼마 남지 않아서 끊길지도 몰라요. 그리고 아까부터 말씀드리려고 했는데 아까는 제가 뭘 좀 착각해서……."

전화는 이미 끊어져 있었다.

"나쁜 소식이에요. 경찰이 오고 있대요. 좋은 소식도 있어요. 길을 못 찾아서 헤매고 있다네요."

에이미가 그녀를 바라보는 동료들을 향해 말했다.

"일이 점점 꼬이는군요."

루스 앤이 말했다.

"두 사람, 유령은 찾았어요?"

그녀가 맷에게 물었다.

"아뇨. 칼이 유령이었으면 좋았을 텐데."

트리니티가 대신 대답했다.

맷은 기운이 쭉 빠진 듯 쇼펠로이트 의자에 털썩 주저앉았다.

"온갖 고생을 했는데 건진 건 하나도 없어요. 돈 될 만한 장면이 하나도 없으니, 우리 쇼는 온통 조작된 자료들로 채워야겠죠. 성공하긴 글렀어요."

칼이 맷이 들고 있는 비디오카메라를 바라보았다.

"당신들 고스트 헌터군요! A&E에 나오는 그런 사람들이었어요!"

"A&E 이름만 들어도 지긋지긋해요. 다른 방송도 **많은데** 왜 다들 A&E 타령인지 모르겠네."

맷이 툴툴거렸다.

"저 두 사람은 브라보에 출연하고 싶대요."

에이미가 칼에게 말했다.

"〈리얼 하우스와이프〉(미국 부유층 가정주부의 삶을 소재로 한 리얼리티 TV쇼—옮긴이)〉 방송하는 채널 알죠?"

루스 앤이 덧붙였다.

"하지만 유령을 찾으려면 유령 들린 집에 가죠. 다들 그렇게 하잖아요."

칼이 진지한 표정으로 말했다.

"여기 침실이며 욕실, 주방, 다이닝룸까지 다 있잖아요. 이게 집이 아니면 뭐겠어요? '모두를 위한 집', 들어봤죠? 사람들은 여기에서 식사를 하고, 아이들을 놀이방에 맡기고 구경도 하고, 커피도 마시면서 하루를 보낸다고요. 당신 입으로 말했잖아요. 여기가 당신에게는 집이라고요."

맷이 말했다.

"듣고 보니 그러네요. 당신 말이 맞아요. 사람들이 다 떠난 뒤엔 꽤 으스스하기도 하죠. 교령회 같은 걸 하면 딱 어울리겠어요."

말을 마친 칼은 재미있다는 듯 껄껄 소리 내어 웃었다. 하지만 그는 곧 웃음을 멈추었다. 무표정한 얼굴로 그를 뚫어지게 바라보는 트리니티와 눈이 마주쳤던 것이다. 그는 불편한 기색을 내비쳤지만 트리니티의 시선에는 흔들림이 없었다. 칼이 무안한 표정으로 슬쩍 위치를 바꾸어봤지만, 트리니티는 여전히 그를 뚫어지게 바라보았다.

"왜 그렇게 봐요? 놀리려고 한 말이 아니에요. 그냥 생각나는 대로 말했을 뿐이라고요."

칼이 참지 못하고 먼저 입을 열었다.

"당신은 천재예요! 정말, 진짜, 엄청난 천재라고요!"

트리니티가 흥분을 감추지 못하고 소리쳤다.

"내가요?"

칼이 어리둥절한 표정으로 물었다.

"맷, 장비 어딨어? 지금 당장 교령회를 해야겠어."

트리니티가 말했다.

"교령회라면 시청자들도 껌뻑 죽지! 카메라로 찍어놓으면 아주 멋질 거야."

맷도 아이디어가 마음에 드는지 목소리가 활기를 띠었다.

"홈데코 구역에서 초를 좀 가지고 와야겠어. 탁자는 프로니크 테이블을 쓰고. 검정색이 좋겠네. 영구차 느낌이 나도록."

트리니티가 다시 말했다.

"서둘러. 부지점장님 오기 전에 끝내야 하니까."

맷도 거들었다.

"경찰이 길을 못 찾고 헤매고 있다니 부지점장님 걱정은 안 해도 될 거예요. 하지만 다른 문제가 있어요. 여긴 교령회 하기에는 너무 밝지 않나요?"

에이미가 말했다.

맷은 손목시계를 내려다보았다. 바로 그 순간 680개에 이르는 매장 보조조명이 동시에 딸깍 소리를 내며 꺼졌고, 쇼룸은 어슴푸레한 어둠에 빠져들었다. 구석구석 숨어 있던 수천 개의 그림자가 모습을 드러냈고, 가구들은 갑자기 더 크고 기괴한 모습으로 바뀌었다. 루스앤이 낮은 비명을 질렀다.

"자동 설정된 거예요. 새벽 2시가 되면 조명이 꺼지죠."

맷이 말했다.

"타이밍 기가 막히네! 자, 다들 같이 하는 거죠?"

트리니티가 활짝 웃는 얼굴로 모두를 바라보았다.

08

프로니크

식사 자리에 필요한 게 테이블과 의자뿐만은 아니죠. 당신의
집에 초대받은 친구들, 그리고 즐거운 대화가 어우러진
식사는 평생 잊지 못할 아름다운 추억이 됩니다.
프로니크는 이 아름다운 한 장의 사진을 담아내는 완벽한
액자가 되어드립니다.

소재: 자작나무, 오크나무
사이즈: W 235×D 82×W 87cm
제품번호: 6666434881

첫 번째 설득 상대는 루스 앤이었다. 그녀는 교령회라는 것이 어느 면에서도 '악마 숭배'와는 관련이 없다는 설명을 듣고 또 들은 뒤에야 조심스럽게 고개를 끄덕였다. 다음 넘어야 할 산은 에이미였다. 그녀는 루스 앤에 비해 훨씬 완고했다. 에이미가 말했다.

"손잡는 거 싫다니까요."

"손을 잡지 않고도 할 수 있는 방법이 있어요. 진짜예요."

맷이 말했다.

마지막 장애물은 칼이었다. 맷은 세 명만으로는 화면이 너무 비어 보이고, 네 명은 마치 일부러 짠 듯 너무 대칭적으로 보일 거라며 칼이 반드시 참여해야 한다고 주장했다.

"가장 보기 좋은 참석 인원은 언제나 다섯 명이에요. 이건 진리라고요."

맷이 말했다.

"글쎄요, 좀 찜찜하긴 한데 당신들한테 빚진 것도 있고 하니 거절할 수가 없네요."

칼이 말했다.

마침내 모두의 동의를 얻기는 했지만, 베이즐이 돌아올 시간이 점점 다가오고 있었다. 맷과 트리니티는 에너지가 넘쳐 어찌할 바를 모르는 강아지들처럼 쇼룸 이곳저곳을 뛰어다녔다. 자동 소등으로 쇼룸은 어두침침했지만, 두 사람은 몇 개 남지 않은 보조조명의 희미한 불빛 속에서도 아무 불평 없이 신이 나서 돌아다녔다. 맷은 묵직한 장비 가방 두 개를 질질 끌고 오더니 카메라와 삼각대 여러 개를 꺼냈다. 트리니티는 부대용품 판매 코너로 뛰어 내려가서 기도용 바닐라 향초 한 박스를 들고 성난 말처럼 계단을 뛰어 올라와서는 다이닝룸 곳곳에 초를 켰다. 은은한 촛불로 밝힌 다이닝룸은 마치 TV 영화에 등장하는 로맨틱한 장면을 보는 듯 분위기 있는 곳이 되어 있었다.

"내가 이런 짓을 하다니 제정신이 아닌가 봐요."

에이미가 말했다.

"걱정 말아요."

맷이 자신감 넘치는 표정으로 말했다.

그는 프로니크 주위를 둥글게 돌면서 카메라를 고정한 삼각대를 일정한 간격으로 하나씩 늘어놓았다. 그런 다음 EMF 측정기를 들어 테이블 한가운데 탁 내려놓았다.

"〈고스트 밤〉 시청자들이 이걸 보면 열광할 거예요."

트리니티가 말했다.

"교령회를 한다고 진짜 뭐가 나타나거나 그런 건 아니죠?"

루스 앤이 물었다.

"그게 무슨 말이에요? 당연히 나타나야죠."

트리니티가 말했다.

"그런 일은 없을 거예요."

에이미가 무뚝뚝하게 말했다.

"결과가 어떻게 되든 엄청난 장면이 될 것은 분명해요. 교령회 장면은 절대 실패하지 않는 불패 카드니까요."

맷이 확신에 찬 목소리로 말했다.

모든 준비가 끝나자 트리니티는 일행을 한 명씩 자리로 안내했다. 칼이 테이블 가장 끝에 앉았고, 그 왼쪽에 트리니티, 오른쪽에는 루스 앤이 앉았다. 맷은 트리니티 옆자리였고, 그의 맞은편에는 에이미가 있었다.

"자, 이제 손을 잡기 싫다는 참가자의 의견을 적극 반영해서……."

그가 가방에 손을 넣어 뒤지더니, 마치 마술사가 모자 속에서 토끼를 꺼내듯 과장된 몸짓으로 무언가를 꺼내 들었다.

"맷, 너무하잖아요. 싫어요. 절대 안 돼요."

루스 앤이 세차게 고개를 저었다.

"설마 진심은 아니겠죠?"

에이미도 잔뜩 날을 세웠다.

맷은 능숙하게 카드 한 벌을 펼쳐 보이는 마술사처럼, 반짝이는 수갑 다섯 개를 쫙 펼쳐 보였다. 그의 입가에 장난기 넘치는 미소가 감돌았다.

"수갑을 차면 손을 안 잡아도 될 뿐 아니라, 누군가 실수로 손을 놓아서 원이 깨질 걱정도 없죠. 또 진짜 혼령이 나타난 것처럼 꾸미기 위해 테이블 아래에서 속임수를 쓰는 사람이 없다는 증거도 되고요."

트리니티가 말했다.

"카메라로 찍으면 훨씬 **실감날** 거예요."

맷이 말했다.

"시키는 대로 하죠, 뭐."

칼은 어깨를 한번 으쓱해 보인 뒤 수갑 한 쌍을 가져갔다. 그가 왼쪽 손목에 수갑을 올리자 걸림 장치가 톱니바퀴에 맞물리면서 딸깍, 딸깍, 딸깍 소리를 냈다.

"멋져!"

트리니티가 신이 나서 소리쳤다.

"열쇠부터 보여줘요."

에이미는 이번에도 쉽게 넘어가지 않았다.

"여기 있으니 걱정하지 말아요."

맷이 후드티 주머니를 툭툭 치며 말했다.

"열리는지 확인해봐야겠어요."

맷은 열쇠를 꺼내 테이블 위에 올려놓고 에이미를 향해 밀었다. 에이미는 열쇠를 받아, 가지고 있던 수갑 열쇠 구멍에 넣어보았다. 이 정신 나간 짓이 끝나면 다시는 손목에 수갑 찰 일은 없으리라! 그녀는 열쇠가 제대로 열리는 것을 확인한 뒤 자리에서 벌떡 일어나 테이블 한가운데 열쇠를 내려놓았다.

"여기 두기로 해요. 나중에 열쇠가 없어졌다느니 어디 됐는지 모르겠다느니 하는 어처구니없는 상황이 벌어지면 안 되니까요."

그녀가 단호한 표정으로 말했다.

"좋아."

트리니티가 말했다.

"부지점장님이 가만있지 않을 거예요."

에이미는 모든 것을 포기한 듯 딸깍, 딸깍 소리를 내며 왼쪽 손목에 수갑을 채웠다. 그리고 남은 한쪽을 루스 앤에게 건넸다.

"마지막으로 수갑을 차본 게 1988년이었는데……."

루스 앤이 쑥스러운 듯 수갑을 매만지며 입을 열었다.

"어머나! 무슨 일이었어요? 얘기해줘요!"

트리니티가 말했다.

"봄방학에 사우스캐롤라이나에 있는 머틀 비치에 갔을 때 오토바이 폭주족이랑 싸움이 붙었어요. 우리 쪽이 지기는 했지만 꽤 팽팽했죠. 다음 날 밤에 겨우 감옥에서 나왔는데 그 폭주족들이 우리한테 맥주를 사더라고요. 결국 그다음 날 해 뜰 때까지 해변에서 다 같이 파티를 즐겼어요."

"대단해요!"

칼이 말했다.

"지금 카메라 돌고 있어? 이거 찍었어야 되는데."

트리니티가 눈을 반짝이며 맷에게 물었다.

루스 앤은 살짝 얼굴을 붉히고 블리스텍스를 마지막으로 한 번 입술에 문지른 뒤 오른쪽 손목에 수갑을 찼다.

"옛날 생각 나네요."

그녀가 말했다.

맷과 트리니티는 마지막까지 분주히 움직이며 장비를 점검했다. 뷰파인더를 하나씩 들여다보며 카메라가 놓치는 부분이 없는지 확인하고, 트리니티가 가져온 초들도 다시 한 번 점검했다. 확인이 모두 끝나자, 트리니티는 자리에 앉아 칼의 왼손에 매달려 있는 수갑 한쪽 끝을 가져가 자신의 손목 위에 올렸다. 맷은 원을 그리고 서 있는 카메라를 따라가며 녹화 버튼을 누르고 마침내 트리니티 옆자리에 앉았다.

"제일 어려운 게 남았네요."

맷은 에이미의 손에 걸려 있는 수갑의 나머지 한쪽을 끌어당겨 자신의 왼쪽 손목에 올리고 잠갔다. 두 사람은 테이블을 사이에 두고 마주 보는 자리에 있었기 때문에, 테이블 위에 손을 올리고 팔을 길게 뻗어야 했다. 다음은 트리니티와 연결된 수갑이었다. 맷은 수갑을 테이블 위에 올리고 손목을 고리 안에 잘 넣은 다음 수염 난 턱으로 고리를 밀어 수갑을 채웠다.

"짜잔!"

마침내 원이 완성되었다. 트리니티는 양손을 공중에 들고 살짝 흔들어 보였다.

"이제 아무도 빠져나갈 수 없어요. 다들 불편한 데 없죠?"

ㅁ 물었다.

"화장실 가고 싶어 죽겠네."

에이미가 투덜거렸다.

"그만 좀 해요."

맷이 말했다.

"이거 **진짜** 악마 숭배 의식하고는 아무 상관 없는 거죠?"

루스 앤이 물었다.

"이건 혼령을 부르는 의식이에요. 어떤 종교와도 관계없어요."

트리니티가 대답했다.

"쉽게 말해서 분신사바 같은 거라고 생각하면 돼요."

맷이 루스 앤을 보며 말했다.

"자, 조용!"

트리니티가 재빨리 맷의 말을 끊었다.

"내가 곧 혼령을 부를 테니까 그전까지 모두 조용히 해줘요. 이렇게 하는 게 맞나? 한 번도 해본 적 없어서 잘 모르겠네요. 일단 다들 조용히 있어봐요."

모두 그녀의 지시에 따라 입을 다물었다. 가끔씩 수갑이 테이블에 부딪치는 소리와, 사람들의 움직임에 따라 수갑이 흔들리는 소리만 들릴 뿐이었다. 에이미는 오른쪽 옆구리가 근질근질했지만 긁을 방법이 없었다. 오른팔은 테이블 위에 길게 뻗어 있고, 왼손을 오른쪽 옆구리로 가져가면 루스 앤이 의자에서 떨어질 게 뻔했다. 점차 수갑이 만들어내는 작은 소음도 잦아들었다. 그들은 거대한 매장을 가득 채운 묵직한 침묵에 귀를 기울였다.

갑자기 어딘가에서 꼬르륵 소리가 들렸다. 에이미는 웃음이 터지려는 것을 가까스로 참았다. 슬쩍 고개를 들고 둘러보니 트리니티 역시 웃음을 참느라 얼굴이 벌겋게 달아오른 채 들썩거리고 있었다.

"미안해요. 나였어요."

칼이 말했다.

"미트볼이라도 한 그릇 먹고 시작했어야죠."

에이미의 말에 트리니티는 결국 웃음을 터뜨리고 말았다.

"쉿! 디스크 공간이 충분하지 않아서 오래 녹화할 수 없단 말이야."

맷이 말했다. 그들은 다시 입을 다물었고, 이번에는 정확히 15초 동안 침묵이 이어졌다. 그러더니 갑자기 섬뜩한 신음 소리가 다이닝룸을 가득 채웠다.

"우-우-우……."

에이미는 소리 나는 쪽을 향해 고개를 돌렸다. 루스 앤이 눈을 지그시 감고 있는 것이 보였다.

"당신들…… 필요 없고…… 지점장…… 나오라고 해…….'

그녀는 진상 고객의 단골 멘트를 신음 소리와 함께 천천히 내뱉고 있었다.

순간 다이닝룸은 웃음바다가 되었다.

"이러지들 말아요, 진짜."

트리니티가 정색을 하고 말했다.

"부지점장님이 곧 돌아올 거란 말이에요. 진지하게 하자고요."

"알았어요. 미안해요. 이제 안 그럴게요."

루스 앤이 사과했다.

그 후로도 몇 번의 신음 소동과 키득거림과 자잘한 소음이 방해했지만 그들은 결국 모두 깊은 침묵에 빠져들었다. 트리니티가 두 눈을 감자 루스 앤과 칼도 그녀를 따라 눈을 감았다. 하지만 에이미는 두 눈을 뜨고 방 안을 흘낏 둘러보았다. 촛불이 어둠 속에서 펄럭이자 벽에 붙은 포스터를 비추던 불빛도 함께 흔들렸다. 포스터 하나에는 "영원한 나의 집"이라 쓰여 있었고, 또 다른 포스터에는 "언제나 모두에게 열려 있는 오르스크"라는 문구가 쓰여 있었다. 사방을 두리번거리던 에이미의 시선이 맷과 마주쳤다. 그녀는 추수감사절 식전 기도 시간에 눈뜨고 있다가 발각당한 사람처럼 깜짝 놀라 그의 시선을 피했다.

초가 타 들어감에 따라 향도 점점 짙어졌다. 에이미는 두통을 느꼈다. 매장이 끝없는 우주처럼 거대하게 느껴졌고, 침묵은 해저에서 느끼는 수압만큼이나 무겁게 그들을 짓누르고 있었다.

"혼령이시여!"

트리니티가 드디어 입을 열었다.

그녀의 목소리가 날카롭게 침묵을 가르는 순간 에이미는 자기도 모르게 몸이 움츠러드는 것을 느꼈다.

"혼령이시여, 여기 계시나요? 제 말이 들리나요?"

루스 앤은 에이미를 안심시키려는 듯 손을 뻗어 그녀의 손목을 어루만져주었다.

"혼령이시여, 오셨나요? 제 말을 듣고 있다면 신호를 보내주세요."

트리니티는 주문을 외우듯 같은 말을 되풀이했다.

하지만 주변은 조용하기만 했다. 어떤 소리도 들리지 않았다. 에이미는 자신이 대답을 기다리고 있다는 사실을 깨닫고 깜짝 놀랐다. 그녀뿐만이 아니었다. 모두가 대답을 듣기 위해 귀를 기울이고 있었다. 바닐라 향초가 뿜어내는 지독한 화학약품 냄새가 더욱 짙어졌다. 방 안에 있는 산소를 모조리 몰아내고 있는 것 같았다.

트리니티의 주문이 이어졌다.

"혼령이시여! 우리는 당신을 해치려는 게 아닙니다. 당신과 이야기를 나누려는 겁니다. 당신이 원하는 것을 말해주세요. 당신은 부당하게도 이곳에 오랫동안 갇혀 있었습니다. 우리는 당신의 억울한 사연을 듣기 위해 여기 모였습니다. 지금까지는 누구도 당신의 이야기에 귀를 기울이지 않았지만, 이제 마음껏 말씀하세요. 혼령이시여, 오, 혼령이시여! 우리에게 당신의 목소리를 들려주세요."

트리니티는 진지했다. 에이미는 지금껏 꽤 오랫동안 그녀를 봐왔지만 오늘처럼 진지한 모습은 처음이었다. 트리니티는 유령의 존재를 진심으로 믿고 있었다. 순간 에이미의 가슴이 철렁 내려앉았다. 이 교령회가 위험할 수도 있다는 생각이 들었던 것이다. 저렇게 철석같이 믿는 사람이 있는데, 진짜 뭐라도 나타나면 어떡하지? 하지만 이미 늦었다. 교령회를 멈출 방법은 없었다.

지금은 그저 귀를 기울이는 수밖에 없었다. 에이미는 눈을 감았다. 카메라 렌즈가 줌인과 줌아웃을 반복함에 따라 렌즈 구동 모터가 윙윙대는 소리, 그리고 그에 맞춰 조리개가 자동으로 움직이는 소리가 들렸다. 그녀는 좀 더 멀리 있는 소리를 찾아 나섰다. 사람들이 움직일 때마다 나는 부스럭거리는 소리를 지나치고, 수갑이 부딪치는 달그락 소리를 지나치자, 거대한 통풍기의 낮은 울림이 들려왔다. 그녀는 더 멀리 가보기로 했다. 넓고 넓은 매장의 기괴한 침묵과 벽 뒤에 감춰진 파이프의 울음소리가 들렸다. 그들을 둘러싼 건물 전체가 꿈틀대며 삐걱거리고 있었다. 그녀는 건물 바깥에서 나는 소리에 귀를 기울였다. 주차장에서 경찰을 기다리며 초조하게 서성거리는 베이즐의 발소리가 들리는 것 같았다.

바로 그때 가까운 곳에서 생소한 소리가 들렸다. 부드럽고 질척거리는 소리였다. 숨소리 같기도 했다. 소리는 테이블 맞은편에서 시작되고 있었다. 에이미는 소리에 좀 더 집중하려고 노력했다. 하지만 이미 여러 겹으로 쌓아 올린 묵직한 의식의 층을 뚫고 올라와 눈을 뜨기까지는 꽤 많은 노력이 필요했다.

소리의 진원지는 트리니티였다. 그녀는 두 눈을 감고 있었다. 빛이라고는 가녀린 촛불뿐이었지만, 에이미는 그녀의 두 눈동자가 눈꺼풀 아래에서 빠르게 움직이는 것을 봤다. 그녀는 힘없이 입을 벌린 채, 수갑 찬 두 손을 테이블 위에 올리고 주먹을 공처럼 말아 쥐고 있었다. 코에서는 콧물이 흘렀다. 가느다란 콧물 줄기가 윗입술 바로 위에 고여 작은 웅덩이를 만들었고, 입으로 숨을 들이쉬는 순간 입속으로 빨려들어갔다. 그 모습을 보던 에이미의 머릿속에 트리니티를 웃음거리로 만들 수 있는 수천 가지 짓궂은 농담이 떠올랐다. 하지만 그녀는 꾹 참았다. 이렇게 진지한 분위기를 한순간에 망칠 수는 없었다.

콧물은 멈추지 않았다. 양도 점점 많아졌다. 끈적한 액체가 트리니티의 윗입술 위에 고이고, 다시 입안으로 흘러들어갔다. 역겨운 장면이었다. 에이미는 맷을 흘끗 보았지만 그는 두 눈을 꼭 감고 있었다. 다른 사람들도 마찬가지였다. 에이미는 자리에 앉은 채 부스럭부스럭 뒤척여보았다. 누구라도 트리니티에게 얘기해줘야 하지 않을까? 깨워야 하는 것 아닐까? 트리니티도 저런 모습으로 〈고스트 밤〉에 출연하고 싶지는 않을 것이다.

트리니티의 입안에 가득 고인 콧물이 밖으로 흘러넘쳤다. 길고 가느다란 은빛 액체가 그녀의 아랫입술에서 테이블로 천천히 뻗어나갔다. 끈적한 물줄기는 앞뒤로 조금씩 흔들리면서 꾸준히 아래로 길어졌고, 마침내 그 둥그스름한 끝이 트리니티의 티셔츠에 닿았다.

에이미는 더 이상 참을 수 없었다. 그녀가 속삭였다.

"저기."

트리니티는 갑자기 잠에서 깨어난 사람처럼 번쩍 눈을 뜨고 숨을 컥 들이마셨다. 그녀는 입안 가득 고인 액체를 삼키려 했지만 끈적한 액체는 그녀의 목구멍에 들러붙어 떨어지려 하지 않았다. 트리니티가 숨을 쉬지 못해 컥컥대기 시작했다. 그녀는 두 손으로 목을 감싸 쥐려 했지만 양손이 모두 수갑에 묶여 있어 그럴 수도 없었다.

"맷!"

에이미가 소리쳤다.

"괜찮아. 내가 도와줄게."

맷이 트리니티를 보며 말했다. 루스 앤도 눈을 떴다.

"무슨 일이에요?"

"트리니티가 숨을 못 쉬어요. 어서 수갑 풀어요."

에이미가 말했다.

"자, 진정하고 그냥 뱉어, 트리니티. 토해버려."

맷이 반복했다.

트리니티는 남은 힘을 모두 끌어 모아 목구멍에 힘을 주었다. 그녀가 몸을 힘껏 들썩이는 순간, 믿을 수 없는 일이 벌어졌다. 마치 물속에서 토하는 사람을 보는 것 같았다. 걸쭉하고 희뿌연 액체 덩어리가 트리니티의 얼굴 앞에 둥실 떠 있었던 것이다. 공중에 매달린 액체 덩어리는 덩굴식물이 자라듯 사방으로 하얀 팔다리를 펼쳐나갔다.

"어서 트리니티 수갑 좀 풀어요!"

에이미가 다시 한 번 소리쳤지만 맷은 그녀의 목소리를 듣지 못하는 것 같았다. 눈앞에 펼쳐진 광경에 너무 놀라 정신이 나간 것 같기도 했다.

트리니티는 계속해서 걸쭉한 액체를 토해냈고, 공중에 뜬 우윳빛 구름은 점점 더 커졌다. 울퉁불퉁한 표면이 촛불 빛에 비쳐 미세하게 떨리는 모습이 마치 살아 있는 생명체를 보는 것 같았다. 트리니티가 액체를 토해낼 때마다 이쪽저쪽으로 흔들리던 거대한 덩어리가 어느 순간 한 방향으로 움직이더니 그녀의 얼굴을 향해 슬금슬금 발을 뻗었다. 끈적한 액체가 그녀의 머리카락과 귀, 그리고 양 볼에 들러붙었다. 그녀의 얼굴은 걸쭉한 액체에 뒤덮여 점점 형체를 잃어갔다. 우윳빛 구름이 천천히 그녀의 머리 전체를 감싸더니 어깨를 타고 흘러내렸다. 그녀의 몸이 하얀 액체 방울 속으로 사라지고 있었다. 끈적한 우윳빛 덮개의 가장자리가 마치 숨을 쉬기라도 하는 듯 그녀의 몸 위에서 파르르 물결쳤다.

트리니티는 가슴을 들썩거리며 더 많은 액체를 토해냈다. 액체 덩어리는 점점 더 걸쭉하고 거대해졌다. 믿을 수 없는 광경에 넋이 나가 있던 에이미의 코끝에 익숙한 냄새가 느껴졌다. 얼룩이 묻은 브루카에서 맡았던 냄새, 낙서로 가득한 화장실에서 진동하던 바로 그 고약하고 퀴퀴한, 썩은 치즈 냄새였다.

트리니티가 엑토플라즘(교령회 때 영매의 몸에서 방출되는 정체불명의 물질—옮긴이)을 쏟아내는 난리 속에서도 칼만이 유일하게 눈을 뜨지 않았다. 그는 두 눈을 꼭 감은 채 거칠게 숨을 쉬고 있었다. 얼굴은 벌겋게 달아올랐고, 목에는 핏줄이 툭툭 불거졌다. 그의 셔츠 칼라는 땀에 젖어 검게 변해 있었다.

우윳빛 액체 덩어리가 길쭉하게 몸을 뻗어 테이블을 가로질러 칼에게 다가가더니 냄새를 맡는 듯 그 주변을 서성거렸다. 칼이 무언가에 놀란 듯 갑자기 눈을 뜨자, 바로 그 순간 끈적이는 액체 덩어리가 그의 얼굴을 휩싸고는 콧구멍을 통해 몸 안으로 들어갔다. 에이미는 속이 울렁거리는 것을 느꼈다. 금방이라도 토할 것 같은 기분이었다. 하지만 그녀는 아무 말도 할 수 없었다. 손가락 하나 꼼짝할 수 없었다. 그녀는 돌처럼 굳은 채 이 악취 나는 의식을 지켜볼 수밖에 없었다. 뿌연 액체가 물에 떠다니는 천 조각처럼 너울너울 물결치며 테이블을 가로질렀다. 그 한쪽 끝은 에이미의 입에, 그리고 다른 한쪽 끝은 칼의 코에 연결되어 있었다.

"어, 이게……."

칼이 중얼거렸다.

그가 입을 열자 길게 늘어진 액체 줄기가 거칠게 흔들렸다. 트리니티의 입에 연결돼 있던 한쪽 끝이 툭 떨어지더니 미꾸라지처럼 잽싸게 칼의 콧구멍 속으로 들어가버렸다. 끈적이는 우윳빛 액체는 나타날 때와 마찬가지로 순식간에 모습을 감췄고, 온몸이 굳은 채 그 모습을 바라보던 사람들은 마침내 하나둘 정신을 차렸다.

"잠깐만요."

에이미가 마이크 테스트를 하듯 조심스럽게 입을 열었다.

"잠깐만, 잠깐만요."

"저 사람……."

루스 앤이 속삭였다.

"아야!

칼이 큰 소리로 외쳤다.

"엄청 아프다는 걸 까맣게 잊고 있었군!"

그것은 칼의 목소리가 아니었다. 그의 원래 목소리와는 완전히 달랐다. 훨씬 굵고 깊은 소리였다. 그는 손에 경련이 일어나는 듯 부르르 떨더니 주먹을 꽉 쥐었다. 마치 게가 죽기 직전 발작을 일으키는 것 같은 모습이었다. 한동안 아무 말이 없던 그가 다시 입을 열었다. 조금 전과는 달리 한층 침착해진 말투였다.

"놀라게 했다면 미안하네. 어찌나 아픈지 몇 번을 겪어도 익숙해지지 않는군."

그가 속삭이듯 말했다.

트리니티는 여전히 두 눈을 감은 채 뒤로 축 늘어져 있었다. 꼭 목이 부러진 사람을 보는 것 같았다. 그녀는 아직 제정신이 아닌 듯했다. 그녀가 잔뜩 쉰 목소리로 물었다.

"혼령이시여, 당신은 누구신가요?"

칼은 대답 대신 손목을 내려다보았다. 불안하고 심약하면서도 친절하던 모습은 찾아볼 수 없었다.

"나한테 수갑을 채워놓은 건가? 그대들은 생각했던 것보다 훨씬 병들었군. 이런 미친 짓을 하다니."

"누구시죠?"

트리니티가 다시 물었다.

"난 그대들의 치유자, 교도소장이다. 길 잃은 그대들에게 방향을 제시하는 북극성이자, 그대들에게 건강과 선량함을 가르치는 스승이지. 그대들은 내 벌집 안에 살고 있는 다른 모든 참회자들처럼 나를 사랑하게 될 거야."

에이미는 등줄기에 식은땀이 흘러내리는 것을 느꼈다. 화장실에서 봤던 낙서가 떠올랐던 것이다.

카슨 무어 / 벌집
~~3년~~
~~4년~~
~~5년~~
~~6년~~
~~7년~~
평생

"다들 그곳을 벌집이라고 부른다네. 모두가 일벌처럼 윙윙거리며 부지런히 일하기 때문이지."

칼의 이야기가 이어졌다. 땀에 흠뻑 젖은 그의 얼굴은 어느 때보다도 진지했다.

"내 후원자들은 참회자들의 고된 노동 덕분에 마음껏 배를 불렸지. 하지만 난 참회자들을 진심으로 아낀다네. 그들에게 노역을 부과한 것은 오직 그들의 영혼을 정화하기 위해서였어."

"그만해!"

맷이 수갑 열쇠를 집기 위해 테이블 위로 몸을 뻗었다. 수갑으로 연결된 트리니티의 한쪽 팔이 그를 따라 힘없이 움직였다. 하지만 테이블 한가운데 있어야 할 열쇠는 보이지 않았다. 조금 전 난리가 난 동안 어딘가로 사라진 것이다. 칼이 말했다.

"사랑에 빠진 불쌍한 젊은이여! 그대는 마음이 병들었군. 결코 가질 수 없는 것을 좇고 있으니 말이야. 치료할 방법이 있기는 하지만 무척 고통스러울 걸세."

"대체 무슨 엿 같은 소리를 하는 거요?"

맷이 버럭 화를 냈다.

"그대에게는 회전 장치 돌리는 일이 어울리겠군. 그대가 지금 느끼는 어리석은 연애 감정을 말끔히 태워 없애줄 걸세. 천 번 하고도 하나, 천 번 하고도 둘, 천 번 하고도 셋, 천 번 하고도 넷……."

칼은 굵고 깊은 목소리로 차분하게 말했다.

"열쇠 어디 있어요? 누가 가지고 있죠?"

맷이 테이블을 둘러보며 물었지만 칼은 아랑곳 않고 계속 말을 이었다.

"매일 1만 번씩 돌리기로 하지. 오늘도 1만 번, 내일도 1만 번, 그다음 날도 1만 번……. 병이 치료되기 전에는 절대 벗어날 수 없어. 내 벌집의 출입문은 오직 한 방향으로만 열리니까."

말을 마친 그는 맷에게서 고개를 돌려 사람들을 하나씩 살폈다.

"그대들이 이곳에 모인 게 우연이라고 생각하나? 난 오랫동안 그대들을 지켜봤다네. 무리 중 가장 병든 자들을 골라냈지. 그런 다음 운명의 힘이 그대들을 내 품에 유인해 오도록 살짝 손을 썼다네. 그대들이 모두 여기 모여 있는 것을 보면, 신께서 내 편을 들어주신 모양이야."

에이미는 거칠게 쏘아붙이고 싶은 충동을 느꼈다. "웃기시네!"라고 한마디 하고 나면 속이 시원할 것 같았다. 혼자 잘난 듯 떠들어대는 그에게 최대한 건방진 말을 해서, 그런 방식은 그녀한테 안 통한다는 메시지를 전달하고 싶었다. 하지만 그녀는 속이 텅 빈 듯 공허하고 무기력했다. 어떤 말을 해도 아무 의미가 없을 것 같았다.

칼은 루스 앤에게 시선을 고정하고 다시 입을 열었다.

"여기 노처녀 환자가 있군. 여전히 크리피 크롤리를 무서워하는 어린아이의 마음을 갖고 있지. 안타깝게도 그대는 아주 고통스러운 치료를 받게 될 거야. 하지만 좋게 생각하게. 고통은 치료가 효과적이라는 가장 확실한 증거니까."

루스 앤은 겁먹은 표정으로 몸을 잔뜩 웅크렸다. 다음은 트리니티 차례였다.

"자신의 육체적인 매력을 남발한 탓에 여기 온 사람도 있군. 쳇바퀴에 몸을 묶고 돌려서 으스러뜨리는 치료법이 있는데, 타락한 여자에게 는 이 방법이 가장 효과적이지."

말을 마친 칼이 에이미를 향해 고개를 돌렸다. 에이미는 그의 시선을 피하기 위해 무릎을 내려다보았다. 그녀는 칼이 자신을 쳐다보는 것이 싫었다. 뾰족한 침에 꽂힌 채 발버둥 치는 벌레가 된 것 같은 기분이 들었다. 그는 눈빛만으로 그녀를 발가벗기고 피부를 모두 벗겨낸 후 배를 갈라 그 속에 든 것을 모조리 해부대 위에 펼쳐놓고 있었다.

"오, 그대를 치료할 날이 오기를 손꼽아 기다렸네. 그대에게는 내가 내 방식대로 개조한 구속의자를 경험할 수 있는 기회를 줄 거야. 그 의자에 앉으면 그대는 자신의 진정한 본성을 깨닫고 스스로에게 주어진 운명을 받아들이게 될 걸세. 다들 눈치챘겠지만 이곳은 그냥 교도소가 아니라네. 이곳은 공장이야. 건강한 정신을 생산해내는 곳이지. 시작은 간단해. 예전에 세르비아 부족에게 배운 건데, 교회는 성인이 순교한 곳에서 탄생하고, 무너지지 않는 다리를 짓기 위해서는 그 토대에 어린아이를 넣어야 하지. 모든 위대한 업적은 희생에서 시작되는 법이라네."

칼이 갑자기 자리에서 일어섰다. 루스 앤은 그와 수갑으로 연결된 한쪽 팔이 딸려 갈 줄 알고 몸을 들썩였지만 그런 일은 일어나지 않았다. 칼의 양 손목에는 빈 수갑이 매달려 덜렁거리고 있었다. 그는 이미 아무도 모르게 트리니티와 루스 앤의 손목에 연결돼 있던 수갑을 풀었던 것이다.

"열쇠 내놔요."

맷이 겁먹지 않은 척 눈을 크게 뜨고 말했다.

칼은 불처럼 타오르는 눈빛으로 그를 바라보았다.

"나의 채찍질은 그대가 뒤집어쓴 짐승의 가죽을 벗겨내고 그대를 성스러운 노동으로 이끌 거라네. 노동이야말로 타락한 정신을 치유하는 진정한 치료이기 때문이지."

그의 목소리는 마치 천둥처럼 쇼룸 전체에 울려 퍼졌다. 그것은 과거 거리에서 사람들을 향해 진리를 설파하는 설교가의 목소리였고, 마이크가 없던 시절 성당에서 들을 수 있는 목소리였다. 그것은 마녀를 고발하고 죄인에게 태형을 선고하는 목소리였고, 여자들이 화형대에서 비명을 지르고 남자들이 바위에 짓눌려 으스러져갈 때 그 옆에서 라틴어 노래를 부르던 목소리였다.

"자, 이제 위대한 업적을 쌓아볼까? 조금 전 설명했듯, 새로운 세상의 문을 활짝 열어젖히려면 희생이 필요하다네. 가까운 곳에서 찾는 게 좋겠지."

그는 핏기 없는 혀로 창백한 입술을 한번 핥고 나서 말을 이었다.

"나의 공장에 온 것을 환영한다! 어서 들어오라! 숭고한 노역으로 너희들의 병들고 나약한 정신을 치료하리라!"

말을 마친 칼이 왼쪽 손목 끝에 매달린 빈 수갑을 들어 낫을 쥐듯 움켜잡았다. 그런 다음 걸림 장치의 뾰족한 끝을 목에 가져다댔다. 처음에는 가려운 곳을 긁는 것처럼 보였지만, 그가 점점 손에 힘을 주자 날카로운 끝이 그의 살 속으로 파고들기 시작했다. 루스 앤이 비명을 질렀다. 에이미는 너무 놀라 시선을 돌릴 엄두조차 내지 못했다. 칼은 수갑을 더욱 깊이 찔러 넣고, 낚싯바늘에 지렁이를 끼우듯 살짝 방향을 돌려 그 끝을 기도에 고정했다. 그런 다음 왼쪽 손목과 연결된 체인을 힘껏 잡아당겼다. 축축하게 젖은 무언가가 으드득 부러지는 소리가 들리더니, 그의 목에서 검은 피가 콸콸 쏟아져 나왔다.

맷은 잔뜩 겁에 질려 뒷걸음질을 치다가 뒤에 있던 의자에 걸려 중심을 잃었다. 그가 비틀거리자 한쪽 손이 수갑으로 연결되어 있던 트리니티의 축 늘어진 몸이 기우뚱하더니 바닥에 떨어졌고, 맷도 그 무게에 이끌려 쓰러지고 말았다. 유혈이 낭자한 가운데 한 편의 슬랩스틱 코미디가 펼쳐지는 것 같았다. 맞은편에 앉아 있던 에이미는 두 사람의 무게를 못 이기고 딸려 가다가, 테이블 모서리에 배를 부딪치고 낮은 신음을 내뱉었다. 테이블이 흔들리자 바닐라 향초가 와르르 쓰러져 뒹굴며 여기저기 하얀 촛농을 흘렸다. 루스 앤은 자리에서 벌떡 일어났지만 그녀 역시 에이미의 손에서 벗어날 수 없었다. 수갑에 묶여 있던 팔이 그녀를 반대 방향으로 휙 잡아당겼고 그녀는 결국 삼각대를 덮치며 쓰러지고 말았다.

칼은 여전히 제자리에 서 있었지만 점점 힘을 잃어가는 듯했다. 그의 목에서는 계속해서 피가 솟구쳐 나왔다. 잠시 후 그가 천천히 의자에 앉았다. 핏기가 싹 가신 그의 얼굴에는 아무런 표정이 없었고 입은 힘없이 쩍 벌어져 있었다.

"죽었어요? 자살한 거예요? 우리가 보는 앞에서 자살한 거냐고요."

맷이 정신없이 질문을 쏟아냈다.

"그만 좀 당겨요."

루스 앤이 에이미를 보며 말했다. 그녀는 바닥에 떨어진 초들을 발로 밀어내고 자유로운 한쪽 손으로 테이블을 짚으며 천천히 일어섰다.

"뭐라고요?"

"가만히 있으라고요."

루스 앤이 칼을 향해 몸을 기울이고 그의 셔츠 주머니에 손을 넣어 수갑 열쇠를 꺼냈다. 그리고 에이미와 연결된 오른쪽 손목의 수갑을 풀었다. 그녀는 재빨리 블라우스를 머리 위로 올려 벗은 뒤 테이블을 따라 칼에게 다가가, 한 손으로 그의 머리를 받치고 다른 한 손으로는 그의 목에 난 상처 부위에 블라우스를 가져다댔다. 쩍 벌어진 상처를 꾹 누르자 블라우스는 순식간에 피로 물들었다.

"도와줘요. 이 사람 다리 좀 들어줘요."

그녀는 에이미에게 수갑 열쇠를 던져주었다.

에이미는 떨리는 손으로 열쇠를 쥐고 수갑을 풀었다. 그러는 사이 루스 앤이 한 팔로 테이블 위를 싹 쓸어냈다. 테이블 위에 남아 있던 초와 EMF 측정기가 요란한 소리를 내며 바닥에 떨어졌다. 그런 다음 그녀는 에이미의 도움을 받아 칼을 번쩍 들어 프로니크 테이블 위에 올려놓았다. 루스 앤은 한 손으로 상처 부위를 누른 채 다른 한 손으로 칼의 손목을 잡고 맥박을 확인했다.

"망할."

그녀가 칼의 손목을 놓으며 낮은 소리로 말했다. 에이미는 루스 앤이 상스러운 말을 하는 것을 한 번도 본 적이 없었다. 하지만 지금 이 순간 그녀의 말이 무엇을 의미하는지는 분명히 알 수 있었다.

"애초에 이런 걸 하는 게 아니었어요. 멍청한 생각이었다고요."

에이미가 말했다.

루스 앤은 상처를 누르고 있던 블라우스를 펼쳐 칼의 얼굴 위에 덮었다. 에이미는 열쇠를 들고 남은 수갑들을 차례로 풀었고, 맷은 트리니티를 일으켜 세웠다. 맷의 부축을 받고 있으면서도, 트리니티의 두 다리는 눈에 보일 정도로 흔들리고 있었다.

"어떻게 된 거예요? 대체 무슨 일이 있었던 거죠? 칼이 다쳤나요?"

트리니티가 쉰 목소리로 물었다.

"이게 뭡니까!"

베이즐의 쩌렁쩌렁한 목소리가 울려 퍼졌다.

반짝이 길 한가운데에 그가 서 있었다. 그는 인생 최악의 악몽을 보는 듯 휘둥그레진 눈으로 그들을 바라보았다. 바닐라 향초가 곳곳에 뒹굴고, 촛농은 벽까지 튀어 있었다. 카메라와 삼각대는 쓰러져 있고, 바닥에는 수갑이 흐트러져 있었다. 루스 앤은 브래지어 차림이었고, 사방이 피투성이였다. 그리고 프로니크 테이블 위에는 팔다리를 쩍 벌린 남자의 시체가 있었다.

"누가 말 좀 해봐요. 이 남자 왜 이렇게 된 겁니까?"

베이즐이 다시 물었다.

"자살했어요. 갑자기 정신 나간 짓을 하는가 싶더니 자기 목을 긋더라고요."

맷이 말했다.

"칼이 아니었어요. 다른 사람이었다고요. 자기가 교도소장이라고 했어요. 그리고 여기가 자기 공장이라고 했어요."

에이미가 말했다. 트리니티가 감격한 표정으로 에이미를 바라보았다.

"우리가 혼령을 불러낸 거야?"

"그건 또 무슨 말이죠?"

베이즐이 물었다.

"경찰을 불러야 해요. 전화해서 다시 오라고 하세요!"

에이미가 말했다.

"아직 만나지도 못했어요. 아무리 기다려도 안 나타나더군요. 혹시 당신한테 전화가 걸려오지 않았나 물어보러 온 겁니다."

베이즐이 짜증스러운 표정으로 말했다.

"전 최선을 다했어요. 어떻게든 살려보려고 했는데……."

루스 앤이 말했다.

"우선 좀 씻어요. 휴게실에 가서 새 티셔츠 하나 꺼내 입고요. 트리니티랑 같이 가도록 해요. 혼자 다니는 건 위험합니다. 경찰이 도착하면 내가 두 사람을 데리러 갈게요."

베이즐이 말했다.

"우리가 진짜 유령을 찾았어."

트리니티가 황홀한 미소를 지으며 말했다.

"그만하고 어서 휴게실로 가요. 이런 일이 일어나다니 믿을 수가 없군요. 프로니크 위에 사람 시체가 올라가 있다니! 좀 있으면 컨설턴트팀이 도착할 텐데……."

베이즐은 손목시계를 확인하고 다시 말을 이었다.

"다섯 시간 남았어요. 다섯 시간 동안 이곳을 다 치우고 문제를 해결해야 합니다. 악몽이 따로 없군요."

트리니티와 루스 앤이 반짝이 길을 따라 걸음을 옮겼다.

에이미는 베이즐을 진정시키기 위해 상황을 설명했다.

"누구의 잘못도 아니었어요. 교령회를 하고 있었는데……."

"교령회? 맙소사!"

베이즐이 더 흥분한 목소리로 말했다.

"에이미 말이 맞아요. 저 사람, 혼령에 씌었어요. 사실 혼령이 맞는지도 잘 모르겠지만요."

맷이 거들었다.

"그만! 두 사람 다 입 다물어요."

베이즐이 말했다.

그는 두 사람을 밀치고 프로니크 테이블로 다가가 칼을 내려다보았다. 칼의 얼굴은 블라우스로 덮여 있었다. 블라우스를 살짝 들어 올리자, 이미 피가 말라붙어 다닥다닥 뜯어지는 소리가 났다.

에이미가 지금까지 죽음을 목격한 것은 단 두 번이었다. 첫 번째는 삼촌이었는데, 그는 남들이 모두 부러워하는 평화로운 죽음을 맞이했다. 잠자는 동안 세상을 떠났던 것이다. 두 번째는 트레일러하우스에 살 때였는데, 옆 트레일러에 살던 이웃이 마약 과다 복용으로 사망했다. 하지만 칼의 모습은 그 둘과 비교도 할 수 없을 만큼 끔찍했다. 두 눈은 삶은 달걀처럼 툭 불거져 나왔고, 입은 괴상하게 뒤틀려 미소 짓는 것인지 괴로워하는 것인지 분간할 수 없었다. 목에 난 상처는 똑바로 쳐다볼 수조차 없었다. 에이미는 베이즐에게서 기운이 빠져나가는 것을 느꼈다. 마침내 포기한 걸까?

"경찰을……."

에이미가 조심스럽게 입을 열었다.

"잠깐만요. 아무 말도 하지 말아요. 잠깐만 좀 쉬죠."

베이즐이 지치고 풀 죽은 목소리로 말했다.

그때 칼의 손이 움직이더니 에이미의 손목을 덥석 움켜잡았다. 에이미가 깜짝 놀라 비명을 질렀다. 그의 텅 빈 눈동자가 눈 안을 이리저리 굴러다니더니 그녀를 향해 멈췄다. 그의 입술이 씰룩씰룩 움직이며 세상에서 가장 차가운 미소를 만들어냈다. 쩍 벌어진 목의 상처에서 굵고 깊은 목소리가 울려 나왔다.

"문이 열렸다."

09

메종시크

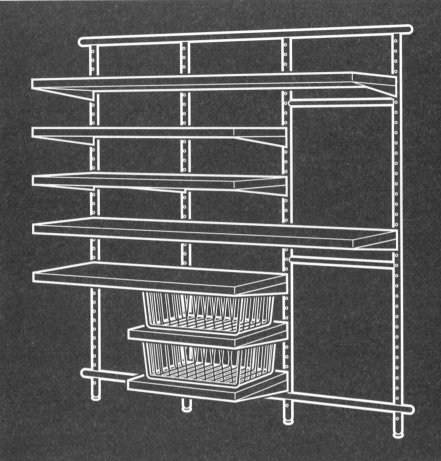

당신을 번거롭게 만드는 벽장 대신 당신의 일손을 덜어줄
수 있는 벽장을 선택하십시오. 어떤 혼란 속에서도 질서를
만들어내는 **메종시크**가 당신의 하루를 차곡차곡 쌓아 올리는
든든한 토대가 되어드립니다. 이제 옷 관리는 메종시크에
맡기세요. 당신은 여유로운 자신만의 시간을 즐기면 됩니다.

색상 및 소재: 스노, 너도밤나무 합판, 나이트 오크
사이즈: 배치 형태에 따라 다양
더 많은 정보를 원하시는 고객께서는 오르스크에 문의하세요!

멀리서 딸깍 소리가 들리더니 사방이 어두워졌다. 집중조명마저 꺼진 것이다. 출입문 표시등도 꺼졌고, 전원 표시등도 보이지 않았다. 창문도 없고 채광창도 없는 쇼룸 내부는 완벽한 어둠에 휩싸였다. 에이미는 앞을 볼 수 없었다. 주변에는 아무도 없는 데다 어둠 속에서 방향마저 잃어버렸다. 그녀는 비틀비틀 뒷걸음질 치다가, 문득 칼이 자신의 손목을 놓았다는 사실을 깨달았다.

"안전등마저!"

어디에선가 목소리가 들려왔다.

에이미는 그것이 누구 목소리인지 단번에 알았다. 베이즐이 그녀의 왼쪽 어디쯤 서 있는 것이 분명했다.

"안전등은 누구도 끌 수 없는데 어떻게 이런 일이 일어난 거죠?"

베이즐이 말했다.

쇼룸은 넓은 곳이었다. 하지만 에이미는 벽과 천장이 점점 자신을 향해 다가오는 것 같은 기분을 느꼈다. 손목과 목에서 맥박이 미친 듯 뛰기 시작했고 머리가 깨질 듯 아파왔다. 하지만 정말 무서운 것은 어둠이 아니었다. 바로 고요함이었다.

평소 같으면 오르스크 곳곳에 설치된 배관을 따라 시원한 바람을 밀어내느라 헐떡거리는 에어컨 시스템의 나지막한 신음이 들려야 했다. 하지만 에이미는 아무 소리도 들을 수 없었다. 칠흑 같은 어둠이 모든 소리를 한입에 삼키고 질식시키고 있었다. 공기가 점차 뜨끈해지더니 퀴퀴한 냄새가 났다.

"휴대전화 불빛을 써요."

맷의 목소리가 들렸다.

어둠 속에서 으스스한 푸른 불빛이 나타났다. 맷이 아이폰을 켜고 화면 밝기를 최대치로 올린 것이다. 에이미도 자신의 플립형 휴대전화를 꺼내 화면을 켰다. 하지만 배터리 잔량 표시 막대가 하나밖에 남아 있지 않았다. 그녀는 휴대전화를 들어 맷이 있는 방향을 비췄다. 그는 장비 가방 앞에 쪼그리고 앉아 가방 속을 뒤지고 있었다.

"여기 어디 있을 텐데……."

그가 혼잣말을 하듯 중얼거렸다.

"안전등은 어떤 경우에도 꺼지지 않습니다. 지진이 나도 말이죠."

베이즐은 여전히 같은 얘기를 반복하고 있었다.

이건 지진보다 더 심각한 상황이다. 오르스크 엔지니어들도 미처 대비하지 못한 상황인 것이다.

"여기 있다!"

맷이 맥라이트 손전등을 켜고 다이닝룸에 환한 빛을 비추었다. 순간 세 사람은 뭔가 이상한 점을 깨달았다. 핏자국도 그대로고 바닥과 벽에 덕지덕지 붙은 촛농도 그대로였지만, 프로니크 테이블 위에 있어야 할 칼은 보이지 않았다.

"대체 어떻게 된 거야?"

맷이 말했다.

"아, 천만다행이군요. 죽은 게 아니었나 봅니다."

베이즐이 안도의 한숨을 내쉬며 말했다.

"말도 안 돼요. 부지점장님은 그 사람이 무슨 짓을 했는지 직접 못 봐서 그래요."

에이미가 말했다. 베이즐은 맷이 쥐고 있던 맥라이트를 낚아채 쇼룸 이곳저곳을 비춰보았다. 길쭉한 빛줄기가 가구와 전시물 사이를 정신없이 쏘다니며 어둠을 몰아냈다.

"칼! 내 말 들립니까?"

베이즐이 외쳤다. 에이미는 맷에게 바싹 다가갔다.

"이건 미친 짓이에요. 당신은 무슨 일이 일어났는지 봤잖아요. 어서 여기에서 빠져나가자고요."

조금만 더 용기가 있었더라면 그녀는 혼자서라도 당장 그곳을 벗어났을 것이다. 하지만 쇼룸 안은 너무 어두웠고, 그녀의 구형 휴대전화로는 도저히 그 어둠을 헤쳐나갈 수 없었다. 에이미는 지금껏 한 번도 어둠이나 유령, 혹은 연쇄살인마를 무서워해본 적이 없었다. 하지만 지금 그녀는 스스로가 한없이 작게만 느껴졌고, 모든 것이 두려웠다. 정체를 알 수 없는 무언가가 곁에서 그녀를 호시탐탐 노리고 있는 것 같았다. 루스 앤의 크리피 크롤리 이야기가 떠올랐다. 그것들은 짙은 어둠 속에 숨어 있다가 방심하는 사이 조금씩조금씩 다가온다고 했다.

"에이미 말이 맞아요. 일단 밖으로 나가야 해요."

맷이 베이즐에게 말했다.

"피를 철철 흘리는 사람이 지금 쇼룸 여기저기를 돌아다니고 있는데 그냥 나가자고요? 절대 안 될 일입니다, 맷."

"그 사람은 자기 손으로 목을 그었어요. 자살했다고요."

맷이 다시 말했다.

"그 사람이 정말 죽었다면 지금 테이블 위에 얌전히 누워 있겠죠."

베이즐은 다이닝룸을 벗어나 침실을 향해 불빛을 비췄다.

"칼!"

에이미는 다시 맷을 향해 낮은 목소리로 입을 열었다.

"제발 부탁이에요. 같이 여기서 나가요. 혼자보다는 둘이 덜 위험하니까……."

"트리니티를 데려가야 해요. 휴게실에서 기다리고 있을 텐데 그냥 두고 갈 수는 없어요."

맷이 말했다.

"좋아요. 그럼 일단 휴게실로 가서 트리니티랑 루스 앤을 만난 다음 다 같이 나가기로 해요."

"칼! 괜찮아요?"

베이즐은 아무 걱정 없는 사람처럼 평온한 목소리로 계속 칼을 불러댔다.

에이미는 베이즐이 들고 있는 손전등 불빛을 따라, 반짝이 길 너머 실비안 침실 전시장으로 시선을 옮겼다. 보라색 바탕에 하얀색 테두리 장식이 어우러진 전시장은 나이 든 부인의 손님용 침실 같았다. 에이미는 그곳을 볼 때마다 라벤더 향이 나는 것 같았다. 전시장 뒤 왼쪽 모퉁이에는 메종시크(Mesonxic) 벽장 시스템이 설치된 짧은 복도로 이어지는 출입문이 있었다. 그리고 바로 그곳에 칼이 서 있었다. 그는 아무 말 없이 세 사람을 뚫어지게 쳐다보고 있었다.

"깜짝 놀랐잖아요, 칼."

베이즐이 안도의 한숨을 쉬며 말했다. 칼의 목에는 찢겨 나간 상처가 선명했고, 말라붙은 피는 손전등 불빛을 받아 검붉은 색깔을 띠고 있었다. 눈알은 금방이라도 쏟아질 듯 툭 튀어나와 있었는데, 하나는 머리 뒤로 돌아가 흰자만 보였고, 다른 하나는 약간 위쪽으로 쏠린 채 왼편을 응시하고 있었다. 그는 조금 전과 똑같이 일그러진 미소를 띤 채 꼼짝도 하지 않았다.

칼이 손을 들어 그들에게 가까이 오라고 신호했다.

"아, 이런!"

에이미가 말했다.

"그러지 말고 같이 나가요."

맷이 말했다. 칼은 살짝 옆으로 비켜서더니 벽장 안으로 들어가버렸다. 베이즐이 손전등을 비추며 곧바로 그 뒤를 쫓으려 했지만, 맷이 그의 팔을 붙잡았다.

"에이미 말이 맞아요. 이건 미친 짓이에요. 이런 건 전문가에게 맡기고 우리는 일단 여기에서 나가는 게 좋겠어요."

"**내가** 바로 그 전문가입니다. 전문가는 전문가답게 행동해야죠. 이런 엄청난 일을 벌여놓고, 뒤처리는 다른 사람에게 미룬 채 도망가는 건 옳지 못해요."

베이즐이 말했다.

그는 결국 칼을 따라나섰고, 맷과 에이미도 그 뒤를 따랐다. 손전등도 없이 컴컴한 곳에 남아 있을 수는 없었다. 베이즐에게 손전등이 있으니 그들은 무조건 그를 따라가야 했다. 그들은 실비안 침실 전시장에 들어섰다. 그들이 걸음을 옮길 때마다 단풍나무로 만든 바닥이 낮은 비명을 질러댔다. 그들은 전시장 뒤편으로 향했다. 공기가 점점 탁해지고 있었다. 그들은 왼쪽 모퉁이를 돌아 좁은 벽장 공간으로 들어갔다.

그 짧은 복도는 메종시크 벽장 세트를 전시하기 위해 만든 공간이었다. 선반과 바구니와 서랍, 그리고 긴 봉으로 이루어진 메종시크가 작은 공간을 얼마나 유용하게 활용하는지 보여주기 위한 것이다. 전시용 옷걸이에 걸린 와이셔츠 세 벌이 가벼운 바람에 살랑살랑 흔들렸다. 좁은 보라색 복도 끝에는 나무로 만든 가짜 문이 하나 더 있었다. 에이미가 몇 시간 전 루스 앤에게 보여줬던 것처럼, 그것 역시 열리지도 않고 어느 곳으로도 연결되지 않는 가짜 문이었다. 착각을 일으키기 위해 석고 벽에 박아놓은 눈속임에 불과했던 것이다.

그런데 그 문이 살짝 열려 있는 것이 보였다.

"토할 것 같아요."

에이미가 말했다.

"제품에다가는 하지 말아요."

베이즐이 재빨리 대꾸했다.

"문이 열려 있잖아요. 저건 안 열리는 문이라고요. 열릴 리가 없다고요."

에이미의 목소리가 점점 커졌다.

베이즐이 손잡이를 잡고 문을 당기자, 길고 어두운 통로가 나타났다. 문이 완전히 열리기 전까지도 에이미는 그것이 신기루일지 모른다는 희망을 놓지 않고 있었다. 그림자를 잘못 본 것이거나, 혹은 맷이 내내 떠들어대던 전자기장의 영향이기를 바랐던 것이다. 하지만 그것은 허상이 아니었다. 존재해서는 안 되는 통로가 그녀의 눈앞에 펼쳐져 있었다.

이 문만 그런 것일까? 다른 가짜 문들, 그리고 수많은 가짜 창문은 어떻게 되는 거지? 지금 매장을 돌아다니면서 블라인드를 다 걷어 올리면 과연 어떤 광경이 펼쳐질까?

악취를 가득 머금은 축축하고 차가운 바람이 불어와 에이미의 머리카락을 흐트러뜨렸다. 썩은 음식만 잔뜩 들어 있는 냉장고 문을 열고 그 앞에 서 있는 것 같은 기분이 들었다. 전시용 셔츠가 바람에 거칠게 흔들렸다. 브루카와 화장실에서 맡았던 냄새, 그리고 교령회에서 경험했던 그 끔찍한 냄새가 돌아온 것이다.

"이건 환각이에요. 문 안으로 발을 들여놓는 순간 벽에 코를 부딪치게 될걸요."

에이미는 스스로를 설득하려는 듯 더욱 단호한 목소리로 말했다.

어둠에 싸여 있던 통로 입구가 맥라이트 불빛을 받아 그 모습을 드러냈다. 하얀색 석고 벽은 누런 물 자국으로 뒤덮여 있었고, 바닥은 마감이 안 된 울퉁불퉁한 콘크리트였다. 통로는 6미터 정도 이어지다가 갑자기 오른쪽으로 꺾이며 그들의 시야에서 사라졌다.

"소리 들리죠?"

베이즐이 물었다.

세 사람 모두 귀를 기울였다.

"아무 소리 안 들리는데요."

맷이 말했다.

"칼이에요. 그 사람이 여기 있는 거예요."

베이즐이 말했다.

그러더니 망설임 없이 걸음을 옮겼고, 어두운 통로는 순식간에 그를 통째로 삼켜버렸다. 맷이 그 뒤를 따르려는 순간, 에이미가 그의 팔을 붙잡았다.

"가지 말아요."

그녀가 말했다.

"부지점장님이 손전등을 가지고 있잖아요. 손전등 없이는 아무 데 도 갈 수가 없어요."

맷이 말했다.

"하지만 여기는 나가는 길이 아니잖아요. 더 깊이 **들어가는** 길이 죠. 가면 안 돼요."

"흩어지는 게 더 위험해요. 다 같이 붙어 있어야 해요."

맷은 결심한 듯 그녀의 손을 뿌리치고 베이즐을 따라 문안으로 들어갔다. 신기루이기를 바랐던 통로는 맷 역시 한입에 삼켜버렸다.

에이미는 손전등 불빛을 앞세우고 천천히 걸음을 옮기는 맷과 베이즐의 뒷모습을 바라보았다. 그들은 점점 그녀에게서 멀어지고 있었다. 마음이 다급해진 그녀는 마침내 결심했다. 그리고 조심스럽게 통로 안으로 발을 옮겨놓았다.

통로 안은 매장과는 완전히 다른 세상이었다. 좁은 벽에 둘러싸인 그녀는 마치 커다란 손이 머리를 통째로 감싸 쥐기라도 한 것처럼 답답함을 느꼈다. 맷과 베이즐은 바로 몇 걸음 앞에서 손전등을 비추며 앞으로 나아가고 있었다. 오른쪽으로 급격히 꺾이는 모퉁이가 불빛을 받아 점점 밝아졌고, 벽에 비친 그림자들은 위아래로 정신없이 춤을 추었다.

에이미는 부스럭부스럭 소리를 내며 두 사람 뒤를 따라갔다. 동그란 손전등 불빛에 비친 벽은 얼룩과 흰곰팡이가 덕지덕지 붙어 있어 흡사 병든 사람의 피부를 보는 것 같았다.

"여기서 나가야 해요."

그녀는 두 사람을 향해 다시 한 번 말했다. 그녀의 목소리가 가늘게 떨리고 있었다. 겁먹지 않으려고 애썼지만, 몸은 그녀의 말을 들지 않았다.

"제발 다시 생각해봐요. 이 길을 따라가면 매장에서 점점 멀어진다고요. 자꾸 그렇게 들어가면 안 된다니까요."

그때, 다리 쪽에 뭔가 움직임이 느껴져서 그녀는 펄쩍 뛰었다.

"으악!"

맷과 베이즐이 획 몸을 돌려 그녀를 바라보았다.

"휴대전화였어요."

에이미가 다행이라는 듯 한숨을 내쉬며 말했다. 그녀는 바지 주머니에서 휴대전화를 꺼내 두 손으로 조심스럽게 들고 입을 열었다.

"여보세요?"

"브렉스빌 경찰서인데요, 그쪽으로 파견된 인원들이 아직도 지선 도로를 찾지 못해서 헤매고 있다고 하네요. 77번 도로에서 빠지는 게 맞나요?"

"제가 매일 출근하는 길인데 그걸 모르겠어요? 내비게이션 없어요?"

에이미가 물었다.

"아까 말씀해주신 주소는 저희 내부 시스템에 등록되어 있지 않거든요."

"그게 무슨 말씀이에요?"

"저희 시스템에 따르면 그곳은…….'

여자의 목소리가 뚝 끊기더니 잠시 후 휴대전화 화면이 까맣게 변했다. 전원 버튼을 눌러봤지만 아무 소용이 없었다. 그녀의 휴대전화는 이제 쓸모없는 벽돌이나 마찬가지였다.

"뭐래요?"

베이즐이 물었다.

"경찰은 못 올 것 같아요. 도움을 기대하기는 글렀네요."

에이미가 대답했다.

"두 사람 모두 겁에 질린 거 이해합니다. 하지만 우리는 칼을 찾아야 해요. 그 사람은……."

"그 사람은 칼이 아니에요."

에이미가 베이즐의 말을 끊었다.

"부지점장님이 못 보셔서 그래요. 우리는 똑똑히 다 봤다고요. 트리니티가 매장에 있는 유령들을 불러냈어요. 그동안 잠자고 있던 영혼들이 깨어나서 우리를 찾아온 거라고요. 그중 하나가 칼의 몸에 들어갔어요. 칼이 자기 입으로 자신이 교도소장이라고 했단 말이에요. 영혼의 치유자래요. 그리고 우리는 참회자라고……."

"요시아 워스!"

맷이 에이미의 말을 가로챘다. 그는 에이미를 똑바로 바라보며 말을 이었다.

"내가 아까 얘기했잖아요. 19세기에 쿠야호가 원형감옥이 있었고, 그곳에 요시아 워스라는 미치광이 교도소장이 있었다고요."

"거 참, 이제 '고스트 밤'이니 뭐니 하는 얘기는 그만합시다. 칼은 그냥 곤란한 상황에 처한 노숙자예요. 얘길 듣고 보니 정신적인 문제도 좀 있는 것 같군요. 우리는 오르스크 리더십 배양 안내서에 따라, 그 사람을 찾아서 진정시키고 치료받도록 도와줄 겁니다. 그게 우리 회사의 규정이니까요."

베이즐이 통로 안쪽을 손전등으로 비추며 말을 이었다.

"칼은 아마도 침실 가는 길 어디쯤 있을 거예요."

"이건 침실 가는 길이 아니라 벌집으로 들어가는 길이에요. 우리는 지금 19세기 감옥으로 걸어 들어가고 있다고요. 이런 통로가 있다는 거 자체가 이상하지 않으세요? 이런 게 있을 리 없다는 거 부지점장님도 잘 아시잖아요."

에이미가 말했다.

"하지만 우린 여기 서 있잖아요. 이곳이 존재하지 않는다면 어떻게 우리가 여기 있겠어요?"

베이즐이 말했다.

"환각일 수도 있죠. 전자기장의 영향을 받았거나 공기 중에 유독성 물질이 있어서 중독됐을 수도 있어요."

맷이 말했다.

"정말 그렇게 생각해요?"

베이즐이 물었다.

맷은 주먹을 쥐더니 벽을 향해 있는 힘껏 휘둘렀다. 축축한 석고 가루가 우수수 쏟아져 내렸다. 그는 잔뜩 찡그린 얼굴로 주먹을 펴고 정신없이 손을 흔들었다.

"아뇨. 제가 잘못 생각했네요."

그가 말했다.

"부지점장님, 여기에서 나가야 해요. 부지점장님이 이곳 책임자고, 이런 상황에 대비한 훈련을 받으셨다는 것도 충분히 알겠어요. 하지만 전 무섭다고요. 저는 여기 직원이잖아요. 직원이 무섭다고 도움을 청하는데, 그런 직원을 보살피는 것도 부지점장님이 할 일 아닌가요? 제발 돌아가요. 가서 트리니티와 루스 앤을 데리고 다 같이 밖으로 나가자고요."

베이즐도 이번만큼은 쉽게 뿌리칠 수 없었다. 오르스크의 관리자는 고객뿐 아니라 직원들까지도 책임져야 한다는 사실을 에이미는 잘 알고 있었다. 파트장 자격 시험을 치른 덕분이었다. 베이즐은 한참을 머뭇거렸다.

고객과 직원 중 한쪽을 선택해야 하는 상황에서는 어떻게 행동해야 하는가? 어느 쪽이 우선인가? 이런 질문은 시험에도 나오지 않는 것이었다. 베이즐은 양쪽을 열심히 저울질하고 있었다.

"이렇게 합시다."

마침내 그가 입을 열었다.

"저 앞 모퉁이까지만 가보기로 해요. 저기까지 가서 침실이 보이면 계속 가고, 그렇지 않으면 돌아가죠."

"좋아요. 얼른 가서 보고 오세요. 저희는 여기 있을게요."

맷이 말했다.

"어서요."

에이미도 동조했다.

베이즐은 손전등을 손에 쥐고 모퉁이를 향해 걸음을 옮겼다. 에이미는 지저분한 벽에 몸이 닿을까 봐 잔뜩 웅크린 채 그 자리에서 꼼짝도 하지 않았다. 입천장은 이미 축축한 악취로 뒤덮였고, 그것들이 침에 섞여 목구멍으로 넘어가는 것이 느껴졌다.

"맷, 옆에 있어요?"

그녀가 어둠 속에서 속삭였다. 하지만 아무런 대답도 없었다. 1초가 1년처럼 길게 느껴졌다. 잠시 후 푸르스름한 불빛이 보였다.

"여기 있어요."

맷이 휴대전화 불빛을 얼굴에 가져다대며 말했다. 저 앞에서 베이즐은 오른쪽으로 급격히 휘어지는 모퉁이를 향해 손전등을 비췄다. 그는 더 이상 앞으로 나아가지 않고, 불빛을 이리저리 움직이며 눈을 가늘게 뜨고 어둠 속을 살폈다.

"부지점장님?"

맷이 작은 소리로 그를 불렀다. 그때 에이미의 귀에 뭔가가 들렸다. 그것은 소리라기보다 공기의 움직임에 가까웠다. 통로를 가득 채울 정도로 거대한 뭔가가 저 깊은 곳에서 꿈틀거리고 있다. 그것은 아주 먼 곳에 있었지만 그들을 향해 빠른 속도로 다가오고 있었다. 에이미는 더 이상 참을 수 없었다.

"도망쳐요!"

그녀는 뒤돌아 어둠 속을 냅다 달리기 시작했다. 양어깨가 정신없이 벽에 부딪혔지만 그녀는 멈추지 않았다. 맷도 그녀 뒤에 바짝 붙어 통로를 달렸다. 그가 들고 있는 휴대전화 불빛 덕분에 그들은 희미하게나마 통로 끝에 있는 출입문의 존재를 확인할 수 있었다. 에이미는 그 문이 당장이라도 닫힐 것만 같았다. 저 문이 닫히면 그들은 영원히 벌집 안에 갇히는 것이다.

어느 순간 정신을 차리고 보니, 두 사람은 이미 깨끗하고 정돈된 오르스크의 품으로 돌아와 있었다. 통로를 벗어난 것이다. 메종시크 세트가 설치된 좁은 벽장이 그들의 눈앞에 있었다. 두 사람은 계속 달렸다. 베이즐이 어떻게 됐는지 돌아볼 여유 같은 것은 없었다. 남을 신경 쓸 때가 아니었다. 두 사람은 벽장을 벗어나 침실을 통과한 뒤 반짝이 길을 따라 전속력으로 달렸다. 주방에 도착하자 아일랜드 카운터가 보였다. 그들은 방향을 홱 틀어 그 뒤로 쓰러지듯 주저앉았다. 맷이 들고 있던 휴대전화를 후드티로 덮어 불빛이 새어나가는 것을 막았다.

"봤어요?"

그가 헐떡이며 물었다.

"뭘요?"

"통로에서요. 사람들이 있었잖아요."

에이미는 아무것도 기억나지 않았다. 무슨 일이 있었는지, 무엇을 보았는지 전혀 생각나는 것이 없었다. 그들은 아일랜드 카운터 뒤에 쪼그리고 앉아 어둠 속에서 들려오는 온갖 소리에 귀를 기울였다.

"저 소리 뭐죠?"

맷이 다시 물었다.

크리스털이 서로 가볍게 부딪치는 소리가 들리는 것 같았다. 맷은 휴대전화를 들어 등 뒤에 있는 선반을 비췄다. 선반 위를 가득 채운 글랜스(Glans) 물잔들이 물결치듯 서로 부딪치며 잔잔한 벨소리를 내고 있었다. 순간 에이미는 바닥을 통해 규칙적인 떨림이 전해지는 것을 느꼈다.

"뭔가가 이쪽으로 오고 있어요."

그녀가 말했다. 맷의 휴대전화에서 하얀빛이 번쩍하더니, 화면이 산산조각 나버렸다.

맷이 자리에서 벌떡 일어섰다. 유리가 바닥에 떨어져 깨지며 요란스러운 굉음을 만들어냈다. 뭔가가 선반에 있던 물잔들을 와르르 쓸어 떨어뜨린 것 같았다. 그녀는 비처럼 쏟아지는 유리 조각을 피해 온몸을 웅크리고 두 눈을 꾹 감았다. 잠시 후 에이미는 눈을 뜨고 고개를 들었다.

"맷?"

그녀가 낮은 소리로 맷을 불렀지만 대답은 들리지 않았다. 매장은 다시 완벽한 암흑 세계가 되었고, 그녀는 아무것도 볼 수 없었다. 자신이 어느 쪽을 보고 있는지조차 구분할 수 없었다. 그녀가 속삭이듯 말했다.

"맷? 제발 대답 좀 해봐요."

주위는 고요하기만 했다. 맷은 그녀를 어둠 속에 팽개친 채 혼자 달아난 걸까? 지금쯤 매장 출입문을 향해 가고 있는 것은 아닐까? 만약 그렇다고 해도, 그녀가 과연 그를 비난할 수 있는 처지인가? 두 사람은 조금 전 베이즐을 내버려둔 채 통로를 뛰쳐나왔다. 그리고 이제 맷이 그녀를 버리고 도망친 것이다. 결국 세상에 믿을 사람은 아무도 없었다.

그때 다시 이상한 소리가 들렸다. 어둠 속에서 얕은 숨소리 같은 게 들렸던 것이다. 그녀는 소리가 나는 방향으로 쏜살같이 뛰어가 손에 닿는 것을 다짜고짜 부여잡았다. 맷이 입고 있던 후드티의 감촉이 손끝에 느껴졌다.

"괜찮아요?"

그녀가 손을 더듬더듬 움직여 그의 팔을 쓰다듬었다. 옷은 차갑고 축축했으며, 모래와 작은 돌이 잔뜩 묻어 있었다. 피부 역시 온기가 하나도 없었고 살은 돌처럼 딱딱하기만 했다. 에이미는 그가 맷이 아니라는 사실을 깨달았다. 그리고 그 순간 남자는 그녀의 입에 손가락을 밀어 넣고 그녀를 바닥에 고꾸라뜨렸다.

휘가

고된 업무에 지친 스스로에게 **휘가**를 선물하세요. 몸과
자세에 따라 자유자재로 조절 가능한 휘가는 당신의 업무
공간을 창의력 가득한 가장 편안한 공간으로 바꿔드립니다.

색상 및 소재: 나이트 색상 가죽
사이즈: W 68×D 82×H 133cm
제품번호: 0666400917

에이미는 몸부림을 치며 낯선 손길을 밀쳐냈지만, 그것들은 다시 그녀를 찾아내 순식간에 온몸을 뒤덮었다. 수백 개의 손이 그녀를 질질 끌고 매장을 가로질렀다. 그녀는 벽과 가구에 이리저리 부딪치며 온몸을 비틀고 비명을 질렀다. 너무 오래 비명을 질러서 어느 순간 자신이 비명을 지르고 있다는 사실조차 잊을 정도였다. 그녀는 끌려가지 않기 위해 손끝에 잔뜩 힘을 주고 단풍나무 바닥을 할퀴어봤지만 아무 소용 없었다. 그러는 통에 손톱 하나가 젖은 우표처럼 훌렁 떨어져 나갔다. 흙으로 뒤덮인 차가운 손들이 그녀의 발목과 손목, 목과 얼굴을 움켜잡았다. 순간 에이미의 정신은 수명이 다 된 전구처럼 픽 하고 꺼졌다. 그리고 그녀는 마침내 입을 다물었다.

　그 뒤로도 손들은 계속 그녀를 끌고 밀치고 더듬고 잡아당겼다. 주변은 너무나 어두웠고, 그녀는 자신이 깨어 있는지 잠이 든 것인지 알 수 없었다. 숨을 들이쉴 때마다 조금 전 더러운 통로에서 맡았던 끔찍한 악취가 그녀의 몸속으로 들어왔다.

사람인지 혹은 사람처럼 보이는 다른 존재인지 알 수 없는 형체들이 폭도인 양 무시무시한 기운을 내뿜으며 그녀를 둘러쌌다. 그들의 진흙투성이 옷은 그녀의 숨통을 옥죄었고, 누더기 옷 아래에 숨겨진 몸은 생명이 없는 대리석처럼 차갑고 단단했다. 그녀의 머리는 악취로 가득 찼고, 그녀의 뼈 마디마디는 그들의 차가운 기운에 얼어붙었다. 손들이 그녀를 번쩍 들어 올리더니 의자에 던지듯 주저앉혔다. 갑작스러운 충격에 그녀는 외마디 비명을 질렀고, 그녀의 몸속에 있던 모든 공기가 비명과 함께 빠져나갔다. 희미해진 그녀의 의식 속 작은 한 조각이 그 의자를 알아보았다. 그것은 등받이가 높은 푸낭(Poonang) 안락의자였다. 쿠션은 누군가가 치워버린 듯했다. 손들이 그녀의 가슴께를 가는 끈으로 단단히 동여맸다. 그녀가 숨을 들이쉬자 가슴이 조여 왔다. 폐는 찌그러지고 갈비뼈는 납작해졌다. 숨을 들이마시지 못해 비명도 지를 수 없었다.

그녀는 다리를 이리저리 휘둘러 벗어나보려 했지만, 형체들은 그녀의 다리를 붙잡고 정강이 둘레를 끈으로 묶어버렸다. 그들은 그녀의 손목을 잡아 팔걸이 위에 올리고 끈으로 고정시켰다. 그 뒤로도 작업은 계속되었다. 그녀의 몸은 점점 끈에 파묻혔다. 허벅지, 무릎, 발목, 어깨, 목에도 끈이 파고들었다. 그녀는 머리를 움직여보려고 했지만, 이미 끈으로 의자에 고정되어 있다는 사실을 깨달았다. 그녀는 이제 똑바로 앞을 바라볼 뿐 고개를 돌릴 수도 없었다.

익숙한 썩은 내 외에 또 다른 새로운 냄새가 그녀의 코끝에 느껴졌다. 플라스틱이 타는 냄새였다. 그들은 플라스틱 밴드를 묶을 때 사용하는 열접착기를 쓰고 있었다. 에이미는 쓰레기 분리실에서 판지 묶음을 얇은 플라스틱으로 고정할 때 직원들이 그런 기구를 사용하는 것을 본 적이 있었다. 손들은 거칠게 끈을 조였다. 날카로운 플라스틱 가장 자리가 그녀의 피부와 살 속으로 파고들었다.

끈이 팽팽하게 당겨질수록 그녀는 온몸의 살이 조각나는 듯한 고통을 느꼈다. 그녀는 피로 가득 찬 비닐봉지와 다를 바 없었다. 조금만 더 누르면 터져버릴 것만 같았다. 그녀는 얕은 숨을 최대한 빠르게 쉬어보았지만 그런 식으로는 충분한 산소를 들이마실 수 없었다. 그녀의 입에서 신음 소리가 새어 나왔다. 입을 조금만 더 벌릴 수 있었다면 비명을 질렀겠지만 그녀의 턱 역시 끈에 묶여 마음대로 움직일 수 없었다.

여기가 어디일까? 홈오피스방일까? 침실일까? 주변이 어두워 아무것도 보이지 않았다. 그녀는 여전히 인간의 형체를 한 존재들에 둘러싸여 있었고, 그들의 몸에서는 냉기와 악취가 끊임없이 뿜어져 나왔다. 하지만 이렇게 많은 형체들이 곁에 있음에도 불구하고 주변이 텅 빈 것처럼 느껴졌다. 그들은 인간이 아니었다. 형체만 있을 뿐 속이 빈 존재들이었다. 그들은 그곳에 있지만 존재하지 않는 것이나 마찬가지였다.

그때 어둠 속에서 나지막한 속삭임이 들려왔다.

"잘 알겠지만, 이건 모두 그대를 위한 것이다."

에이미는 훌쩍거렸다.

"자자, 괜찮아. 그대가 늘 원했던 일 아닌가? 나한테는 숨기지 않아도 된다네."

요시아의 목소리였다.

에이미는 온 힘을 다해 발버둥 쳐봤지만 아무 소용 없었다.

"그대의 광기를 나는 알고 있지."

그가 그녀의 귀에 대고 속삭였다. 그가 입을 열 때마다 목에 난 상처에서 찢겨 나간 피부 조각이 공기의 흐름에 따라 펄럭이는 소리가 들렸다.

"광기란 혈액에 생긴 염증이지. 그대의 동맥이 지나치게 흥분되어 있는 거야. 나의 구속의자는 충동으로 가득한 그대의 피가 뇌로 침투하지 않도록 억제하고 근육의 움직임을 줄여줄 걸세. 맥박수도 낮아지겠지. 필요하다면 피를 흘려 내보낼 수도 있다네. 미쳐 날뛰는 그 선동적인 기질이 피와 함께 그대 몸 밖으로 빠져나갈 거야. 또는 얼음 목욕이나 끓는 물 요법을 쓸 수도 있겠지. 어떤 방법을 쓰든 그대는 그 자세로 고분고분 치료를 받아들일 수밖에 없을 거야."

요시아가 잠시 말을 멈추고 반대편으로 이동하는 것이 느껴졌다. 에이미는 그가 움직이는 방향으로 눈을 돌려보았다. 어둠 속이었지만 그의 모습을 보기 위해 그녀는 온몸이 부들부들 떨리도록 안간힘을 썼다.

"그대는 광기의 전형적인 증상을 보이고 있어. 늘 불안하고 가만히 있지를 못하지. 아무 의미 없는 일에 집착하고, 미친 듯 흥분해서 여기저기 돌아다니지만 아무런 성과가 없고."

요시아의 말이 에이미의 마음속 깊은 곳을 울렸다. **그랬다.** 그녀는 분명 이곳저곳을 부지런히 뛰어다녔다. 어디로 가는지도 모르면서 늘 바빴다. 왜 그랬을까? 이유가 **있기는 했던** 걸까?

"그대가 평안해지기를 바라네. 사실 그것이 자연스러운 상태지. 그대처럼 만신창이가 되어버린 영혼도 본능적으로 그런 상태를 갈구하고 있네. 하지만 그대의 육체는 영혼이 원하는 것을 실행하기에는 너무 나약해. 이 구속의자는 그대가 본능에 맞서 싸우는 것을 멈추도록 해줄 걸세. 그대의 육체를 철저히 굴복시키는 거지. 그대는 이 의자에 가만히 앉아 있으면 된다네. 그대 몸속의 뜨거운 피가 미쳐 날뛰는 것을 멈출 때까지 말이야. 그러면 그대의 뇌에는 더 이상 이 독이 퍼지지 않을 테고, 그대는 마침내 그렇게 열망하던 마음의 평화를 얻게 될 걸세. 이건 인간적이고 자비로운 치료야. 그대를 고뇌로부터 해방시켜주는 것이지. 만약 치료를 받다가 죽는다 한들, 슬퍼할 필요가 있을까? 평화로운 죽음이 공허한 불안과 무의미한 혼동으로 가득 찬 삶보다 훨씬 낫지 않나? 죽음은 그대에게 평화를 가져다줄 것이다. 영원하고 절대적인 평화를."

그는 말을 마친 뒤 그녀의 머리에 손을 얹고 톡톡 두드렸다. 그녀는 그의 손길을 피하려고 몸을 웅크려봤지만, 불가능한 일이었다. 잠시 후 그의 손이 움직임을 멈췄다. 그리고 더 이상 아무 소리도 들리지 않았다.

고요함 속에 시간이 흘렀다. 에이미는 더 이상 자신의 존재를 느낄 수 없었다.

그녀는 생명 없는 몸뚱이에 불과했다. 의자에 꼼짝없이 묶여 있는 물건이나 다름없었다. 그녀는 점점 미쳐가고 있었다.

에이미는 가만히 있는 것이 익숙하지 않았다. 그녀는 언제나 몸을 꿈틀대고, 팔다리를 이리저리 흔들어야 했다. 하지만 지금 그녀에게는 그 어떤 움직임도 허락되지 않았다. 근육에는 경련이 일어나고, 관절은 돌처럼 굳어졌으며, 온몸의 피가 발끝에 모이는 것 같았고, 좌절과 고통에 떠밀려 소리를 지르고 싶었다. 납작해진 폐에 한껏 공기를 들이마시거나, 소리 지르기 위해 입이라도 벌릴 수 있었으면.

고통은 의자 등받이에 딱 달라붙은 척추를 타고 온몸으로 퍼져나갔다. 어깨는 타들어가는 듯 화끈거렸고 목은 머리를 지탱하지 못할 정도로 지쳤다. 무릎뼈는 피부를 찢고 튀어나올 것처럼 아팠고, 무릎 아래쪽은 아예 아무런 감각이 없었다. 하지만 그중에서도 최악은 손가락이었다.

그녀는 온 힘을 손끝에 모아 손가락을 꼼지락거려보았다. 하지만 거대한 턱을 가진 야수가 그녀의 손을 통째로 입에 물고 턱을 꽉 닫아버리기라도 한 듯, 손가락은 꼼짝도 하지 않았다. 그녀는 손가락을 쫙 펴보려고 다시 한 번 손에 힘을 주었지만, 손가락을 옭아맨 끈이 살을 더 강하게 파고들 뿐이었다. 그녀의 손에 점점 더 많은 피가 쏠렸고, 손가락 끝은 잘 익은 포도송이처럼 검게 부풀어 올랐다. 심장이 뛸 때마다 손톱 아래에서 핏줄이 터질 것만 같았다.

그녀는 아무것도 보고 있지 않았다. 아무것도 볼 수 없었다. 주변이 너무 어두워 눈을 감았는지 떴는지조차 알 수 없었다. 소리도 움직임도 없는 텅 빈 공간에서 그녀의 정신이 향할 수 있는 곳은 오직 마음속 깊은 곳뿐이었다. 그녀는 자신이 살아온 24년간의 삶을 되짚어보았다. 살아남기 위해 버텨야 했던 그 치열한 전투들, 그저 견딜 수밖에 없었던 지긋지긋한 가난이 머릿속을 스쳐갔다. 끊임없는 전투와 가난 속에서 그녀는 수없이 입사지원서를 쓰고, 잠을 줄여가며 일하고, 한 푼 한푼을 아껴야 했다. 그 고통스러운 시간의 결과는 대체 무엇인가? 무엇을 위해 그토록 열심히 살았단 말인가?

매일 아침 그녀는 전날보다 더 피곤해진 몸을 이끌고 일터로 향했다. 월세는 매달 밀렸고, 끼니는 룸메이트에게 빌붙어 해결해야 했다. 차에 기름 넣을 돈이 부족해 전전긍긍했고, 늘 빚에 시달렸지만 나아지는 것은 아무것도 없었다. 쳇바퀴는 점점 더 빨리 돌아갔다.

그러고 보면, 이 구속의자에 묶인 게 차라리 잘된 일이었다. 이제 그녀는 모든 환상에서 벗어나 진실을 볼 수 있게 되었다. 그녀는 철저하게 혼자였다. 도와주는 사람은 아무도 없었다. 유니폼을 입고 재고 목록이나 확인하는 볼품없는 삶에서 도망치기 위해 평생을 쉴 새 없이 달렸지만, 이제 자신의 진정한 모습을 받아들여야 할 때가 된 것이다.

문제는 거짓말쟁이들이었다. 그들은 노력하면 뭐든지 할 수 있다고 말했다. 달을 향해 날아오르면, 설사 실패하더라도 하늘에 뜬 별이 될 수 있다고 했다. 영화는 그녀에게 영웅이 될 수 있다는 거짓된 희망을 심어주었다. 모두 거짓말이었다. 그녀의 운명은 정해져 있었다. 콜센터에서 전화를 받고, 고객들의 짐을 차에 실어주고, 직원카드를 찍고, 짧은 휴식 시간만 바라보면서 힘든 업무를 버텨내는 것이 그녀에게 주어진 삶이었다. 다른 생각을 한다는 것은 미친 짓이었다. 의자는 그녀에게 거짓말을 하지 않았다. 그녀의 광기를 치료해주었다. 의자는 그녀에게 주어진 본연의 모습을 있는 그대로 보여주었다. 그녀 자신이 **아무것도 아니라는** 그 단순한 진실을 가르쳐주었다.

어둠 속에서 표류하던 그녀의 마음에 희미한 불빛이 하나 떠올랐다. 마침내 앉아서 하는 일을 맡게 된 것이다. 웃기는 생각이었지만 사실이었다. 그녀는 이제 남은 평생 가만히 앉아만 있으면 된다. 그렇게 고생했으니 이제 보상받을 때도 되지 않았는가? 그녀의 삶은 처음부터 실패투성이였다. 엄마와 함께 살던 트레일러하우스를 벗어나려던 계획도 실패했고, 대학에 다니려 했지만 그것도 실패했고, 그 쉽다는 승진 시험도 떨어졌다. 지금까지 제대로 된 일은 하나도 없었다. 실패하고 포기하는 것, 그것이 바로 그녀의 운명이었다. 그녀는 뼛속까지 온통 실패와 포기로 가득 차 있었다.

수년간 에이미는 스스로에게 같은 질문을 던지고 또 던졌다. 살아보려고 발버둥치는 것을 관두면, 뭐든 될 대로 되라고 내버려두면 어떻게 될까? 에이미가 기억하기에 그녀는 발버둥을 멈췄을 때 어디까지 떨어지게 될지를 두려워했다. 하지만 다행히 답이 그녀를 찾아왔다. **지금 그녀의 모습**이 바로 그 답이었다. 그녀는 모든 것을 놓아버렸고, 이제 더 이상 떨어질 곳이 없었다. 바닥에 이른 것이다.

　손발은 감각이 없어지고 있었지만 그녀의 마음속에는 안도감이 퍼져갔다. 그녀는 점점 기분이 좋아졌다. 그녀를 혼란에 빠뜨렸던 거짓말과 광기에서 벗어나 자신에게 주어진 본래의 자리를 찾아가는 것 같았다. 병이 치유되고 있었다. 그녀는 꼼짝 않고 이 의자에 앉아 있으리라 다짐했다. 아무것도 하지 않으리라. 더 이상 꿈을 좇지도 않고, 거짓말에 속지도 않고, 발버둥 치지도 않으리라. 도망치려고 애쓰다가 결국은 실패하고 마는 일은 이제 반복하지 않으리라. 그녀는 구속의자에 고마움을 느꼈다. 그녀가 있어야 할 곳은 바로 여기였다.

　가슴을 둘러맨 끈이 너무 꽉 조여서 그녀는 숨을 들이쉴 수 없었다. 정신이 점점 희미해갔다. 그녀는 움직일 수도, 볼 수도, 들을 수도 없었다. 단 한 가지 생각만이 그녀의 머릿속을 맴돌았다.

　"집에 왔다……. 집에……. 마침내 집에 왔어……."

위험 고객 등장 시 대처법

업무에 지장을 주는 위험한 고객이 근무 현장에 나타났을 때는
다음 절차에 따라 대처한다.

❶ 상황 파악

위험 고객이 혼자인가?

위험 고객이 약 또는 술에 취한 상태인가?

위험 고객이 신체적 공격성을 보이는가?

❷ 접근하기

가능하다면 다른 관리자와 짝을 이루어 접근한다.

접근 시에는 위험 고객을 시야에서 놓치지 않도록 주의한다.

위험 고객과는 약 2미터 거리를 유지한다.

❸ 경고하기

자신의 직위 직무를 밝힌다.

위험 고객이 오르스크의 정책 및 매장 규정 중 어떤 부분을 위반하고
있는지 구체적으로 설명한다.

즉시 매장에서 떠날 것을 요청한다.

기억할 점: 가장 중요한 것은 고객과 직원의 안전이다. 그들의 안전이 확보되었다면,
관리자의 다음 목표는 회사의 상품과 재산을 보호하는 것이다.

11 보다베스트

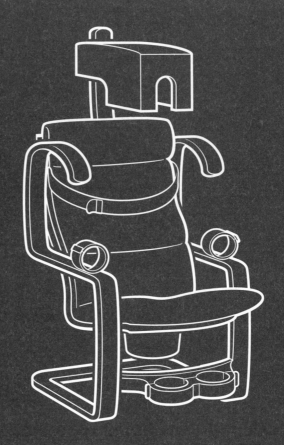

구속의자의 전통적 형태 이상의 장점을 갖춘 **보다베스트**는
참회자를 완벽하게 제압하고, 병든 혈액이 뇌에 침투하는
것을 막아줍니다. 참회자는 손가락 하나 까닥할 수 없는
상태에서, 마침내 외부 자극의 영향으로부터 완전히
자유로운 자기반성의 시간을 갖게 될 것입니다.

소재: 밝은 오크나무 & 자작나무 합판
사이즈: W 63×D 54×H 135cm
제품번호: 5355666200

다시 손들이 나타났다. 손들은 두 마리의 부드러운 거미처럼 그녀의 얼굴 위를 꿈틀꿈틀 돌아다녔다. 그녀는 소리를 지르고 싶었지만 꽉 조인 끈 때문에 숨을 들이마실 수가 없었다. 날카로운 괴성은 그녀의 머릿속에만 존재했고, 실제 입에서 새어나오는 것은 애처로운 흐느낌뿐이었다.

갑자기 밝은 빛이 그녀의 눈을 파고들었다. 동공이 순식간에 점처럼 작아졌다.

"쉬, 쉬, 겁먹지 말아요. 나예요, 베이즐. 괜찮아요?"

에이미는 고개를 돌리고 싶었지만 머리가 끈으로 고정되어 움직일 수가 없었다. 이미 어둠에 익숙해진 그녀는 희미한 휴대전화 불빛만으로도 눈이 멀 것 같았다. 말을 할 수만 있었다면 그에게 그냥 가버리라고 했을 것이다. 제발 자신을 이대로 내버려두라고 애원이라도 하고 싶었다. 베이즐은 에이미를 묶고 있는 끈을 손으로 더듬었다. 끈은 강철처럼 단단하고 팽팽했다. 에이미는 아무 감각도 느끼지 못했다. 손끝과 발끝에 이미 피가 통하지 않은 지 오래였다. 그녀의 팔다리는 돌처럼 차갑게 굳어 있었다. 피에 굶주린 그녀의 몸은 고통의 바다 위를 표류하며 서서히 죽어가고 있었다.

갑자기 베이즐이 그녀에게서 등을 돌리더니 걸음을 옮겼다. 휴대전화 불빛도 그와 함께 멀어졌다. 에이미는 눈을 감았다. 양 볼 위로 눈물이 흘러내렸다. 안도의 눈물이었다. 그녀는 이제 다시 어둠 속에 혼자 남겨졌다. 누군가가 그녀를 도우러 오리라는 희망을 품는 것은 스스로에게 잔인한 일이었다. 그녀는 혼자였다. 그 사실을 부정하는 것은 스스로를 괴롭히는 짓이었다. 그것은……

갑자기 그녀의 턱을 묶은 줄이 팽팽하게 당겨졌다. 줄은 점점 더 팽팽해지더니 어느 순간 끊어져 사라져버렸다.

벌어진 입을 통해 공기가 쏟아져 들어왔다. 목이 막힐 것만 같았다. 쪼그라져 있던 그녀의 폐는 그렇게 많은 양의 공기를 한꺼번에 받아들일 수가 없을 것이다.

"진정해요. 천천히 숨 쉬어봐요."

베이즐의 목소리였다. 그는 의자 뒤에 쪼그리고 앉아 그녀를 구하기 위해 진땀을 흘리고 있었다. 바보 같은 짓이었다. 그녀는 이미 자신의 운명을 받아들였다. 이제야 겨우 진정으로 원하는 것을 얻었는데, 그는 멍청하게도 그것을 빼앗아가려 하고 있었다. 이것은 그녀가 의자에서 벗어날 수 있다고 믿게 하려는 또 하나의 거짓말일 뿐이다.

"훌륭한 직원은 늘 주머니칼 하나쯤은 가지고 다니죠. 언제 어디에서 고객이 포장지를 뜯어달라고 할지 모르니까요."

베이즐이 말했다.

'툭' 소리와 함께 에이미의 가슴을 조이고 있던 끈이 풀어졌다. 갑자기 산소가 쏟아져 들어왔고, 그녀는 현기증을 느꼈다. 그녀는 말을 하고 싶었지만, 입에서 나오는 소리는 자신조차 알아들을 수 없는 말들뿐이었다. 그 순간에도 베이즐은 계속 그녀 주변을 돌며 끈을 잘랐다. 손가락과 손목, 팔과 팔꿈치를 옭아매고 있던 끈들이 차례로 풀려나갔다. 갑자기 피가 밀려들어오자, 아무 감각이 없던 팔다리가 마치 불이 붙은 듯 화끈거렸다. 작은 바늘들이 손끝과 발끝을 마구 찔러대는 것 같았다. 너무나 고통스러운 순간이었다. 대체 왜 이런 고통을 겪어야 하는 걸까? 그녀는 아무 데도 가고 싶지 않았다. 베이즐은 왜 그녀를 가만두지 못하고 의자에서 떼어내려는 걸까?

"에이미, 무슨 말이라도 해봐요."

어둠 속에서 베이즐의 목소리가 들려왔다.

에이미는 고통에 온몸이 부들부들 떨렸지만, 꼼짝 않고 의자에 앉아 있었다.

"누구라도 찾아보려고 어둠 속을 한참 헤맸어요. 전기가 아예 다나가버린 것 같아요. 출입문 표시등도 보이지 않고, 에어컨도 멈춰버렸어요. 그 정신 나간 인간이 당신에게 이런 짓을 한 것 같은데, 그렇다면 괜히 여기에서 미적거리다가 그놈을 다시 마주치고 싶지는 않군요. 어서 갑시다."

에이미는 여전히 움직이지 않았다. 입을 열지도 않았다. 그녀는 그저 두 눈을 감고 어둠 속으로 점점 더 깊이 빠져들고 있었다.

"도와줄 테니 일어서봐요."

베이즐이 다시 말했지만, 에이미는 아무 반응도 보이지 않았다. 그녀는 베이즐이 그냥 가버리기를 바라고 있었다.

하지만 베이즐은 의자 뒤로 돌아가 그녀의 겨드랑이에 팔을 끼워 넣고 그녀를 일으켜 세웠다. 양쪽 다리에 무게가 실리자, 갑자기 끓는 기름이 다리와 발을 타고 흘러내리는 듯한 고통이 느껴졌다. 그녀는 끔찍한 고통을 참지 못하고 베이즐의 손에서 빠져나와 바닥에 풀썩 쓰러졌다. 그리고 본능적으로 양 무릎을 가슴 앞으로 끌어당겨 배 속 아기처럼 몸을 동그랗게 말고는 흐느껴 울었다. 그녀는 의자로 돌아가고 싶었다. 그것이 고통을 벗어나는 훨씬 **쉬운** 방법이었다.

베이즐은 그녀의 허리띠에 손을 걸고, 다리를 세워 그녀의 몸을 받친 뒤 그녀를 바닥에 앉혔다. 그녀는 뼈 없는 연체동물처럼 벽에 등을 기댔다.

"가세요. 그냥 두고 가시라고요."

그녀가 낮은 목소리로 말했다.

베이즐은 그녀 옆에 쪼그리고 앉아 그녀의 얼굴에 엉겨 붙은 머리카락을 부드럽게 쓸어 넘겨주었다. 그리고 휴대전화를 켜서 그녀의 얼굴을 비췄다. 그녀의 두 눈에는 초점이 없었다. 멍하니 허공을 바라볼 뿐이었다.

"나 혼자 갈 수는 없어요. 난 이곳 관리자예요. 직원의 안전을 책임져야 하는 사람입니다."

에이미는 옆으로 풀썩 쓰러지더니 바닥을 기어갔다. 팔이 타들어가는 듯 아팠고, 온몸의 근육은 조각조각 깨진 것을 엉망으로 이어붙여 스테이플러로 대충 고정해놓은 듯 제멋대로 움직였다. 그녀의 몸은 금방이라도 다시 산산조각 날 것처럼 허약했다. 베이즐이 그녀를 막아보려 했지만 그녀는 계속 기어갔다. 살아보려고 발버둥치는 이 의미 없는 싸움을 그만두고 다시 어둠 속으로 돌아가고 싶었다. 그녀는 오직 한 가지 생각에 매달린 채 벽을 향해 기어가기 시작했다.

'부지점장님은 아무것도 몰라. 하지만 저렇게 계속 떠들어대면 그들이 다시 찾아오겠지. 그들이 부지점장님의 병도 고쳐줄 거야.'

에이미는 생각에 빠진 채 혼자 미소 지었다.

"걱정 마세요. 부지점장님도 곧 치료해줄 거예요."

에이미가 말했다.

"누가요?"

"교도소장이오."

에이미가 대답했다.

"칼 말이에요? 우리가 잡은 그 노숙자요? 그 사람이 교도소장입니까?"

그녀는 고개를 저으려 했지만, 이 간단한 동작조차도 타는 듯한 고통을 몰고 왔다.

"칼의 몸속에 교도소장이 들어간 거예요. 교도소장이 옷을 입듯 칼의 몸을 뒤집어쓴 거죠. 우리를 도와주러 온 거라고 했어요."

"에이미, 무슨 말인지 도통 이해할 수가 없네요. 당신 뭔가에 단단히 홀린 것 같아요. 여기가 어디인지 알겠습니까? 오늘이 무슨 요일이죠?"

베이즐이 물었다.

"여기는 교도소장의 벌집이에요."

에이미가 대답했다.

"벌집 같은 건 없어요. 당신 지금 제정신이 아니군요."

"우리는 모두 병들었기 때문에 여기 온 거예요."

"여기는 오르스크예요."

베이즐이 말했다.

"아니에요. 여기는 벌집이에요. 언제나 벌집이었어요. 다른 건 아무것도 없어요."

"알았어요. 그만 얘기해요."

베이즐이 다시 그녀를 일으켜 세우려 했지만, 에이미는 멍한 표정으로 팔다리를 축 늘어뜨렸다. 그가 자세를 바꾸기 위해 잠시 그녀에게서 손을 떼는 순간 그녀는 다시 바닥 위로 쏟아지듯 흘러내렸다. 베이즐은 아무 말 없이 어둠 속으로 걸어 들어갔다. 에이미는 제발 그가 돌아오지 않기를 바랐다. 그녀는 다시 깊은 어둠에 휩쓸려 고통 없는 세상으로 가고 싶었다. 구속의자가 그녀의 온몸을 붙잡아주었다면 훨씬 쉬웠을 것이다. 하지만 모든 것을 내려놓고 그 자리에 꼼짝 않고 있는 것만으로도 다시 치료가 시작되는 것 같은 느낌이 들었다.

멀리서 덜거덕거리는 소리가 들렸다. 교도소장이 그녀를 향해 다가오고 있는 것이다. 교도소장은 그녀를 다시 의자에 앉혀줄 것이다. 어쩌면 더 강력한 치료법을 시행할지도 모른다. 덜거덕 소리가 점점 가까워졌다. 그녀는 온몸에 긴장을 풀고 그의 손길이 닿기만을 기다렸다. 힘들고 고통스러운 삶은 이제 지긋지긋했다. 그녀는 치유되고 싶었다. 그녀는 어둠 속을 바라보며 조용히 주인이 나타나기를 기다렸다.

하지만 희미한 휴대전화 불빛과 함께 모습을 드러낸 것은 베이즐이었다. 그는 바퀴 달린 사무용 의자인 휘가(Hügga)를 밀고 있었다. 그가 걸음을 멈추자 덜거덕거리는 소리도 함께 멈췄다. 그는 에이미 옆에 무릎을 꿇고 말했다.

"우리는 여기에서 같이 나갈 겁니다."

"부지점장님이 몰라서 그러시는 거예요. 이건 다 우리를 치료하기 위한 거예요."

"당신 말이 맞아요. 난 대체 무슨 일인지 하나도 모르겠어요. 하지만 난 당신의 안전을 책임져야 하는 사람이에요. 그거 하나만은 분명하죠."

그는 그녀의 팔을 잡고 들어 올려 축 늘어진 그녀의 몸을 휠가에 내던지듯 앉혔다. 에이미는 의자에서 벗어나려 했지만 베이즐이 한발 빨랐다. 그는 잽싸게 그녀의 어깨를 붙잡아 그녀가 미끄러지는 것을 막았다. 그가 가볍게 밀자 의자는 앞을 향해 굴러가기 시작했고, 그들은 곧 반짝이 길에 들어섰다. 의자는 끊임없이 덜거덕거리며 어마어마한 소음을 만들어냈다. 에이미는 안도감을 느꼈다. 이렇게 소란을 떨면서 움직이면 곧 교도소장이 그들을 찾아낼 것이다. 그녀는 마음 놓고 천천히 주변을 둘러보았다. 천장에 매달린 홍보용 배너가 눈에 띄었다. "당신의 집에 새로운 삶을 들여놓으세요"라고 쓰여 있었지만 어둠 속에서 그녀가 읽을 수 있는 것은 두 단어뿐이었다.

'당신의 집'.

베이즐은 희미한 휴대전화 불빛을 이리저리 비추었다. 소파와 안락의자가 어두운 회색 불빛을 받아 모습을 드러냈다. 하지만 그 뒤에 웅크리고 있는 '그들'의 모습까지 드러내기에는 불빛이 너무 약했다.

"거의 다 왔어요. 이제 밖으로 나갈 겁니다. 어쩌면 경찰이 와서 기다리고 있을 수도 있어요. 그들이 다른 사람들을 구해줄 거예요."

베이즐이 말했다.

"우린 아무 데도 못 가요."

에이미가 중얼거렸다.

두 사람 앞에 거대한 가구 더미가 나타났다. 피카로 수납함, 넬리포트(Nelipot) TV 수납 콤비네이션, 구테볼 흔들의자, 쿰메르스페크(Kummerspeck) 책상이 어지럽게 뒤엉킨 채 커다란 산을 이루며 반짝이 길을 가로막고 있었다. 양쪽에는 판매용 소품을 담아두는 커다란 통이 뒤집혀 있고, 베이지색 쇼핑백이 바닥에 한가득 쏟아져 있었다. 주변은 온통 깨진 유리 조각투성이였다.

에이미의 머릿속에 더러운 손들이 떠올랐다. 때가 번드르르한 수 많은 손이 그녀의 얼굴 위를 슬금슬금 기어 다니는 것만 같았다. 그녀 는 당장 그곳에서 도망치고 싶었다. 하지만 그녀는 돌아가야 했다. 도 망칠 것인가, 아니면 의자로 돌아갈 것인가?

"다른 길을 찾아봐야겠어요."

베이즐이 속삭였다.

그가 방향을 돌려 주방으로 향하자, 에이미는 조용히 미소 지었 다. 이곳저곳을 헤매다 보면 베이즐도 결국 방법이 없다는 사실을 깨 닫게 될 것이다. 그들은 결코 이곳을 벗어날 수 없다. 교도소장은 곧 그들을 찾아낼 것이고, 치료를 위해 그들의 형량을 늘릴 것이다. 그는 에이미가 구속의자를 벗어나 치료를 중단했다는 사실에 불같이 화를 낼 것이다.

베이즐은 반짝이 길을 벗어나, 주방과 옷장방을 연결하는 지름길 로 향했다. 하지만 그곳 역시 장애물로 가로막혀 있었다. 뒤죽박죽이 된 가구들이 산처럼 쌓여 있었던 것이다. 베이즐 혼자였다면 가구 위 를 기어오를 수도 있었겠지만, 죽은 사람처럼 축 늘어진 에이미를 데 리고 그곳을 넘어갈 방법은 없었다.

"괜찮아요. 좀 돌아가면 되죠."

베이즐이 억지로 밝은 목소리를 가장했다.

그는 다시 다이닝룸을 향해 의자를 돌렸다. 에이미는 자신의 폐가 천천히 살아나는 것을 느꼈다. 더 이상 숨 쉬는 것이 고통스럽지 않았 고, 산소가 부족해 머리가 어지럽지도 않았다. 정신이 맑아지자, 구속 의자에 묶여 있던 시간은 기억 속으로 점점 멀어져갔다.

"함정에 빠진 거예요."

그녀가 속닥였다.

"문제없어요. 건물 뒤쪽으로 빠져나가면 돼요."

베이즐은 그녀를 안심시키려고 했지만, 평소처럼 자신감에 찬 목소리가 아니었다.

휠가 바퀴 하나가 삐거덕거렸다. 의자가 움직일 때마다 '끽끽' 하는 소리가 쇼룸 전체에 나직이 울려 퍼졌다. 어둠 속에 숨어 있는 존재들이 이 소리를 들으면 두 사람을 향해 몰려들 것이 분명했다.

"더 이상 도망갈 곳이 없어요."

에이미가 말했다.

"뭐든 해봐야죠. 해가 뜰 때까지 소파 밑에 웅크리고 있을 수는 없잖아요."

베이즐이 말했다.

갑자기 차가운 바람이 그들을 덮쳤다. 얼음장처럼 차가운 바람이 그들의 목구멍으로 들어가는 미지근한 공기를 거칠게 낚아챘다. 그리고 곧 악취가 밀려왔다. 눈물이 날 정도로 독한 냄새였다. 어둠 속에서 썩은 고깃덩어리들이 줄을 지어 다가오고 있는 것 같았다. 그것들은 너무 가까웠고, 또 너무 거대했다. 치료니 본성이니 하는 것들은 이미 에이미의 머릿속을 떠났다. 이제 그녀에게 남은 것은 두려움뿐이었다. 베이즐은 의자를 멈춰 세우고 귀를 기울였다.

"뛸 수 있겠어요?"

베이즐이 에이미에게 몸을 기울이고 속삭였다.

에이미는 겁에 질려 대답조차 할 수 없었다. 그녀는 뛸 수 없었다. 일어서는 것조차 힘들었다.

베이즐이 처음으로 겁먹은 표정을 지었다. 그는 주변을 둘러보더니 다시 낮은 목소리로 입을 열었다.

"의자를 밀고 가려니 속도가 너무 안 나는군요. 이대로는 안 되겠어요."

소리가 들리기 시작했다. 발소리였다. 수십 명, 혹은 수백 명이 발을 맞춰 그들을 향해 천천히 다가오고 있었다. 베이즐은 에이미를 부축해 의자에서 일으켜 세웠다. 그리고 그녀를 끌고 가더니 페트리소르(Petrichor) 식탁 아래에 숨겼다. 거대한 썩은 고깃덩어리들이 바닥을 울리며 점점 가까이 다가왔다. 악취가 더욱 짙어지고 있었다.

"무슨 일이 있어도 날 돕겠다고 나와선 안 돼요. 내가 다 알아서 할 테니. 여기에 숨어 있다가 저놈들이 다 가고 나면, 그때 도망쳐요."

베이즐이 빠르게 속삭였다. 소름 끼치는 낮은 발소리가 점점 커지고 있었다.

베이즐은 반짝이 길로 돌아가 희미한 불빛을 내뿜는 휴대전화를 머리 위로 번쩍 들어 올렸다. 어두운 그림자들이 그를 향해 밀려들었다. 에이미는 어둠 속에서 꿈틀대는 그들의 형체를 봤다. 수백 개의 다리와 더러운 발들이 흡사 하나의 생명체인 것처럼 다닥다닥 붙어 있었다. 그것은 군대였다. 거대한 군대가 매장 안으로 쏟아져 들어오고 있었다. 헐렁한 줄무늬 셔츠와 바지를 입은 그들은 고개를 푹 숙인 채였다. 뒷사람의 이마가 앞사람 뒷덜미에 닿을 정도로 그들은 서로 가깝게 붙어 있었다. 마치 죽은 고깃덩이로 만들어진 거대한 지네를 보는 것 같았다. 그들은 베이즐과 몇 발자국 떨어진 곳에서 걸음을 멈추었다.

베이즐은 긴장한 표정을 감추고 용감하게 그들을 마주했다. 양다리를 벌리고 허리를 곧게 편 그의 당당한 실루엣이 휴대전화 불빛을 받아 드러났다. 하지만 그들의 진짜 모습을 보는 순간, 모든 것이 달라졌다. 그의 눈에 비친 것은 지금까지 상상해온 것과는 비교도 할 수 없는 것이었다. 그의 눈동자가 불안하게 흔들렸다. 지금 그가 의지할 수 있는 것은 오직 그동안 받은 교육과 훈련뿐이었다.

"오르스크 영업시간이 끝났습니다. 당신들은 현재 사유지에 무단 침입한 겁니다."

잠시 동안 침묵이 흘렀다. 작은 움직임조차 없었다.

갑자기 휴대전화의 희미한 불빛이 사라졌다. 베이즐의 휴대전화가 절전 모드로 바뀐 것이었다. 쇼룸을 밝히던 유일한 불빛이 사라지는 것을 확인한 그들은 망설임 없이 베이즐을 향해 달려들었다.

12

알보테르크

목적지 없이 영원히 걷고 싶으십니까? 결코 멈추지 않는 **알보테르크** 러닝머신을 사용해보세요. 꼭 어딘가를 향해야 한다는 생각을 지우면 무한한 가능성이 펼쳐집니다. 머리를 비우고, 멈추지 않는 여행을 시작해보세요.

색상 및 소재: 그레이 오크, 내추럴 너도밤나무, 나이트 오크
사이즈: W 58×D 171×H 125cm
제품번호: 8181666241

에이미는 최대한 몸을 웅크렸다. 조금 전까지만 해도 그녀의 마음속에는 희망이 가득했다. 교도소장이 그녀를 찾아내 치료해줄 거라 믿고 그 순간을 기다렸던 것이다. 하지만 밖에서 들려오는 소리를 듣는 순간, 희망은 시들어버렸다. 반짝이 길에서 거대한 고깃덩어리를 사정없이 내리쳐 으깨는 소리가 들려왔다. 베이즐을 돕지 않고 혼자 몸을 숨기고 있는 것이 비겁한 짓이라는 건 그녀도 알고 있었다. 하지만 그녀는 그들 앞에 나설 수 없었다. 다시 그 의자에 묶이고 싶지 않았다. 그녀는 몸을 웅크린 채 더욱더 구석으로 파고들었다. 그리고 소리가 그칠 때까지 꼼짝하지 않았다.

그들의 작업은 꽤 오랫동안 계속되었다.

소리가 멈추고, 그들은 축 늘어진 베이즐을 질질 끌고 어디론가 사라졌다. 하지만 에이미는 여전히 숨을 죽인 채 식탁 아래 숨어 있었다. 그녀는 아침이 올 때까지 움직이고 싶지 않았다. 매장 조명이 자동으로 켜지고 아침 근무팀이 출근할 때까지 그곳에 처박혀 있고만 싶었다. 하지만 교도소장이 그녀를 찾고 있을 것이다. 머지않아 그들이 돌아와 매장 안을 샅샅이 뒤지기 시작할 것이다. 그녀는 금세 그들에게 발각될 것이고, 교도소장은 결코 그녀를 용서하지 않을 것이다. 그녀는 움직여야 했다. 가능한 한 빨리 그곳을 벗어나야 했다.

도망치려면 빛이 필요했다. 에이미는 베이즐이 들고 있던 휴대전화를 떠올렸다. 그녀는 손과 무릎으로 엉금엉금 기어 식탁 밖으로 나왔다. 금방이라도 거친 손이 어둠 속에서 튀어나와 목덜미를 움켜쥘 것만 같았다. 몇 걸음 나아가자 나무 바닥재가 끝나고 매끈한 반짝이 길 가장자리가 손끝에 느껴졌다. 반짝이 길에는 진흙과 모래, 그리고 끈적이는 뭔가가 잔뜩 묻어 있었고, 공기 중에는 아직도 축축한 악취가 가득했다. 그녀는 더러운 길 위로 손을 뻗어 크게 휘둘렀다. 베이즐의 휴대전화가 근처 어딘가에 있을 것이다. 시간이 흐를수록 공포는 커졌다. 이미 잔뜩 멍든 가슴이 점점 더 죄어오는 것이 느껴졌다. 휴대전화를 찾지 못하면 불빛 하나 없는 거대한 매장 안을 더듬거리며 빠져나가야 한다. 제자리를 뱅글뱅글 돌다가 결국 길을 잃고 말 것이다.

반원을 그리던 그녀의 손끝에 뭔가가 부딪쳐 미끄러졌다. '찾았다!' 그녀는 손을 뻗어 휴대전화를 집어 들고 전원을 켰다. 신호가 없는 텔레비전 화면 같은 희뿌연 불빛이 그녀의 얼굴을 비췄다. 그녀는 먼저 주변을 둘러보았다. 그들이 어둠 속에서 그녀를 노리고 있는 것은 아닌지 확인해야 했다. 그런 다음 불빛을 좀 더 밝게 조정하기 위해 휴대전화 화면을 들여다보았다.

암호가 걸려 있었다. 그녀는 잠시 생각에 잠겼다. 베이즐은 오르스크에 헌신적인 사람이니 분명 그와 관련된 암호를 사용했을 것이다. 그녀는 키패드를 두드렸다. 6775. 잠금화면이 사라지고 홈스크린이 펼쳐졌다. 그녀는 엄지손가락으로 페이지를 넘겨 플래시 앱을 찾았다. 앱을 누르자 밝은 빛이 쏟아져 나왔다.

이제 일어서는 일만 남았다. 그녀는 다리에 힘을 주고 무릎을 펴보았지만, 다리는 부러진 잔가지처럼 힘없이 주저앉고 말았다. 그녀의 왼쪽 무릎이 바닥을 찧으면서 멍이 하나 더 늘었다. 발이 욱신욱신 쑤시고, 무릎뼈는 서로 부딪치며 불협화음을 냈다. 관절은 삐걱거리고 척추는 금방이라도 산산조각 날 것 같았다. 그녀는 온몸에 남아 있는 힘을 모두 끌어모았다. 그리고 슐핀 진열단상에 의지해 가까스로 몸을 일으켜 세웠다.

고통스러운 여정이 시작됐다. 그녀는 절뚝거리며 한 걸음 한 걸음 앞으로 나아갔다. 반짝이 길을 따라가면 곧 침실이 나올 것이고, 그다음 욕실과 옷장방을 지나게 될 것이다. 거기까지만 가면 어린이방을 지나 수납 솔루션방으로 바로 넘어갈 수 있다. 다음으로 홈오피스방과 거실을 지나면 마침내 에스컬레이터가 나타날 것이고, 에스컬레이터를 따라 아래층으로 내려가면 출입문이 나온다. 가구 무더기가 가로막고 있지만 않다면, 그녀는 이 건물을 빠져나갈 수 있을 것이다.

에이미는 몇 분에 한 번씩 방향을 확인할 때만 베이즐의 휴대전화를 사용했다. 어둠에 파묻혀 있다가 갑자기 빛을 밝히는 일에는 엄청난 용기가 필요했다. 어둠 속에서 그녀를 지켜보는 일그러진 얼굴과 뒤틀린 형체를 마주할지도 모르고, 혹은 길 한가운데 버티고 서서 그녀를 기다리는 교도소장을 발견할지도 모른다는 두려움 때문이었다.

다행히 그녀는 홈오피스방에 무사히 도착했다. 오른쪽에는 『디자인 이즈 굿』 수백 부가 빼곡하게 꽂힌 스마그마 책꽂이가 줄지어 있었다. 휴대전화를 들고 있는 손이 떨리자 그림자도 함께 춤을 추었다. 조금 더 앞에는 안내 포스트가 있었다. 익숙한 인사 문구가 언제나 그렇듯 친절하게 그녀를 맞아주었다.

"궁금한 게 있으면 언제든 물어보세요. 오르스크!"

'애스크(ask)'와 발음이 비슷한 점을 이용한 말장난이었다. 매일 마주하는 그 인사말이 가슴 아프게 다가왔다. 안내 포스트가 보인다는 것은 그녀가 방향을 잃지 않고 제대로 가고 있다는 뜻이었다.

에이미는 오른쪽으로 몸을 돌려 홈오피스방으로 들어섰다. 몇 분 뒤 다시 휴대전화 불빛을 켜는 순간, 멀리서 뭔가 움직이는 것이 보였다. 그녀는 재빨리 휴대전화를 가슴에 파묻어 빛이 새어나가지 않도록 한 뒤, 몸을 웅크리고 카레자(Karezza) 옆에 쪼그리고 앉았다. 잔뜩 멍이 든 무릎이 무게를 견디지 못하고 부들부들 떨렸다.

저 앞에서 분명 뭔가가 움직이고 있었다. 소리도 들렸다. 저 멀리 어둠 속에서 모터가 돌아가고 있었다. 소리의 진원지는 반짝이 길 바로 옆이었다. 에이미는 선택의 여지가 없다는 사실을 인정해야 했다. 반짝이 길을 따라 이곳에서 벗어나려면 정체 모를 소리 바로 옆을 지나가야만 했다.

어느새 그녀의 혈관은 공포로 가득 찼다. 그녀는 무릎을 꿇고 바닥에 엎드린 채 길을 따라 기어가기 시작했다. 기계 소리가 점점 커졌고, 거친 숨소리도 들렸다. 또 다른 이상한 소리도 섞여 있었다. 누군가가 어떤 끈적거리는 것을 규칙적으로 밟는 소리 같았다. 모터 소리와 헐떡이는 소리가 점점 가까워졌다. 왠지 그 소리들이 익숙하게 느껴졌다. 호기심을 이기지 못한 그녀는 소리 나는 곳을 향해 베이즐의 휴대전화 불빛을 비췄다. 안개가 걷히듯 어둠이 사라지자, 알보테르크(Alboterk) 러닝머신 책상이 모습을 드러냈다. 검은색 벨트가 빠르게 돌아가고, 책상은 비스듬히 앞을 향해 기울어 있었다. 러닝머신 위에서 기괴한 형체 하나가 숨을 헐떡이며 달리고 있었다. 등은 무거운 짐에 짓눌려 굽었고, 운동화는 너덜너덜했다. 한쪽 바닥이 떨어져, 마치 더운 날 물그릇을 핥는 개의 혓바닥처럼 러닝머신의 벨트를 철썩철썩 내리치고 있었다.

"트리니티?"

에이미가 속삭였다.

트리니티의 양손이 책상 앞쪽에 포장용 테이프로 고정돼 있고, 뭔가 무거운 것을 잔뜩 집어넣은 커다란 검은색 장비 가방이 그녀의 어깨에 묶여 있었다. 에이미의 목소리를 들은 그녀가 고개를 돌렸다. 머리카락이 땀에 엉겨 붙어 있었다.

"나 유령을 봤어. 진짜 유령이었는데 내가 마음에 안 들었나 봐."

트리니티가 중얼거렸다.

"내가 풀어줄게."

"괜찮아. 난 곧 치료될 거야."

"요시아 교도소장이 이랬어?"

에이미의 물음에 트리니티는 옅게 미소 지었다.

"응, 나를 치료해주겠다고 약속했어."

말을 마친 트리니티가 갑자기 어두운 표정을 짓더니 울음을 터뜨렸다.

"잠깐만 기다려."

에이미는 책상 앞쪽으로 달려갔다. 트리니티의 손목을 묶고 있는 테이프부터 뜯어내야 했다. 어둠 속이었지만 그녀는 트리니티의 손에 무슨 일이 벌어졌는지 한눈에 알 수 있었다. 그녀의 손가락은 조각조각 난 연필 자루를 아무렇게나 어질러놓은 듯 모조리 부서져 있고, 피부 밑에는 검은 피가 고여 얼룩덜룩 멍이 들어 있었다. 에이미는 트리니티를 아프게 하지 않기 위해 테이프 끄트머리를 잡고 조심스럽게 뜯어냈지만, 트리니티는 아무 감각이 없는 것 같았다.

테이프를 다 뜯어낸 에이미가 다시 옆으로 돌아가, 트리니티의 어깨를 짓누르고 있는 커다란 가방을 들어 올렸다. 그리고 다 으깨져버린 그녀의 손가락을 조심스럽게 가방 손잡이 사이로 빼냈다. 가방은 에이미의 지친 두 팔로 들기에는 너무 무거웠고, 그녀는 결국 가방을 바닥에 떨어뜨리고 말았다. 지퍼가 열리며 오르스크 카탈로그들이 흡사 내장처럼 와르르 쏟아져 나왔다. 에이미는 트리니티의 허리를 팔로 감싸고 그녀가 러닝머신에서 내려오도록 잡아당겼다.

"안 돼."

트리니티가 팔다리를 힘없이 허우적거리며 말했다.

"자, 자, 괜찮아."

에이미가 그녀의 허리를 더 힘껏 잡아당기며 속삭였다.

그날 아침 누군가가 오르스크에 찾아와 에이미에게 트리니티와 친구 사이냐고 물었다면 그녀는 "글쎄요, 한마디로 말하기에는 좀 복잡한 문제예요"라고 대답했을 것이다. 하지만 고통과 공포를 함께한 지금, 두 사람 사이에 복잡한 문제 같은 것은 존재하지 않았다. 트리니티는 에이미와 똑같이 지옥을 헤매고 있다. 그리고 베이즐이 없는 이상, 그녀를 도울 수 있는 사람은 에이미뿐이었다.

"안 돼. 안 돼, 그냥 내버려둬."

트리니티는 얕은 숨을 헐떡이며 같은 말을 계속 뇌까렸다.

"여기에서 나가야지."

에이미는 베이즐의 자신감 넘치는 목소리를 흉내 내려고 애쓰며, 다시 한 번 발버둥 치는 트리니티의 허리를 힘껏 잡아당겼다.

"당신을 여기 두고 나 혼자 나갈 수는 없어. 절대 그러지 않을 거야."

그녀가 다짐하듯 말했다. 에이미는 트리니티의 허리에 그대로 팔을 두른 채 그녀를 이끌었다. 두 사람은 반짝이 길을 따라 절뚝거리며 걸음을 옮겼다.

비틀거리며 천천히 나아가는 동안, 에이미는 끊임없이 트리니티의 귀에 혼잣말을 속삭였다. 사람 목소리를 듣는 것이 트리니티에게 조금이나마 안정감을 주었으면 하는 바람에서였다.

"일단 에스컬레이터까지 가서 출입문을 수동 조작으로 열고 나가면 돼. 곧장 주차장으로 갈 수 있겠지. 거기에서 도움을 요청하면 사람들이 와서 여기 남아 있는 다른 사람들을 구해줄 거야. 당신은 무사할 거야. 당신도 나도 모두. 여기에서 나가기만 하면 모든 게 해결될 거야."

두 사람은 에스컬레이터 앞에 도착했다. 아래층에는 건물 전면을 둘러싼 유리창을 통해 밝은 오렌지색 불빛이 쏟아져 들어오고 있었다. 한참을 어둠 속에서 헤매던 에이미에게 오렌지색 불빛은 대낮의 태양보다 밝아 보였다.

그때 베이즐의 휴대전화가 울렸다.

〈닥터후〉(영국 SF 드라마 시리즈―옮긴이) 주제곡이 큰 소리로 울려 퍼지는 통에 에이미는 깜짝 놀라 온몸이 얼어붙었다.

그녀는 더듬거리며 버튼을 누르고 전화를 받았다.

"여보세요?"

"대체 어디 있는 거예요?"

"맷? 지금 어디 있어요?"

에이미가 작게 속삭였다.

"한참을 헤매서 잘 모르겠지만 수납 솔루션방인 것 같아요. 스마그마 옆에 있거든요."

맷이 대답했다.

"난 거실 에스컬레이터 앞에 있어요. 이쪽으로 올 수 있겠어요?"

에이미는 들뜨는 기분을 억누를 수 없었다. 맷은 무사한 것 같았다. 그가 오면 트리니티를 부축해 탈출하기도 훨씬 쉬울 것이다.

"먼저 트리니티를 찾아야 해요."

그가 말했다.

"이미 찾았어요. 여기 나랑 같이 있어요."

에이미가 말했다.

"그럴 리가요. 좀 전에 지름길로 옷장방으로 가는 걸 똑똑히 봤는데……."

"아니에요, 맷! 트리니티는 지금 나랑 같이 있다니까요. 바로 옆에 있어요."

에이미가 소리쳤다.

"트리니티를 두고 나갈 수는 없어요."

에이미는 트리니티의 얼굴에 휴대전화를 바짝 붙이고 다시 입을 열었다.

"트리니티, 정신 차리고 무슨 말이라도 해봐. 맷한테 목소리 좀 들려주라고."

하지만 트리니티는 아무런 반응도 보이지 않았다. 에이미는 휴대전화를 다시 자기 귀에 가져갔다.

"트리니티를 찾아야 해요."

맷의 목소리는 단호했다.

"속임수예요. 이 건물이 당신을 혼란에 빠뜨리고 있는 거라고요."

에이미가 말했다.

"금방 다시 걸게요. 일단 트리니티를 따라가봐야겠어요."

그렇게 통화가 끝났다. 에이미는 그에게 전화를 걸었지만, 통화 연결음이 몇 번 울리더니 음성사서함으로 넘어가버리고 말았다. 그녀는 전화를 끊고 고개를 들었다. 트리니티가 멍한 눈으로 그녀를 응시하고 있었다.

"이 건물 전체가 우리를 혼란에 빠뜨린 거야. 거대한 속임수라고."

에이미가 말했지만 트리니티는 그녀의 말을 듣지 못하는 것 같았다.

"우리라도 빠져나가야 해."

에이미는 걸음도 제대로 걷지 못하는 트리니티를 데리고 멈춰버린 에스컬레이터를 어떻게 내려가야 할지 막막했다. 잠시 고민에 빠진 사이, 오르스크 이전 관리자들의 얼굴 사진이 그녀의 눈에 들어왔다. 모두 똑같은 검은 액자에 담긴 열 장의 사진이 벽에 한 줄로 길게 걸려 있었다. 하지만 자세히 보니, 열 장의 사진은 모두 '요시아 워스 교도소장'이라는 이름표를 달고 있었다. 첫 번째 사진은 눈이 도려내진 상태였다. 다음 사진은 날카로운 칼로 여러 번 X 표시를 해놓았고 액자 유리도 깨져 있었다. 세 번째 사진은 물에 젖어 많이 손상되었고, 어깨 부분이 뿌옇게 변해 원래 모습을 알아볼 수 없을 정도였다. 열 장의 사진이 모두 그랬다. 눈이 없는 사진, 입이 찢겨 나가 텅 빈 공간만 남아 있는 사진, 바늘로 긁어낸 사진, 까만 칠이 된 사진, 산성 물질로 태운 사진 등등, 다양한 방식으로 훼손된 요시아 워스 교도소장의 웃는 얼굴이 에스컬레이터를 따라 길게 이어져 있었다.

에이미는 트리니티가 몸을 비트는 것을 느꼈다. 그녀는 에이미의 손을 뿌리치고 달아나려 하고 있었다. 에이미는 허둥지둥 손을 뻗어 가까스로 그녀의 티셔츠를 낚아챘다. 그 힘에 끌려 뒷걸음질을 치던 트리니티가 정신 나간 듯 멍한 눈으로 에이미를 뚫어지게 바라보았다.

"난 병들었어."

트리니티가 말했다.

"그런 말 하지 마. 여기에서 빨리 나가자."

에이미가 그녀의 티셔츠를 더욱 세게 움켜쥐며 말했다.

트리니티는 혼란스러운 듯 고개를 삐딱하게 기울였다.

"벌집에서 나가선 안 돼. 누구도 벌집을 나갈 수 없어."

말을 마친 트리니티는 에이미에게서 벗어나기 위해 몸을 뒤로 젖혔다. 이미 해질 대로 해진 낡은 티셔츠가 그녀의 무게를 이기지 못하고 뜯어지더니 결국 그녀의 몸에서 완전히 떨어져 나갔다. 에이미는 고개를 숙여 손에 남은 티셔츠 조각을 한번 보고는 바로 고개를 들어 트리니티를 찾았다. 그녀는 거실을 향해 달려가고 있었다. 그리고 곧 어둠 속으로 완전히 사라졌다.

"트리니티!"

에이미는 도망치는 신세인 것도 잊고 매장이 떠나갈 듯 소리 질렀다.

하지만 트리니티는 이미 사라진 뒤였다. 깊은 호수가 그 안에 떨어진 검은 돌멩이를 빨아들이듯, 어둠에 싸인 매장이 한입에 그녀를 삼켜버렸다. 그때 근처에서 뭔가 묵직한 것이 벽에 부딪치는 소리가 들렸다. 그다음, 책꽂이가 통째로 쓰러진 듯 와장창 요란한 소리가 이어졌다. 공포에 사로잡힌 채 에이미는 에스컬레이터를 뛰어 내려갔다. 금속판을 밟는 다리가 후들거렸고, 그녀는 굴러떨어지지 않기 위해 손잡이를 꽉 움켜잡았다. 잠시 후, 주차장으로 통하는 유리문이 보였다. 그것은 나트륨등 불빛을 받아 오렌지색으로 빛나고 있었다. 에이미가 쿠야호가 지점에 온 지 얼마 되지 않았을 무렵, 팻 지점장은 그녀에게 정전이 될 경우 수동으로 유리문 여는 방법을 가르쳐주었다. 문틀에 설치된 수동 조작 버튼을 누른 뒤 양쪽 유리문 사이에 손가락을 끼워 넣고 밀면 되는 것이었다.

갑자기 깊은 어둠 속에서 날카로운 비명 소리가 터져 나왔다. 분명 루스 앤의 목소리였다.

이 건물이 또 속임수를 쓰는 것이다. 에이미는 마음을 다잡았다.

오르스크는 애초에 방향을 잃도록 설계된 곳이었다.

이곳에 들어선 사람으로 하여금 자신이 가고자 하는 방향을 잊고 이미 정해진 프로그램에 따라 움직이도록 하는 것이 바로 이 건물의 목표였다.

루스 앤이 다시 비명을 질렀다. 짐승의 울부짖음 같았다. 누군가가 그녀에게 상상도 못 할 끔찍한 짓을 저지르고 있는 게 분명했다. 에이미는 비명 소리가 어디에서 들려오는지 분간할 수 없었다. 어쩌면 그녀의 머릿속에 존재하는 소리인지도 모른다.

저들이 자신을 방해하려고 수작을 부리는 거라고 에이미는 스스로에게 말했다. 그들은 지금 어둠 속에 숨어 그녀를 지켜보고 있다. 그녀를 영원히 이곳에 묶어두려고, 그녀가 문으로 향하는 것을 막는 것이다.

잠시 후 유리문 앞에 도착한 에이미는 출입문 수동 조작 전환 버튼을 꾹 눌렀다. 그런 다음 욱신거리는 손가락을 양 유리문 사이의 좁은 틈에 밀어 넣고 힘껏 밀었다. 전기의 도움 없이 유리판을 밀어내는 것은 결코 쉬운 일이 아니었다. 유리판은 마치 그녀와 결투를 벌이듯 줄기차게 반대 방향으로 힘을 썼다. 에이미는 60센티미터 정도의 작은 틈을 만드는 데 가까스로 성공했다. 뜨끈한 바람이 쏟아져 들어와 그녀를 감쌌다. 에이미는 유리문 사이로 몸을 통과시켜 건물 밖으로 빠져나갔다.

이제 자유다!

13

크라니크

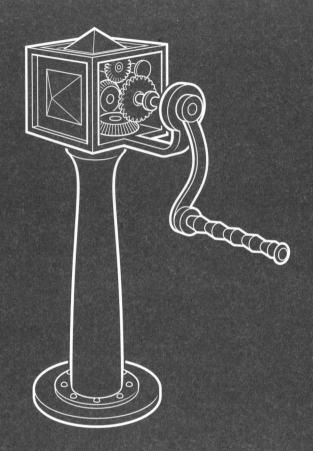

크라니크와 함께 영원히 반복되는 단순 노동의 기쁨에
빠져보세요. 묵직한 기어에 연결된 투박한 손잡이를 잡고 백
바퀴, 천 바퀴, 만 바퀴를 돌리는 순간, 평온한 체념의 상태에
도달하게 될 것입니다. 규칙은 단 하나, 절대 멈추지 않는다는
것이죠. 당신의 몸이 멈춘다 해도 크라니크는 멈추지 않습니다.

소재: 철
사이즈: W 35×D 34×H 34cm
제품번호: 4266637111

에이미는 쉬지 않고 달렸다. 오렌지색 불빛으로 환하게 밝혀진 거대한 주차장 한가운데에 이르러서야 마침내 걸음을 멈춘 그녀는 숨을 고르며 주변을 둘러보았다. 경찰차는 보이지 않았고, 주차장은 텅 비어 있었다.

"이럴 수가! 대체 왜 안 오는 거지?"

그녀가 신음 섞인 불평을 내뱉었다.

넓은 주차장 한가운데 서니 77번 도로를 질주하는 자동차와 트럭들의 헤드라이트 불빛이 보였다. 지선도로로 빠져나오는 경사로도 선명하게 보였다. 그녀는 경찰서 교환원과 전화로 나누었던 대화를 떠올렸다.

'아까 말씀해주신 주소는 저희 내부 시스템에 등록되어 있지 않거든요. 저희 시스템에 따르면 그곳은……'

그 순간 전화가 끊겼다. 그다음에는 무슨 말이 이어졌을까? '그곳은 존재하지 않는다'고 말하려던 것이었을까? 그게 가능하기나 한 일인가?

에이미는 건물 옆면을 따라 다시 달렸다. 낡아빠진 운동화 바닥이 뜨끈뜨끈한 아스팔트를 철썩철썩 내리쳤다. 그녀는 멀찍이 떨어진 직원 전용 주차장에 이르러 걸음을 멈췄다.

가장 먼저 눈에 띈 것은 루스 앤의 지프차였다. 범퍼에는 "주말에는 할리데이비슨을 즐김!"이라는 스티커가 붙어 있었다. 타디스 1(<닥터후>에 등장하는 파란색 공중전화부스로, 타임머신 역할을 한다─옮긴이)이라는 번호판을 붙인 베이즐의 닛산 큐브도 보였다. 세 번째는 지저분한 스바루였다. 맷 아니면 트리니티의 차일 것이다. 그리고 마지막으로 기름을 질질 흘리고 다니는 꾀죄죄한 혼다 시빅이 있었다. 에이미의 차였다.

경찰은 아직도 나타나지 않았다. 그녀를 도와줄 사람은 아무도 없었다.

에이미는 주머니를 뒤적거려 차 키를 꺼내고 차 문을 열었다. 차는 활짝 열린 문이 일생일대의 중요한 사건이라도 되는 듯 요란하게 경고음을 울려댔다. '다른 사람들을 팽개치고 도망치는 게 아니라, 도움을 요청하러 가는 거야.' 에이미는 마음을 다잡으려는 듯 스스로를 설득했다. 지금 같은 상황에서는 다른 사람들에게 도움을 요청하는 것이 현명한 선택이었다. 그것이 최선이다.

차에 올라탄 에이미는 문을 잠그고 시동을 켠 뒤 곧장 출구로 향했다. 그리고 마음이 바뀌기 전에 계획을 실행하려는 듯, 77번 도로로 연결되는 지선도로를 향해 전속력으로 돌진했다.

"누군가는 나가야지! 나가서 도움을 청해야 한다고. 난 절대 도망치는 게 아니야……."

그녀가 또다시 중얼거렸다.

하지만 그녀는 분명 **도망치고** 있었다. 교도소장의 구속의자 덕분에 그녀는 자신의 진짜 모습을 똑바로 바라볼 수 있게 되었다. 그녀는 언제나 포기하고, 일찌감치 관두고, 도망쳐버리는 사람이었다. 아무 노력도 하지 않는 것이 제일 편했다. 그리고 의자는 포기를 더 쉽게 만들어주었다.

주차장 끄트머리에서 에이미는 갑자기 브레이크를 밟았다. 그녀는 잠시 멈춰 선 채 77번 도로의 불빛과 끊임없이 줄지어 가는 자동차와 버스와 트럭의 행렬을 바라보았다. 저기 어딘가에서 경찰차가 지선도로를 찾느라 헤매고 있을 것이다.

그녀는 고개를 돌려 매장 건물을 바라보았다. 멀리서 바라본 오르스크는 전혀 위협적이지 않았다. 그저 넓은 아스팔트 바닥 위에 싸구려 자재로 뚝딱 지어 올린 커다란 베이지색 상자일 뿐이었다. 그 외의 모든 것은 방향을 잃고 의도된 것만을 보게 만드는 속임수였다. 밖에서 보니 모든 것이 명확했다. 하지만 건물 안에서는 이 단순한 사실을 자꾸만 잊게 된다. 그리고 그녀의 친구들은 지금도 저 건물 안에 갇혀 있다.

아니, 그들은 그녀의 친구가 아니다! 그저 직장 동료일 뿐이다. 친구와 직장 동료는 엄연히 다르지 않은가! 그녀는 생각을 고쳐먹으려는 듯 고개를 저었다.

하지만 베이즐은 그녀를 구하기 위해 돌아왔다. 그가 책임감이니 오르스크 정신이니 하는 지루한 이야기를 줄기차게 늘어놓는 것은 사실이지만, 그것은 빈말이 아니었다. 그는 실제로 자기가 한 말들을 **실천했던** 것이다. 그는 의자에 묶인 그녀를 구해주었고, 그녀를 보호하기 위해 참회자들에게 맞섰다.

맷은 트리니티를 두고 갈 수 없다며 자진해서 위험에 뛰어들었다.

루스 앤 역시 자기 혼자 살기 위해 다른 사람을 내버려두고 도망치지는 않았을 것이다.

'그 사람들은 친구가 아니야. 이럴 필요 없어. 괜한 책임감 느낄 필요 없다고.'

에이미는 스스로에게 말했다. 그녀는 두 눈을 감았다. 구속의자에서 멍들고 찢긴 온몸의 상처가 욱신욱신 아파왔다. 운전석에 앉아 있자니 의자에 묶여 있던 시간들이 떠올랐다. 그녀는 몸이 묵직해지고 따뜻해지는 것을 느꼈다. 눈을 감으니 모든 것이 편안하고 안전하게 느껴졌다. 갑자기 차가 앞으로 덜컹 하더니 시동이 꺼졌다. 발이 브레이크 패들에서 미끄러졌던 것이다. 에이미는 눈을 번쩍 떴다. 그리고 다시 곯아떨어지지 않기 위해, 손톱이 떨어져 나간 손가락 끝을 이로 살짝 깨물었다.

찌르르한 고통이 팔을 타고 전해지며 잠이 확 달아났다. 순간 그녀의 머릿속에 떠오르는 것이 있었다. 구속의자. 의자는 여전히 그 자리에서 그녀가 돌아오기를 기다리고 있을 것이다. 언제든 그녀를 두 팔 벌려 환영해줄 것이다. 의자는 그녀가 모든 것을 포기하고 의자에 앉아 영원히 일어나지 않기를 바라고 있다.

세상의 모든 일은 결국 두 가지 선택의 기로에 이른다. 그냥 주저앉을 것인가, 아니면 떨치고 일어날 것인가.

그녀는 핸들을 완전히 꺾어 다시 건물 정문을 향해 돌진했다. 그리고 '정차 금지'라고 표시된 노란색 칸 안에 차를 세우고 출입문을 향해 걸어갔다. 문은 굳게 닫혀 있었고 안쪽에서 잠금장치가 걸려 있었다. 당연한 일이었다. 에이미는 손을 오므려 이마에 붙이고 유리문을 통해 쇼룸을 들여다보았다. 몸을 돌돌 말고 어둠 속에 숨어 있는 그림자들이 보였다. 그것들은 복도를 날쌔게 달려가는가 하면 벽을 타고 흘러내리기도 했다. 크리피 크롤리들이었다. 놈들은 루스 앤과 맷, 트리니티와 베이즐을 그곳에 붙잡아두고 싶은 것이다. 에이미는 이미 그곳을 빠져나왔다. 그들은 에이미가 돌아오는 것을 원하지 않았다.

하지만 베이즐은 직원 전용 출입문을 아직 고치지 못했다고 하지 않았나. 그녀는 건물 옆면을 따라 달려가 출입문을 벌컥 열었다. 문은 아무 저항 없이 활짝 열렸다. 오렌지색 불빛을 받아 희미하게 밝혀진 건물 안을 들여다보았다. 반대편 벽에 걸린 시계가 오전 3시 15분에 멈춰 있었다. 건물 안을 보는 것만으로도 그녀의 심장이 다시 쿵쾅거리기 시작했다. 지금이 발길을 돌릴 수 있는 마지막 기회다. 현명하게 선택해야 한다. 건물 안에 고여 있던 차가운 공기를 타고 시큼하고 퀴퀴한 냄새가 쏟아져 나왔다. 에이미는 마음이 바뀌기 전에 얼른 건물 안으로 발을 들여놓았다.

일단 휴게실로 가야 한다. 무슨 일이 생기면 모두 그곳에서 다시 모이기로 했기 때문이다. 휴게실에 아무도 없더라도, 그곳에서 손전등, 구급상자 같은 유용한 물건을 손에 넣을 수 있을 것이다. 베이즐의 휴대전화로 앞을 비추며 그녀는 앞으로 나아갔다. 왼쪽으로 돌자 이층으로 올라가는 계단 끄트머리가 눈에 띄었다. 에이미가 계단을 향해 내키지 않는 걸음을 옮기려는 순간 등 뒤에서 쾅 하는 소리가 들렸다. 바람에 출입문이 닫힌 것이다. 그녀는 다시 건물 안에 갇힌 신세가 되었다.

에이미는 잔뜩 신경을 곤두세운 채, 희미한 휴대전화 불빛에 의지해 계단을 하나씩 올랐다. 이층에 도착하자 사무실이 길게 늘어선 복도가 나타났다. 수많은 문들이 마치 뭔가를 숨기고 있는 듯했다. 어느 순간 갑자기 문이 벌컥 열리면서 그녀가 원하지 않는 어떤 무시무시한 것을 마주하게 될 것만 같았다. 에이미는 휴대전화를 들어 복도를 둘러싼 벽을 비추었다. 곳곳에 갈라진 틈과 흘러내린 물 자국이 보였다. 페인트는 거품처럼 벽에서 볼록 튀어나오거나, 가루가 되어 바닥에 부슬부슬 떨어져 내렸다.

그때 뭔가가 복도를 휙 가로질렀다. 축축하게 젖은 더러운 쥐 새끼 한 마리가 벽 한쪽 끝에서 달려 나와 어둠 속으로 사라졌다. 에이미는 놀란 마음을 진정시키려 애썼다. 지금 그녀가 마주한 문제에 비하면 쥐 따위는 아무것도 아니었다. 그것들은 길을 잃게 하려는 건물의 수많은 속임수 중 하나에 불과했다. 에이미는 심호흡을 한 뒤 다시 걸음을 옮겼다. 잠시 후 희미한 소리가 들려왔다. 문 뒤 어딘가에서 누군가가 벽을 긁고 있는 듯했다.

'어차피 여기까지 왔는데, 더 이상 겁먹지 말자.' 에이미는 스스로를 다독이며, 천천히 손을 뻗어 소리가 나는 사무실 문을 열었다. 그곳은 비품실이었다. 차곡차곡 쌓인 복사용지와 검은색 마커 펜, 스테이플러와 프린터 카트리지 등 모든 것이 선반에 가지런히 정리되어 있었다.

그런데 맞은편 벽 아래 작은 구멍이 하나 나 있었다. 구멍 주변은 온통 긁힌 자국 투성이였고, 입구는 검은색 얼룩으로 더러워져 있었다. 구멍 안에서 시큼한 냄새를 실은 차가운 바람이 불어 나왔다. 에이미는 바닥에 뭔가 떨어져 있는 것을 발견했다. 그녀가 허리를 숙여 그것을 집어 들었다. 블리스텍스 립밤 튜브였다. 에이미는 튜브를 다시 바닥에 내려놓고 뒷걸음질을 쳐서 비품실을 빠져나왔다.

휴게실에 아무도 없을 것이라는 예상은 점점 확신을 더해갔고, 그녀의 예상은 적중했다. 휴게실에 들어선 에이미는 가장 먼저 문 옆 벽에 비치된 구급상자를 찾아 열었다. 그 안에 고정되어 있는 손전등을 보는 순간 그녀는 잠시나마 안도했다. 손전등을 뜯어내 전원을 켜자 휴게실 안이 대낮처럼 밝아졌다. 에이미는 베이즐의 휴대전화를 주머니에 넣고, 손전등 불빛으로 휴게실 벽을 비춰보았다. 혹시나 하는 마음에 아르슬레 테이블 아래도 꼼꼼하게 확인했다. 쥐도 없고, 줄무늬 죄수복을 입은 남자들도 숨어 있지 않았다. 맷도, 루스 앤도, 트리니티도, 그리고 베이즐도 없었다. 그때 머리 위로 뭔가 차가운 것이 느껴지자, 에이미는 깜짝 놀라 몸을 웅크렸다. 그녀의 손에 들린 손전등이 빙글 돌자 방 안에 있던 수많은 그림자도 함께 들썩거렸다. 천천히 고개를 든 에이미의 눈앞으로 작은 은빛 물방울 같은 것이 똑똑 떨어졌다.

고개를 젖혀 천장을 본 순간, 그녀는 숨이 멎는 것 같았다. 그녀는 벽에 바싹 몸을 붙였다. 방의 중심에서 가능한 한 멀어져야 했다. 천장에 있던 얼룩들이 커졌다. 그것들은 임신한 배처럼 불룩 튀어나와, 그 안에 누런 물을 잔뜩 머금고 있었다. 누런 물이 한 방울씩 떨어지며 휴게실 한가운데 거대한 웅덩이를 만들었다. 불룩하게 부풀어 오른 천장은 금방이라도 터질 것 같았다. 이미 넘쳐난 더러운 물이 벽을 따라 졸졸 흘러내려 벽에 붙여놓은 '마법 도구' 통으로 흘러들어갔고, 통에서 흘러넘친 물은 그 옆에 쌓아둔 오르스크 카탈로그를 흠뻑 적시고 있었다. 그런데 자세히 보니 그것은 에이미가 늘 보아오던 잘 정돈된 카탈로그 더미가 아니었다. 누렇게 변한 장부 용지들이 어지럽게 뒤섞인 채 잔뜩 어지러져 있었다. 제일 위에 놓인 장부에는 '1839년 5월 5일'이라는 날짜와 함께 다음과 같은 손글씨가 빽빽하게 쓰여 있었다.

　　……요컨대, 쿠야호가 원형감옥은 미치광이를 양산해내는 공장이나 다름없었다. 본 위원단은 수많은 참회자가 반복되는 고된 노역에 시달려 이미 제정신을 잃었음을 확인했다. 절망에 빠져 자해한 이들도 있었

다. 생산에 사용되어야 할 방아의 수레바퀴는 숫돌과 연결되어 있지 않았고, 참회자들은 '빈 방아'를 돌리는 무의미한 일에 투입되어 결국 더 이상 몸을 움직이지 못할 지경까지 혹사당했다. 물론 그로부터 얻은 경제적 이익은 아무것도 없었다. 요시아 워스 교도소장은 이러한 상황을 잘 알고 있었을 뿐 아니라 심지어 즐겼던 것으로 판단된다. 본 위원단은 이 시설을 즉시 폐쇄할 것을 권하며……

에이미는 문서를 내려놓았다. 그녀도 이미 알고 있는 내용이었다. 더는 그 끔찍한 글을 읽을 필요가 없었다. 이곳에는 아무도 없다. 또 다른 곳으로 동료들을 찾아 나서야 한다. 마지막으로 휴게실을 둘러보던 에이미는 벽에 붙은 플래카드 문구가 달라진 것을 알아챘다. 원래 "열심히 일함으로써 우리는 가족이 되고, 열심히 일함으로써 우리는 자유로워진다"라고 쓰여 있었지만, 벽을 타고 흘러내린 물 때문에 대부분의 글자가 지워져버린 것이다. 남은 것은 "일함으로써 자유로워진다"뿐이었다.

그녀가 문을 나서려는 순간, 휴게실 안에서 낮은 속삭임이 들려왔다. 누군가 가까운 곳에서 무언가를 읊어대고 있었다. 그녀는 손전등을 휘둘러 휴게실을 비춰봤지만, 다른 사람은 아무도 없었다. 잠시 망설인 끝에 그녀는 축축하게 젖은 벽에 귀를 바짝 대고 낮게 속삭였다.

"누구 있어요?"

순간 깜짝 놀랄 정도로 큰 목소리가 되돌아왔다.

"……숨어, 숨어 있으면 찾을 수 없지, 볼 수 없어, 계속 움직이면……."

잔뜩 쉰 목소리가 쌕쌕거렸다. 목소리를 듣는 순간 에이미는 그가 누구인지 알 수 있었다.

"루스 앤!"

벽 너머에서 뭔가 퉁탕거리며 바스락거리는 소리가 들렸다.

"에이미?"

에이미는 손으로 벽을 밀어보았지만, 페인트만 손끝에 묻어 나올 뿐이었다.

"루스 앤! 내가 거기에서 꺼내줄게요."

그녀가 다시 말했다.

"안 돼요. 여기 있으면 놈들이 나를 못 볼 거예요."

루스 앤이 속삭이듯 대답했다.

"누구를 말하는 거예요?"

"크리피 크롤리들요."

"벽장을 통해서 들어갔어요?"

"아뇨, 내가 구멍을 뚫었어요."

루스 앤이 말했다.

벽 너머에서 날카로운 뭔가가 벽을 긁어대는 소리가 들렸다. 손톱으로 긁는 소리 같았다. 에이미는 비품실에서 발견한 구멍을 떠올렸다. 구멍 주변에 긁힌 자국이 수두룩하고 검은 얼룩이 묻어 있던 것이 기억났다.

"어디 아픈 데는 없어요?"

에이미가 다시 물었다.

"처음에는 아팠어요. 많이 아팠죠. 하지만 이제 괜찮아요. 그들에게 들키지 않을 테니까."

에이미가 손바닥으로 벽을 쓰다듬으며 다급하게 말했다.

"구멍 입구로 돌아가요. 비품실로 가는 길 찾을 수 있겠어요? 거기에서 나랑 만나……."

퍽!

뭔가가 반대편에서 강하게 벽을 때렸다. 그 충격에 에이미는 한 발물러섰다. 루스 앤이 겁에 질려 소리쳤다.

"놈들이 몰려와요! 그들이 온다고요!"

"어서 가요. 구멍 앞에서 기다릴게요."

에이미는 말을 마치자마자 비품실을 향해 달렸다. 그 작은 구멍으로 어떻게 들어갈지 걱정이 됐지만, 루스 앤이 그 구멍을 통해 벽 안으로 들어갔다면 분명 에이미도 들어갈 수 있을 것이다. 비품실 벽의 구멍 앞에 도착한 에이미는 심호흡을 한 뒤 몸을 웅크렸다. 바로 그때 구멍 안에서 뭔가가 밖으로 나오는 것이 보였다. 때가 잔뜩 낀 다섯 개의 시커먼 손가락이 구멍 입구를 움켜쥐고 있었다.

"나 좀 도와줘요."

루스 앤의 목소리였다.

"다른 손도 이쪽으로 뻗어봐요."

에이미가 루스 앤의 양 손목을 꽉 움켜잡았다. 하지만 문제가 있었다. 루스 앤의 양팔은 피범벅이 되어 아무리 붙잡으려 해도 계속 미끄러지기만 했다. 에이미는 손바닥을 청바지에 쓱 문질러 닦고 다시 루스 앤의 팔을 잡아당겼다. 조금씩 몸이 움직이는 것이 느껴지더니, 잠시 후 구멍 밖으로 루스 앤의 머리와 어깨가 차례로 드러났다.

"다 잘될 거예요. 잠시 후면 당신은 거실 소파에 편안하게 앉아서 〈리얼 하우스와이프〉를 보게 될 거예요. 크리피 크롤리 같은 건 더 이상 생각나지도 않을 거예요."

루스 앤을 안심시키려고 말을 이어가던 에이미는 그녀의 손에서 이상한 점을 발견했다. 그녀의 손끝은 굳은살이 박인 듯 딱딱했다. 하지만 손톱은 하나도 보이지 않았고 손끝에는 생살이 드러나 있었다. 루스 앤은 맨손으로 도망칠 구멍을 파냈던 것이다. 벌건 생살 아래 하얀 뼈마디가 살짝 드러나 있는 것이 보였다.

"에이미!"

루스 앤이 비명을 질렀다.

뭔가가 그녀를 붙잡은 것이다. 그녀는 다시 구멍 속으로 끌려 들어가고 있었다. 에이미가 그녀의 어깨를 붙잡았지만, 구멍 안에서 루스 앤을 잡아당기는 힘은 에이미가 감당할 수 없을 정도로 강했다.

"꽉 잡아요."

에이미가 말했다.

"난 그놈들 보기 싫어요!"

루스 앤이 공포에 사로잡혀 횡설수설했다.

"절대 놓지 않을게요."

에이미는 두 발로 벽을 딛고 몸을 뒤로 젖혔다. 하지만 루스 앤은 점점 그녀의 손에서 빠져나가고 있었다. 루스 앤의 몸이 다시 어두컴컴한 구멍 속으로 빨려 들어갔다.

"살려줘요!"

에이미는 얼른 몸을 돌려 구멍 안으로 머리를 들이밀었다.

구멍 안에는 석고 벽과 금속 배관으로 둘러싸인 비좁은 통로가 있었다. 무릎을 꿇고 기어가기에도 좁은 길이었다. 에이미는 배를 깔고 엎드린 채 발끝으로 바닥을 밀면서 천천히 나아갔다.

루스 앤이 뒤를 잡힌 채 끌려가는 것이 보였다. 그녀는 피 묻은 손으로 알루미늄 배관들을 미친 듯 더듬었지만, 붙잡을 만한 것은 아무것도 없었다. 에이미는 힘껏 몸을 앞으로 뻗어 양손으로 그녀의 손목을 잡았다. 손전등이 바닥을 구르며 비좁은 통로 이곳저곳을 비췄다.

"됐어요. 내가 잡았어요. 절대 놓지 않을게요."

에이미가 말했다.

하지만 루스 앤은 고개를 저었다. 그리고 자신에게 주어진 운명을 이미 알고 있다는 듯 차분해진 목소리로 입을 열었다.

"에이미 혼자 힘으로는 어림도 없어요."

"아니에요. 할 수 있어요."

"에이미는 한 사람이지만, 저들은 여럿이에요. 에이미, 내 말 꼭 기억해요. 이건 당신 잘못이 아니에요."

루스 앤을 잡아당기는 힘은 더욱 강해졌고, 결국 에이미의 손에서 루스 앤을 빼내 깊은 어둠 속으로 끌고 들어갔다. 에이미는 몸을 꿈틀거리며 앞으로 나아갔지만 그들의 속도를 따라갈 수는 없었다.

"루스 앤!"

에이미가 루스 앤을 불렀지만 그녀의 친구는 아무런 반응도 보이지 않았다. 그녀는 더 이상 저항하지도 않았고 버티려고 애쓰지도 않았다.

"걱정 말아요. 내가 그들을 보지 않으면, 그들도 나를 보지 못해요."

루스 앤은 말을 마치자마자 뼈마디가 드러난 딱딱한 손가락을 눈구멍 안에 깊숙이 쑤셔 넣고 눈알을 뽑아냈다.

"안 돼!"

에이미가 소리쳤다.

그녀는 손전등을 찾아 들고 루스 앤이 끌려간 방향으로 불빛을 비췄다. 하지만 이미 늦었다. 루스 앤의 모습은 더 이상 보이지 않았다. 남은 것은 벽에 찍힌 그녀의 핏빛 손자국뿐이었다. 축 늘어진 몸이 더 깊은 어둠 속으로 질질 끌려가는 소리가 나지막하게 통로를 울렸다.

　루스 앤은 그날 아침 에이미가 해고당할 거라 생각하고 속상해할 때 그녀를 꼭 안아주었던 사람이다. 지금 루스 앤의 집 소파에서는 스누피가 그녀와 함께 TV를 보기 위해 기다리고 있을 것이다. 칼이 날카로운 수갑으로 목을 갈랐을 때도 루스 앤은 망설이지 않고 블라우스를 벗어 상처를 감쌌다. 루스 앤은 그들 중 가장 용감한 사람이었다.

　에이미는 가슴 깊은 곳에서 뭔가 묵직하고 뜨거운 것이 치솟는 것을 느꼈다. 반드시 모두 찾아내리라! 모두를 찾아 함께 이곳을 탈출하고 말리라! 무엇이 그녀를 가로막든, 어떤 고생을 치러야 하든 상관없었다. 그녀는 이미 너무 많은 것을 포기했다. 이번만큼은 결코 포기하지 않을 것이다. 다른 사람들은 절대 루스 앤이 당한 일을 겪게 하지 않을 것이다.

　에이미는 간신히 구멍 밖으로 나왔다. 갈비뼈 주위의 피부가 다 벗겨졌지만 그녀는 개의치 않았다. 그녀는 비품실 문을 조용히 닫고 사무실이 늘어선 복도를 살금살금 걸었다. 카페로 들어가는 양쪽 여닫이문에 이르자, 그녀는 손전등 전원을 끄고 문 한쪽만 살짝 열어 카페 안으로 들어갔다. 오른쪽에 난 창을 통해 오렌지색 불빛이 카페 안을 밝히고 있었다. 덕분에 그녀는 부대용품 판매 코너로 내려가는 계단과 엘리베이터를 쉽게 찾을 수 있었다. 왼쪽으로 어린이방도 보였다. 어두운 그림자가 잔뜩 드리워 있었지만 그 정도면 방향을 찾기에 충분했다.

　그녀가 잠시 방심한 사이, 오른쪽에서 뭔가 움직이는 것이 느껴졌다. 그녀는 재빨리 손전등을 켜고 카페 내부를 향해 불빛을 비췄다. 가장 먼저 눈에 띈 것은 웬 남자의 등이었다. 그는 넓은 줄무늬가 그려진 낡은 회색 코트를 입고 있었다. 남자는 양팔을 오른쪽으로 뻗더니, 옆에 있던 다른 남자에게서 아르슬레 의자를 건네받았다. 두 사람은 의자 다리를 양손으로 잡고, 마치 친구 집에서 이삿짐을 나르듯 가슴 높이에서 의자를 주고받고 있었다. 의자를 넘겨받은 남자는 왼쪽으로 몸을 돌려 옆에 있는 다른 남자에게 건넸고, 그런 똑같은 과정이 원을 그리고 서 있는 사람들을 따라 이어졌다.

그들의 수는 에이미를 벌벌 떨게 만들 정도로 많았다. 그녀는 스물한 명까지 센 뒤 세는 것을 관뒀다. 더 많은 사람이 있다 한들 그녀는 알고 싶지 않았다. 남자들은 마치 기계의 피스톤이 움직이듯 일정한 속도로 열두 개가 넘는 의자를 옆 사람에게 건네받고 또 건네주었다. 그들은 그녀가 앞에 있다는 사실조차 눈치채지 못하는 듯 작업에만 열중했다. 그때 계단의 어둠에서 뭔가 움직임이 느껴지자, 에이미는 그곳을 향해 손전등을 비췄다. 어둠 속에서 네 사람이 계단을 올라오고 있었다. 그들은 카페에서 의자를 옮기는 남자들처럼 비쩍 마르거나 지저분하지 않았다. 그들은 머리에 두건을 쓰고 허리띠에는 곤봉을 찬 채, 그녀를 향해 로봇처럼 거침없이 다가왔다. 에이미는 그들이 교도관이라는 사실을 깨달았다. 그들은 도망친 죄수나 훈육이 필요한 말썽꾼을 잡아들이는 사람들이었다. 에이미는 지금 그들의 목표물이 자신이라는 사실을 알고 있었다.

에이미는 다시 카페로 눈을 돌렸다. 작업에만 열중하던 남자들이 모두 의자를 내려놓고 그녀를 뚫어지게 바라보고 있었다.

에이미의 입안이 바짝 말랐고, 위에서는 신물이 넘어왔다. 제정신인 사람이라면 어디로든 도망쳤을 테지만, 그녀는 이미 자신을 향한 수많은 시선에 압도되어 그럴 정신조차 없었다.

그들의 얼굴은 끔찍했다. 그 얼굴들은 검은 막을 씌워놓은 듯 불투명하게 얼룩져 있었다. 누군가가 더러운 지우개로 눈, 코, 입을 모두 지워, 경계가 불분명한 작은 덩어리들과 지저분하게 번진 자국만 남은 것 같았다. 그것은 인간의 얼굴이 아니었다. 누군가가 그들의 얼굴에서 '인간'을 지워버린 것이다.

그녀는 다시 계단 쪽을 바라보았다. 두건 쓴 남자들이 이미 계단 끝까지 올라와 그녀를 향해 걸어오고 있었다. 깜짝 놀란 그녀는 곧장 어린이방을 향해 달렸다.

그녀는 손전등을 끄고 어둠 속에 몸을 숨겼다. 뒤에서 그녀를 쫓는 묵직한 발소리가 들렸지만 그녀는 뒤돌아보지 않고 계속 달렸다. 그녀는 자신이 어디로 가야 하는지 정확하게 알고 있었다. 가구 사이로 이리저리 몸을 숨기며 동굴 같은 어린이방을 통과했고, 삐죽이 솟은 옷장들 사이를 쏜살같이 지나쳤다. 그런 다음 욕실을 지나 마침내 피님브룬 침실 전시장에 도착한 그녀는 손전등을 바닥으로 향하고 주변을 둘러보았다. 바닥은 모래와 진흙으로 뒤덮여 있었다. 그 진창 속에서 그녀는 메종시크 벽장 세트 앞으로 길게 이어진 검은색 오물 덩어리를 발견했다. 원점으로 돌아온 것이다. 벽장 맞은편 좁은 복도 끝에 가짜 나무 문이 보였다. 문은 광대의 쩍 벌어진 입처럼 입구를 활짝 연 채 그녀를 기다리고 있었다.

베이즐이 저 안에 있을 것이다. 어쩌면 맷과 트리니티도 있을지 모른다. 루스 앤은 이미 손쓸 수 없게 돼버렸지만, **다른 사람들**은 아직 기회가 있다. 그녀는 문안으로 들어가야 했다. 에이미는 깊은 숨을 한번 들이마셨다. 활짝 열린 문에서 차가운 바람이 실어온 축축한 악취가 그녀의 폐를 가득 채웠다. 그녀는 달렸다. 손전등으로 길을 밝히며 벌집의 한가운데를 향해 돌진했다.

14

요들뢰프

멀쩡한 사람도 불구로 만드는 이 치명적인 강철 모자를 쓰고 있다면, 몸을 조심스럽게 편 상태로 흔들림 없이 천천히 걸어가기 바랍니다. 영원히 복종시켜야 할 사람이 있다면 **요들뢰프**를 선물하세요. 머리와 고개가 저절로 공손하게 숙여질 것입니다. 작은 움직임에도 민감하게 반응하는 요란한 방울도 달아드려요.

소재: 철
사이즈: W 47×D 36×H 41cm
제품번호: 3927272666

통로 안은 어찌 된 일인지 전보다 좁아 보였다. 시큼한 썩은 내가 머릿속을 가득 채웠다. 에이미는 손전등으로 통로를 비춰 어둠을 몰아냈다. 허름한 석고 벽은 물에 젖어 있었고 나병 환자의 피부처럼 금방이라도 바스러질 것 같았다. 모래가 깔린 바닥은 물렁하면서 울퉁불퉁했고, 천장에는 지저분한 물과 끈적끈적한 점성 물질이 종유석처럼 자라 있었다.

에이미는 통로를 따라 계속 달렸다. 저 앞에서 통로가 오른쪽으로 휘어지며 어둠 속으로 사라지는 것이 보였다. 모퉁이에 도착한 그녀는 잠시 망설이다가 손전등으로 길을 비추며 조심스럽게 방향을 꺾었다. 통로는 마치 기다리고 있었다는 듯 평온하게 그녀를 맞이했다. 9미터 정도 더 걸어가자 길이 두 갈래로 나뉘었다. 그녀는 왼쪽 길을 선택했다. 이유는 없었다. 그저 본능에 따를 뿐이었다. 처음에는 왼쪽 길, 그다음은 오른쪽, 다시 오른쪽, 그다음에는 다시 왼쪽 길을 선택하며, 그녀는 점점 더 벌집 깊숙이 들어갔다.

통로는 조금씩 더 좁아졌고, 어느새 그녀의 양쪽 어깨가 벽에 스칠 정도가 되었다. 그녀는 베이즐이나 맷, 혹은 트리니티의 목소리를 찾아 귀를 기울였다. 하지만 들리는 거라고는 벽을 따라 물방울이 똑똑 떨어지는 소리뿐이었다. 물방울은 금세 바닥에 작은 웅덩이를 만들었다. 밀실공포증이 밀려왔다. 만약 지금 발길을 돌려서 왔던 길을 되돌아간다 해도, 길은 이미 바뀌어 있을 것이다. 등골이 오싹해지는 생각이었지만, 에이미는 확신했다.

'여긴 애초에 방향을 잃도록 설계된 곳이야. 그냥 앞으로 가는 것 외에는 방법이 없어.'

그녀는 공포심을 누그러뜨리려고 애썼다.

오른쪽, 왼쪽, 왼쪽, 다시 오른쪽 길을 선택했다.

천장에서 떨어진 차가운 물방울이 날카로운 바늘이 되어 그녀의 목덜미를 파고들었다. 그녀는 감전된 것처럼 온몸을 파르르 떨었다. 정신이 번쩍 드는 것 같았다. 목덜미에 묻은 물방울을 손으로 쓱 닦고 보니, 노란 오물이 잔뜩 섞여 있었다. 종기에서 짜낸 고름 같았다. 벽은 점점 더 공간을 줄이면서 그녀를 압박했고, 공기는 숨도 쉬지 못할 만큼 무거워졌다. 머리가 아파왔다.

왼쪽, 오른쪽, 오른쪽, 다음은 왼쪽 길이다.

모퉁이를 도는 순간 그녀가 갑자기 걸음을 멈추었다. 지금까지와는 전혀 다른 통로가 눈앞에 펼쳐졌던 것이다. 양쪽으로 물이 줄줄 흐르는 석고 벽 대신 긴 쇠살대가 문과 같은 형태로 줄지어 있었다. 살대 간의 폭은 60센티미터 정도였고, 가로 살대와 세로 살대가 십자 모양으로 교차하고 있었다. 그녀는 어떻게 해야 할지 잠시 망설였다. 천장에서 떨어진 차가운 물방울이 마치 재촉하듯 그녀의 정수리를 톡 두드렸다. 쇠살문이 잠겨 있는지 열려 있는지도 알 수 없었고, 어둠 속에 뭔가가 숨어 있는지도 알 수 없었다. 하지만 목표 지점에 가까워지고 있는 것만은 확실했다. 건물은 이곳을 숨기기 위해 끈질기게 그녀를 교란했다. 하지만 그녀는 결국 찾아내고 말았다.

그녀는 조심스럽게 걸음을 내딛고 또 다음 걸음을 옮겼다.

"부지점장님? 맷? 트리니티?"

그녀가 작게 속삭였다.

저 앞 왼쪽에 허연 벌레 같은 것이 쇠살문 밖으로 꿈틀꿈틀 기어 나오는 것이 보였다. 가까이 다가가보니 그것은 벌레가 아니라 손가락이었다. 사람 손이 살대 사이를 비집고 나와 그녀를 향하고 있었다. 차가운 공기 속에서 때 묻은 손가락들이 흡사 말미잘처럼 하늘거렸고, 손끝은 그녀의 냄새를 맡고 있었다.

에이미는 손전등을 들어 통로 이곳저곳을 비춰보았다. 다른 쇠살문에도 창백한 살덩이들이 덕지덕지 붙어 있었다. 수백 개의 손이 머리카락처럼 쇠살대를 비집고 나와, 살아 있는 거대한 벽을 이루었다. 에이미는 빠르게 걷기 시작했다. 손들이 그녀의 얼굴과 허벅지, 엉덩이, 가슴 위를 정신없이 더듬었다. 그녀의 옷을 잡아당기고 그 속으로 파고들었다.

다시 쌍갈랫길이 나타났다. 왼쪽 길을 선택할 차례다. 이번에도 수많은 쇠살문과 몸부림치는 손가락으로 가득한 통로가 펼쳐졌다. 다음은 오른쪽 길을 선택했다. 천장의 물방울들이 꼭 비가 내리듯 빠른 속도로 떨어졌다. 에이미는 소매로 얼굴을 닦아내며 다시 한 번 모퉁이를 돌았다. 이제 그녀는 완전히 길을 잃었지만 목표물에 가까워지고 있는 것만은 확실했다. 이번에는 조금 더 넓은 통로가 그녀를 맞이했다. 양쪽으로 널찍한 방들이 줄지어 있었고, 벽과 벽 사이의 공간도 훨씬 넉넉했다. 그녀는 방처럼 생긴 공간에 손전등을 비추고 하나씩 살펴보았다. 방에는 쇼룸에서 가져온 것으로 보이는 가구들이 비치되어 있었다. 참회자들이 겨울 맞을 준비를 하는 곤충처럼 이곳에 가구를 끌어다놓은 것일까? 한 곳에는 쿰메르스페크 책상과 의자가 깔끔하게 정돈된 상태로 놓여 있었고, 또 다른 방에는 흰곰팡이가 잔뜩 낀 스콥시(Skoptsy) 소파베드 매트리스가 벽에 힘없이 기대어 있었다. 유리 믹싱 볼을 잔뜩 모아놓은 방도 있었다. 손전등 불빛을 받은 맑은 유리 조각들이 피를 보기 위해 잘 다듬은 무기처럼 날카롭게 번쩍였다.

통로의 마지막 방에는 뭉오(Mungo) 수건걸이 시스템이 있었다. 뭉오는 세련된 곡선을 그리는 두 개의 매끈한 강철봉으로 이루어져 있는데, 위쪽의 봉에는 큰 수건을 걸고 좀 더 얇은 아래쪽 봉에는 손을 닦는 작은 수건이나 세수수건을 걸도록 되어 있다. 뭉오는 욕실에서 가장 잘 팔리는 제품 중 하나였지만, 이곳 벌집에서는 다른 용도로 사용되고 있었다. 축 늘어진 남자의 몸이 거기에 매달려 있었던 것이다. 남자의 두 손은 등 뒤로 묶인 채 위쪽 봉에 가죽끈으로 고정되어 있고, 교차시킨 두 다리는 아래쪽 봉에 묶어놓은 탓에 남자의 몸은 활 모양으로 기괴하게 휘어 있었다. 머리에는 검은색 액체가 뚝뚝 떨어지는 위디풀(Widdiful) 베갯잇이 두건처럼 씌워져 있었다. 그때 낯익은 셔츠와 바지가 에이미의 눈길을 사로잡았다. 남자가 몸을 꿈틀대자 두건 속에서 작은 종소리가 들렸다.

"부지점장님?"

그녀가 속삭이듯 말했다.

남자는 고통으로 가득 찬 신음을 내뱉더니 다시 한 번 몸을 흔들었다. 방울 소리가 더욱 요란하게 통로 안에 울려 퍼졌다.

"저예요. 저 다시 왔어요."

에이미는 손가락 끝으로 베갯잇을 살짝 집어 그의 머리에서 벗겨 냈다. 베이즐의 머리에는 마치 새장처럼 생긴 강철 틀이 씌워져 있었다. 철 조각들은 나사를 이용해 서로 꽉 조여져 있고, 목둘레에는 강철 모자가 벗겨지지 않도록 볼트가 채워져 있었다. 베이즐이 움직일 때마다 목에 달린 금속 방울이 흔들렸다. 그의 한쪽 눈은 너무 부풀어 올라 뜨지도 못할 지경이었고, 다른 쪽 눈은 피범벅이 되어 있었다. 윗입술은 찢어지고 광대뼈는 멍들고 부어 있었다. 베이즐이 엉망이 된 얼굴을 들어 에이미를 바라보았다.

"……미?"

그가 중얼거렸다.

"네, 저예요. 제가 풀어드릴게요."

베이즐이 울음을 터뜨리듯 숨을 헐떡였다. 에이미는 먼저 그의 손목을 묶고 있는 가죽끈을 살펴보았다. 너무 팽팽하게 당겨져 도저히 매듭을 풀 수가 없을 것 같았다. 좀 더 살펴보니, 뭉오를 벽에 고정하고 있는 받침판의 나사들이 베이즐의 무게를 이기지 못하고 벽에서 떨어져 나갈 듯 덜렁거리고 있었다. 에이미는 한 발로 벽을 버티고 강철봉을 힘껏 잡아당겼다. 베이즐의 무게로 이미 벽에서 많이 빠져 나와 있던 나사못들이 우수수 떨어졌고, 베이즐도 얼굴을 아래로 향한 채 바닥에 툭 떨어졌다. 그는 고통에 몸부림쳤고, 방울 소리는 더욱 요란하게 울려 퍼졌다.

가죽끈은 아래로 팽팽하게 잡아당겨졌을 때와는 달리 한층 느슨해져 있었다. 에이미는 재빨리 매듭을 손에 쥐고 긴 끈을 발로 눌러가며 얽힌 것들을 풀어냈고, 마침내 축 늘어진 가죽끈을 바닥에 조심히 내려놓았다. 하지만 진짜 문제는 베이즐의 머리를 감싸고 있는 강철 모자였다. 에이미는 목둘레를 조이고 있는 볼트를 잡고 비틀었다. 다행히 볼트가 움직이기 시작했다. 그녀는 틈이 충분히 벌어질 때까지 계속해서 볼트를 돌려 잠금장치를 열고, 마침내 그 흉측한 강철 덩어리를 멀리 던져버렸다.

머리를 짓누르는 무게에서 해방된 베이즐은 온몸이 구겨진 채 그대로 바닥에 엎드려 뜨거운 눈물을 쏟아냈다.

"자, 이제 몸을 돌려볼게요."

에이미가 말하고 그를 살짝 들어 옆으로 눕혔다. 그는 고통스러운지 거친 숨을 훅 내뱉었다. 그녀는 몸 아래에 깔려 있는 베이즐의 팔을 조심스럽게 빼내고, 감각이 되살아나기를 바라며 그의 손목을 부드럽게 마사지했다.

"제 말 들리세요?"

에이미가 물었다.

"내 팔…… 부러진 겁니까?"

베이즐이 떨리는 목소리로 물었다.

에이미는 대답할 수 없었다. 부러진 팔을 한 번도 본 적이 없었던 것이다.

"이제 여기에서 나가요. 건물이 우리를 방해할 거예요. 방향을 잃고 헤매도록 머릿속을 조종하고 혼란스럽게 할 거예요. 하지만 정신만 바짝 차리면 이겨낼 수 있어요. 싸워서 이겨야 한다고요. 아시겠죠?"

베이즐은 여전히 고통스러운 듯 두 눈을 꾹 감았다.

"도망치라고 했잖아요."

그가 말했다.

"제가 원래 말을 잘 안 듣잖아요."

에이미의 대답에 베이즐의 얼굴이 움찔움찔 움직였다. 에이미는 그가 뭘 한 건지 알 수 없었다. 입술이 바짝 당겨 올라가면서 피 묻은 이가 드러났고, 양볼과 이마에는 주름이 잔뜩 생겼다. 그는 미소 짓고 있었다.

"파트장······."

그가 중얼거렸다.

"네?"

그는 헛기침을 한번 하고 피를 잔뜩 뱉어낸 다음 다시 입을 열었다.

"파트장감이라고요. 난 처음부터 알아봤어요."

베이즐은 에이미의 부축을 받아 상체를 일으켰다. 그리고 축축하게 젖은 석고 벽에 늘어지듯 등을 기댔다.

"요시아 워스라는 그 교도소장이었습니다. 그놈이 이런 짓을 했어요. 내가 너무 나약하고 비효율적이라고 하더군요. 그래서 자기가 나 대신 직원들을 관리하겠다고요."

그가 다시 말했다.

"부지점장님은 좋은 분이에요. 훌륭한 상사고요."

베이즐은 힘없이 고개를 저었다.

"트리니티는 어디 있죠?"

"많이 다쳤어요. 하지만 아직 매장 어딘가에 있을 거예요. 맷이 트리니티를 찾고 있어요."

에이미가 대답했다.

"맷은 무사한가요?"

"아마 아닐 거예요."

대답을 마친 에이미는 잠시 머뭇거렸다. 그녀는 다음에 이어질 말을 과연 해도 될지 확신할 수 없었다.

"저······ 루스 앤을 놓쳤어요."

"놓치다뇨? 무슨 뜻이죠?"

"구하지 못했어요. 죽었다고요."

에이미는 눈물을 참기 위해 침을 꿀걱 삼켰다. 작은 유리 조각이 목을 타고 넘어가는 것 같았다.

베이즐은 머리를 뒤로 젖혀 벽에 대고 두 눈을 질끈 감았다.

"내 잘못이에요. 오늘 밤 근무를 시키지 말았어야 했는데, 다 내 탓이에요. 나 때문에 죽은 겁니다. 내가 일을 다 망쳤어요. 내가 루스 앤을 죽였다고요."

"부지점장님 잘못이 아니에요. 누구의 잘못도 아니에요."

에이미가 말했지만 베이즐은 고개를 세차게 흔들었다.

"내가 계획한 일이었어요. 내가 당신과 루스 앤을 선택했죠. 이 기회에 당신과 좀 더 이야기를 나눠보려는 생각이었는데……."

"네? 그게 무슨 말씀이세요?"

에이미가 물었다.

"당신과 단둘이 얘기를 나누다 보면 당신이 인기 있는 이유를 알 수 있을 것 같았거든요. 다들 당신과 얘기하는 걸 좋아하잖아요."

베이즐이 대답했다.

"인기라뇨! 아니에요."

에이미가 말했다.

"난 지루한 인간이에요. 관리직이 되기 전까지는 먼저 말 걸어오는 사람도 없었어요."

에이미는 잠시 생각에 잠겼다.

"그보다 훨씬 큰 결점을 가진 사람들도 많죠."

한참을 고민하던 그녀가 마침내 진지한 목소리로 말했다.

두 사람은 아무 말 없이 한동안 그곳에 앉아 있었다. 에이미는 베이즐이 잠들어버린 것은 아닌지 걱정되었다.

"이제 일어나야 해요. 잠은 탈출한 뒤에 실컷 잘 수 있어요."

그녀는 베이즐을 부축해 일으켜 세우려 했지만, 그는 쇼룸으로 돌아갈 생각이 전혀 없는 것 같았다. 그에게는 자극이 필요했다. 누군가 그에게 반드시 살아 돌아가야 할 이유를 일러줘야 했다.

"동생이 있잖아요. 지금도 집에서 부지점장님만 기다리고 있을 거예요."

"내일이 그 아이 생일이에요. 정확히 말하면 오늘이죠."

베이즐이 말했다.

"이름이 뭐예요?"

"쇼네트예요. 벌써 열 살이 됐네요."

"선물은 사셨어요?"

"레고 장난감을 샀죠. 아이패드를 가지고 싶어 했는데, 그럴 형편은 안 되거든요."

"케이크는요? 사셨어요?"

"만들어야 해요. 우리 가족만의 전통 같은 거죠. 늘 같이 케이크를 만들었어요."

"그럼 더 서둘러야겠네요. 어서 가서 케이크 만들어야죠."

에이미가 말했다.

"일 분만요. 딱 일 분만 더 있다가 가요."

베이즐이 말했다.

에이미는 베이즐 옆에 앉았다. 샛노랗게 빛나던 손전등 불빛이 오래된 해골 색깔처럼 누리끼리하게 변했다. 배터리가 얼마 남지 않은 것이다. 좋아, 딱 일 분만 쉬는 거다. 아무것도 하지 않고 가만히 앉아 있자니 모처럼 편안한 기분이 들었다. 뛰거나 움직이지 않는다. 어쩌면 이것이 정답 아니었을까? 그들은 안전하게 그곳에 숨어 기다리면 된다. 아침이 되면 직원들이 출근해 그들을 발견할 것이다. 두려움에 쫓기며 힘든 결정을 내릴 필요도 없다. 손전등 불빛이 점점 약해졌다. 잠시 뒤면 불빛이 꺼질 것이다. 그들은 어둠 속에 조용히 몸을 숨기고 가만히 앉아 있기만 하면 된다.

그때 에이미의 마음 한구석에서 작지만 날카로운 외침이 들렸다. 이건 잘못된 생각이다. 건물이 또 수작을 부리고 있는 것이다. 그녀의 머릿속을 파고들어 와, 그녀로 하여금 예전처럼 두려워하고 포기하도록 조종하고 있다. 에이미는 손톱이 빠진 손가락을 찾아 있는 힘껏 꼬집었다. 깜깜하던 눈앞에 하얀 별빛이 번쩍거렸다. 정신을 차린 그녀는 자리에서 일어났다. 그녀가 손뼉을 치자 좁은 방 안에 메아리가 울려 퍼졌다.

"이제 그만 쉬어요. 탈출하기 전에 늘어져버리면 안 돼요."

그녀가 말했다.

"일 분만 더 쉬어요."

베이즐이 정신 나간 듯 멍한 표정으로 그녀를 올려다보았다.

"안 돼요."

에이미는 단호하게 말하고 그의 팔을 잡아당겼다.

"건물이 우리를 조종하는 거예요. 지금 상태에 안주하고 포기하도록 만드는 거라고요. 자, 기운 내세요. 어서 움직여봐요."

에이미는 헬스 트레이너처럼 손뼉을 치고, 다그치고, 협박을 하고, 팔을 끌어당겼다. 그녀의 손에 이끌려 마침내 베이즐은 자리에서 일어섰다.

"으아……."

그의 터진 입술 사이로 걸걸한 신음이 새어 나왔다.

에이미는 비틀거리는 베이즐의 몸에 팔을 감아 그를 부축했다. 베이즐은 한동안 걸음을 옮기지 못했다. 피가 한꺼번에 다리로 쏠리자, 죽어 있던 종아리와 발에 찌르는 듯한 고통이 느껴졌던 것이다. 베이즐은 낮은 신음과 함께 허리를 숙였고, 에이미는 그가 쓰러지지 않도록 꽉 붙잡은 채 고통이 지나가기를 기다렸다.

"어느 길로 가면 되죠?"

베이즐이 물었다.

"따라와요."

그녀는 자신감 넘치는 목소리로 대답했지만, 길을 모르기는 그녀 역시 마찬가지였다. 언젠가 미로에서 길을 잃었을 때는 무조건 오른쪽 벽을 따라가라는 말을 들은 적이 있었다. 훌륭한 계획은 아니었지만, 집중할 거리로는 충분했다. 이 건물이 그녀의 머릿속을 또다시 엉망진창으로 만들지 않게 하려면 뚜렷한 목표가 필요했다.

그녀는 절뚝거리는 베이즐을 부축해 방을 나섰다. 하지만 몇 걸음 옮기지 못하고 베이즐은 무릎에 힘이 빠져 바닥에 쓰러지고 말았다.

"너무 춥군요."

그가 신음하듯 말했다.

에이미는 희미해진 손전등 불빛으로 바닥을 비췄다. 그의 맨발은 흠뻑 젖어 있었다. 바닥에 얇은 막을 깔아놓은 듯 물이 얕게 흐르고 있었던 것이다. 그의 뒤꿈치에 흐르는 물이 부딪쳐 작은 폭포를 이루고 있었다.

"뭘 쏟았나 봐요."

에이미가 말했다.

"수도관이 터진 걸 거예요."

베이즐이 에이미의 부축을 받아 일어나며 말했다.

그의 말이 맞았다. 물은 계속해서 쏟아져 들어왔다. 아직은 겨우 몇 센티미터 정도 깊이에 불과했지만, 멈출 기미가 보이지 않았다. 그들은 좀 더 빠른 걸음으로 이동하기 시작했다. 찰박찰박 하는 발소리가 통로 안에 메아리쳤다.

"여기에서 어떻게 나가죠?"

베이즐이 물었다.

에이미는 오래전 들었던 미로 찾기 요령을 설명하려 했지만, 순간 더 좋은 생각이 떠올랐다.

"물길을 따라가면 돼요. 물은 빠져나갈 구멍이 있는 쪽으로 흐르니까요."

흐르는 물에서 얼음장같이 차가운 공기가 뿜어져 올라왔다. 그들은 철벅거리며 통로를 따라 걸었고, 마침내 모퉁이를 돌아 쇠살대가 늘어선 길에 이르렀다. 살대 사이로 수많은 손이 삐죽이 튀어나와 꿈틀거렸다. 손들은 두 사람의 등장에 흥분했는지, 그들의 체취를 움켜쥐려는 듯 격렬하게 움직였다.

"이게 대체 뭐죠?"

베이즐이 물었다.

에이미가 죽어가는 손전등을 그에게 건네며 입을 열었다.

"손전등으로 앞을 비추고 제 뒤에 바짝 붙어서 따라오세요."

"수가 너무 많아요."

베이즐이 겁먹은 듯 말했다.

"다른 방법이 없어요. 여기서 그만두실 거예요?"

베이즐은 고개를 저었다. 에이미는 그가 다른 말을 꺼내기 전에 얼른 그의 허리띠를 움켜쥐고 꿈틀거리는 손들 속으로 뛰어들었다. 거친 손들이 어둠 속에서 펄럭이며 날아온 흰 박쥐처럼 사정없이 그녀를 덮쳤다. 쉴 새 없이 할퀴고 붙잡고 쥐어뜯는 손들 속에서, 에이미는 고개를 푹 숙인 채 정신없이 앞으로만 돌진했다. 손들은 그녀의 머리채를 잡아뜯고, 그녀의 입안에 들어가 볼을 할퀴고, 옷을 낚아채 갈기갈기 찢었다. 눈을 철썩 때렸을 때는 머릿속에 하얀 불꽃이 보이기도 했다. 그들은 그녀를 끌어당겨 쓰러뜨리려 하고 있었다.

에이미는 더러운 손에서 묻은 오물에 뒤덮인 채 비틀비틀 걸음을 옮겼다. 온몸이 떨리고 눈에서는 눈물이 흘렀지만, 그녀는 베이즐의 허리띠를 꽉 붙잡고 계속해서 앞으로 나아갔다. 그녀는 다른 한 손을 들어 밀려드는 손들을 쳐내려 했지만, 그들은 그녀의 손가락을 잡아 부러뜨리고는 얼굴을 잡아뜯기 시작했다. 그리고 잠시 후, 모든 것이 끝났다.

에이미와 베이즐은 해변으로 헤엄쳐 나온 사람들처럼 축 처진 채 비틀거렸고, 마침내 통로 끝에 멈춰 서서 숨을 헐떡거렸다. 베이즐은 두 눈을 커다랗게 뜨고 바닥을 뚫어지게 바라보았다. 여기저기 찢긴 그의 입술이 소리 없이 움직였다. 손들이 그의 상처를 벌려놓아 다시 피가 쏟아져 나오고 있었다. 에이미는 허리띠를 잡고 있던 손을 풀고 그의 상처를 향해 몸을 기울였다.

"당신 머리카락이…… 뜯겨져 나갔어요."

베이즐이 말했다.

에이미는 팔을 들어 머리를 만져보았다. 손가락에 끈적끈적한 피가 묻어났다. 순간 차가운 뭔가가 그녀의 발을 감싸자, 그녀는 깜짝 놀라 몸을 움찔했다. 그녀의 척테일러 운동화가 흠뻑 젖어 신발 속까지 물이 차올랐던 것이다.

"일단 계속 가죠. 거의 다 왔어요."

그녀가 말했다.

그들은 갈림길이 나올 때마다 물이 흐르는 방향을 따라 움직였다.

수위가 점점 높아졌지만, 그것은 그들이 제대로 가고 있다는 증거였다. 물은 저항이 가장 적은 쪽으로 움직인다. 따라서 물이 흐르는 방향을 따라가면 반드시 빠져나갈 길이 나올 것이다. 희미해진 손전등 불빛은 이제 더 이상 어둠을 몰아내지 못했다. 검게 차오르는 물의 표면만 간신히 비출 뿐이었다. 베이즐은 피를 많이 흘렸음에도 꿋꿋하게 에이미의 뒤를 따랐다. 그가 조금이라도 뒤처지면 에이미는 그의 부러지지 않은 팔을 잡고 당겨주었다. 두 사람은 그렇게 걸음을 맞추며 앞으로 나아갔다. '가라앉는 배에서 도망치는 쥐 새끼 신세구나.' 에이미는 씁쓸한 생각을 지우며 걸음을 재촉했다.

두 사람은 다시 한 번 모퉁이를 돌았고, 마침내 그들 앞에 하얀색 싸구려 나무 문의 뒷면이 모습을 드러냈다. 겨우 6미터 거리였다. 저 문만 통과하면 쇼룸에 들어갈 수 있다. 문 앞에는 물이 잔뜩 고여 있었지만 에이미는 철벅거리며 앞으로 나아가 손잡이를 잡고 힘껏 문을 밀었다. 문이 열리자 고여 있던 물이 폭포처럼 쏟아져 나왔다. 거센 물줄기가 쇼룸 침실을 향해 쭉쭉 뻗어나가더니 피코네와 피넘브룬 밑으로 모습을 감췄다.

"쇼룸에 홍수라니, 본사에서 알면 난리가 나겠군요."

베이즐이 전시용 침대에 털썩 주저앉으며 중얼거렸다.

"지금 그런 걱정 할 때가 아니에요."

에이미가 베이즐의 손에 들려 있던 손전등을 다시 가져가며 말했다. 문득 에이미의 머릿속에 뭔가가 떠올랐다.

"침실! 우리 지금 침실에 있잖아요. 이쪽으로 오세요."

그녀가 손전등을 쥐고 달리기 시작했다. 베이즐도 그 뒤를 좇았다. 희미한 손전등 불빛이 금방이라도 꺼질 듯 촛불처럼 껌벅거렸다. 에이미는 손전등을 높이 들어 바닥을 비추다가 침대가 보일 때마다 그

아래로 기어들어갔다.

"대체 뭘 찾는 거예요?"

베이즐이 물었다.

"가방요. 맷의 장비 가방에 손전등이 있어요."

에이미가 대답했다.

"하지만 여긴 너무 넓어요, 에이미. 일일이 뒤질 시간이 없다고요."

에이미가 순간 걸음을 멈췄다. 그녀는 한곳을 뚫어지게 바라보고 있었다. 뮈스크였다. 튀어 오르듯 뮈스크에 달려든 그녀는 침대 아래로 기어들어가 물이 뚝뚝 떨어지는 검은 가방을 끌고 나왔다.

"괜한 걱정을 하셨네요."

그녀가 장난스러운 미소를 지으며 말했다.

에이미는 지퍼를 열고 팔을 가방 안으로 쑥 집어넣어 한참을 뒤적였다. 그런 다음 팔을 빼더니 가방을 거꾸로 들고 침대 위에서 탈탈 흔들어댔다. 푹신한 매트리스 위로 길쭉한 맥라이트 손전등이 툭 떨어졌다.

베이즐이 손전등을 집어 들고 전원을 켰다. 검은색 맥라이트에서 강력한 하얀 빛 기둥이 시원하게 뿜어져 나왔다.

"오늘부터 당신이 내 영웅이에요. 자, 이제 다른 사람들을 찾으러 갑시다."

베이즐은 모처럼 기운이 솟는 듯 밝은 목소리로 말했다. 그리고 손전등을 이리저리 휘둘러 침실 곳곳을 비췄다.

"잠깐만요!"

에이미가 소리쳤다.

하지만 이미 늦었다. 하얀 빛줄기 속에 그들의 모습이 드러나고 말았다. 초췌한 꼴을 한 유령들이 가구 사이사이에 흩어져 그들을 바라보고 있었다. 손전등 불빛이 비추는 곳마다 그들의 모습이 보였다. 쇼룸을 가득 채운 그들은 두 사람을 둘러싸고 조용히 때를 기다리고 있었던 것이다.

에이미는 그들의 손에 붙들려 의자에 던져지던 순간을 떠올렸다. 날카로운 공포가 그녀의 등줄기를 타고 내려가더니 그녀의 두 발을 바닥에 붙들어 맸다. 뭉개진 얼굴을 한 이 인간 아닌 수많은 존재가 두 사람을 둘러싼 채 꼼짝하지 않았다. 숨소리도 들리지 않았고, 시체와 다를 바가 없었다. 침묵이 계속되었다. 갑자기 어딘가에서 소란스러운 움직임이 일었다. 한 무리의 형체가 느릿느릿 옆으로 비켜서기 시작했던 것이다. 그들이 갈라지며 드러난 길을 따라 뭔가가 다가오고 있었다. 아무런 온기도 없는 죽은 이들을 헤치고 나타난 사람은 바로 칼이었다. 아니, 요시아 워스 교도소장이었다. 그는 작은 천 조각으로 입술을 가볍게 두드리며 두 사람을 향해 걸어오고 있었다. 그의 얼굴이 증오 가득한 음흉한 미소로 일그러져 있었다.

죄수 번호	이름	죄목	형량
00314	해럴드 애셔	방랑 및 사기	3년 4년

치료

죄수의 퇴폐적인 성격과 병색이 완연한 외모를 보고 나는 그에게 하루 7시간 발로 쳇바퀴 돌리는 훈련을 처방했다. 외관상 병색이 더욱 짙어지는 것 같지만, 나는 꾀병으로 판단한다. 게으름이라는 악은 오직 고된 노동을 통해서만 치료할 수 있다는 사실은 변하지 않는다.

죄수 번호	이름	죄목	형량
00315	리언 버틀리	천한 여자와 어울리고, 공공장소에서 만취함	2년 3년 4년

치료

매일 수은을 투여하자 환자가 한층 차분해졌다.
씨를 뿌리지 않는 자는 아무것도 거둘 수 없다.

죄수 번호	이름	죄목	형량
00316	오스본 골드버그	위협적인 행동	3년

치료

이 가련한 환자는 증세가 심각한 것으로 보인다. 정신병을 앓고 있으며, 신체 기능은 나날이 쇠락하는 것이 눈에 보일 정도다. 우리는 환자에게 늘 강철 모자를 쓰고 있도록 처방했다. 평소보다 더 불안해할 때면 회전 기계에 몇 시간 태우는 조치를 통해 환자를 기절시키고, 사악한 체액을 몸 밖으로 쏟아내게 했다. 인류의 영원한 유산인 슬픔과 고통 속에서 노역은 더욱 빛을 발한다.

죄수 번호	이름	죄목	형량
00317	매슈 스웨건	좀도둑질을 하고 일부 무죄 판결을 받음	4년 5년

치료

작업장에서 노동하도록 판결하였으나, 폭력적인 기질 때문에 나의 특별 치료를 받게 되었다. 나는 그에게 하루 천 바퀴씩 회전 장치 손잡이 돌리는 일을 처방하였는데, 얼마 못 가 그의 손바닥은 살갗이 모두 벗겨지고 고름이 잡혔다. 환자 자신의 건강을 위해 그의 엄지손가락을 제거해야 했다. 현재 그는 다시 회전 장치 노역장으로 복귀한 상태다.

15

리타보드

원심력을 이용해 정신을 잃는 놀라운 경험을 해보세요. **리타보드**는 당신의 몸을 단단히 고정하고 자연의 힘을 거슬러 끊임없이 회전합니다. 구토와 영구적 뇌 손상은 기본으로 보장합니다.

색상 및 소재: 스노 자작나무, 나이트 자작나무, 그레이 오크
사이즈: W 235×D 82×H 87cm
제품번호 : 6595956661

에이미는 손전등을 끄고, 어린아이처럼 양팔 아래 얼굴을 파묻은 채 숨어버리고 싶었다. 루스 앤이 말했던 크리피 크롤리들처럼, 그녀가 보지 않으면 그들도 그녀를 보지 못할 거라 믿고 싶었다. 하지만 그러기에는 너무 늦었다. 그녀는 숨을 수 없었다. 그들은 바로 눈앞에 있었다. 그녀는 두려움에 맞서서 그들을 똑바로 쳐다볼 수밖에 없었다.

썩은 내를 풍기는 뒤틀린 육체들이 그녀를 둘러싸고 있었다. 팔은 몸통에 매달린 채 이상한 각도로 뒤틀려 있고, 무릎이 완전히 조각난 듯 너덜거리는 다리는 엉성하게 꼬여 있었다. 등뼈는 불룩하게 솟아 굽어 있었고, 악취와 오물에 쩐 넝마와 살덩어리는 조각난 누더기처럼 힘없이 늘어져 있었다. 그녀는 그들에게서 눈을 뗄 수가 없었다.

"노동은 인간의 마음속 병을 깨끗하게 태워 없애주지."

요시아 워스 교도소장의 설교가 시작됐다.

"노동은 아무짝에도 쓸데없는 평범한 금속 덩어리를 순금으로 변화시키는 현자의 돌처럼, 일탈과 반항으로 병든 정신을 순수한 복종의 상태로 바꿔준다네."

지옥불과 유황을 들먹이며 겁을 주는 교도소장의 설교 방식은 더 이상 새로울 게 없었다. 하지만 그의 목소리에는 뭔가 달라진 것이 있었다. 연결 상태가 좋지 않은 휴대전화로 듣는 것처럼 목소리가 멀게 느껴졌던 것이다. 더욱 이상한 것은 말소리와 입술의 움직임이 교묘하게 엇갈리고 있다는 점이었다. 마치 어설프게 더빙한 싸구려 영화의 등장인물을 보는 것 같았다.

"도망쳐야겠어요. 왼쪽으로 뛰면 될 것 같아요."

에이미가 베이즐에게 속삭였지만, 그는 아무 대꾸도 하지 않았다. 에이미는 살짝 고개를 돌려 베이즐을 바라봤다. 그는 식은땀에 흠뻑 젖은 채 입술을 달싹이며 혼잣말을 중얼대고 있었다.

"오, 어리석고 불쌍한 죄인들이여."

교도소장은 그들을 향해 미소 지으며 말을 이었다.

"아직도 나의 가르침을 깨닫지 못하고 도망치려 하다니, 정말 실망이군. 하지만 진정한 스승은 절대 포기하지 않는 법이지. 두 사람은 이제 다른 참회자들과 함께하게 될 걸세. 그대들의 병든 정신은 내 공장 안에서 좀 더 만족스러운 모습으로 탈바꿈할 거야."

"당신 공장은 문 닫았어요. 더 이상 존재하지 않아요."

에이미가 말했다.

"저런저런, 딱한 영혼 같으니라고! 난 그대를 치료하려는 거라네. 참회자들은 자신의 병을 스스로 감당할 수 없어 나를 찾아오지. 난 그들의 육체를 통해 정신을 치료한다네. 그러다 보니 정신이 치료되는 과정에서 몸을 다칠 수도 있고, 형태가 변형되는 경우도 있지. 하지만 생각해보게. 조각가는 아무 모양도 없는 평범한 돌을 부수고 깨서 결국 아름다운 조각상을 만들어내지 않나? 환자가 고통에 몸부림친다고 의사가 수술을 멈춘다면 치료가 가능할까?"

교도소장이 말했다.

"우린 나가겠어요. 친구들을 데리고 이곳에서 나갈 거라고요."

에이미가 두 눈을 똑바로 뜨고 말했지만, 교도소장은 전혀 흔들리지 않았다.

"아직 치료 과정이 끝나지도 않았는데 그대들을 내보내는 것은 내 서약을 스스로 깨버리는 일이 되네. 나의 후원자들은 나의 신성한 임무와 이를 완수하기 위한 나만의 방식을 이해하지 못했어. 그래서 참회자들이 치료가 되기도 전에 그들을 빼내려고 했지. 난 그런 일이 생기는 것을 용납할 수 없었네. 그리고 그런 입장은 지금도 마찬가지지."

에이미는 바닥에 고인 물을 내려다보았다. 순간 그녀의 머릿속에 한 가지 끔찍한 생각이 떠올랐다.

"당신 대체 그 사람들한테 무슨 짓을 한 거죠?"

그녀가 물었다.

"질문이 틀렸어. 그들을 어떻게 구해냈느냐고 물어야지. 난 결국 희생이라는 방식을 선택했다네. 내 교도관들이 그들을 지하 작업실에 가둔 뒤 문을 잠갔지. 내 방식을 거부한 자들은 입을 다물게 하기 위해 관 속에 넣었고, 순종적인 참회자들까지 물들면 안 되니까. 그런 다음 수문을 열었다네. 거대한 강이 그들에게 자장가를 불러줄 수 있도록. 그들은 엄마 품에 안긴 병든 아기처럼 편안해졌지."

"그들을 익사시켰군요!"

에이미가 말했다.

"난 그들을 시간의 장막 아래 숨겼다네. 총 318명을 구해낸 거지.

잠든 아이에게 이불을 덮어주듯, 난 그들을 거대한 물로 감쌌네. 그리고 때를 기다렸지. 마침내 기회가 찾아왔고, 난 내 목을 갈라 공장으로 들어가는 문을 다시 활짝 열어젖혔어. 그리고 그들을 잠에서 깨웠지. 치료는 계속되어야 하니까. 내 후원자들은 무척이나 곤란했을 거야. 시체를 찾을 수 없었을 테니까. 그들은 슬픔에 잠긴 유족들이 이상한 소리를 떠들어대지 않도록, 빈 관에 강바닥 진흙을 잔뜩 쓸어 담아 땅에 묻었지. 하지만 그들은 이제 모두 세상을 떠났고, 난 이렇게 살아남았네. 그리고 치료를 계속하고 있지. 게으름과 불화와 정신병과 반항으로 병든 자들은 이제 내 품을 벗어나지 못해. 난 그들이 완전해질 때까지 노역을 부과할 거라네. 매일 밤 모든 일을 처음부터 다시 시작해야 하는 한이 있더라도 난 멈추지 않을 거야. 이 얼마나 숭고한 정신인가? 충분히 존경받을 만한 헌신이 아닌가?"

교도소장이 고래고래 악을 쓰며 자기 자랑을 늘어놓는 동안, 에이미는 인간의 형상을 한 존재들을 둘러보았다. 그들의 얼굴은 지저분하고 어두웠다. 하지만 악하게 보이지는 않았다. 오히려 깊은 슬픔이 느껴졌다. 이 죄수들은 이미 오래전 자신들의 형량을 마친 사람들이었다. 하지만 지금까지도 아무 의미 없는 노동에 끊임없이 시달리고 있는 것이다. 휴식은 한순간도 허락되지 않았다. 그들이 그녀를 구속의 자에 앉힌 것은 그녀를 증오해서가 아니었다. 그들은 다른 방식의 삶을 알지 못했다. 그들이 할 수 있는 것은 오직 그런 종류의 일뿐이었다. 그들은 오랫동안 학습된 죄책감 때문에 이미 형량을 마친 뒤에도 스스로 이 공장의 노예가 되었던 것이다.

"유감스럽게도 그대의 병은 하룻밤 사이에 치료될 수준이 아니었어. 오히려 전보다 상태가 악화된 것 같군. 더 고통스러운 치료 과정이 필요해."

교도소장이 에이미를 보며 말했다.

"난 환자가 아니에요."

에이미가 되받아쳤다.

"이런, 미안하지만 그대는 환자라네. 이제 친구들과 함께 치료받게 될 걸세. 새 환자가 들어온다는 건 즐거운 일이지. 아직 시도해보지 않은 치료법이 너무나 많거든. 코튼 박사의 장기 제거술, 회전 기계 요법, 물 치료법, 전면 몰입 요법 등 다양하지."

"내 말 잘 들어요."

에이미가 소리치고는, 쇼룸 전체를 향해 목소리를 높였다.

"당신들은 더 이상 여기 갇혀 있을 필요가 없어요."

형체들은 그녀의 말을 듣지 못하는지 아무런 반응이 없었다.

"에이미, 대체 뭐하는 겁니까?"

베이즐이 속삭였다.

"다양한 방법이 있지만 어쨌거나 분명한 것은 그대가 고된 노역을 하게 될 테고, 이를 통해 평온을 되찾을 거라는 점이라네."

교도소장이 다시 말했다. 어찌 된 일인지 그의 목소리는 비현실적으로 느껴질 만큼 컸다. 그의 목소리가 그녀의 외침을 덮어버리려는 듯 울려 퍼졌다.

"노역이 바로 이번 치료의 핵심이지. 노역은 그대의 무뎌진 정신을 날카롭게 갈아줄 가장 훌륭한 숫돌이야. 그대의 부패한 육체는 이 노역이라는 사다리를 타고 건강이라는 완성된 단계로 올라설 것일세."

"당신들은 이미 형기를 모두 마쳤어요!"

에이미는 어둠에 파묻힌 형체들을 향해 계속 소리쳤다.

"당신들이 어떤 판결을 받았든, 그건 이미 오래전에 끝난 일이라고요. 당신들이 어떤 잘못을 저질렀는지 한번 생각해봐요. 사람을 죽였

나요? 그 사람은 당신이 죽이지 않았어도 지금쯤 벌써 죽었을 거예요. 가족들을 위해서 음식을 훔쳤나요? 그 가족들도 이미 오래전에 다 죽었어요. 회사에 돈을 빚졌어요? 그 회사도 벌써 수백 년 전에 없어졌을걸요. 당신들은 이미 죗값을 모두 치렀어요."

"너희들을 나약함으로 이끌어가려는 사악한 거짓말이다!"

교도소장이 소리쳤다.

"너희는 자신이 저지른 죄가 얼마나 무거운지 알고 있다. 그 죄는 결코 사라지지 않고 영원히 존재할 것이다. 그것을 인정하는 것만이 평온해지는 길이며, 그것만이 유일한 진실이다."

"당신들을 여기 붙잡아둘 수 있는 사람은 아무도 없어요. 발목을 묶는 쇠사슬 같은 건 없다고요. 당신들은 환자가 아니에요. 치료가 필요한 사람이 아니에요. 당신들은 언제든 이곳에서 떠날 수 있어요. 그냥 걸어 나가면 되는 거예요. 자유를 되찾아야 해요!"

에이미가 소리쳤다. 참회자들 사이에서 작은 동요가 일어났다.

"좋은 방법이 아닌 것 같은데요."

베이즐이 속삭였다. 하지만 에이미는 더욱 목소리를 높였다.

"당신들은 자유라고요! 여기는 감옥이 아니에요. 당신들이 갇혀 있던 감옥은 오래전에 없어졌어요. 높은 벽은 사라진 지 오래예요. 당신들의 죄를 기억하는 사람은 아무도 없어요."

"노동을 통해 자유로워질 것이다!"

교도소장의 신경질적인 외침이 튀어나왔다.

"그것만이 진정한 자유다. 노동은 너희들의 부패한 육체에 고통을 주고 너희들의 죄를 정화한다. 그렇게 함으로써……."

"당신들을 붙잡아둘 수 있는 것은 이제 없어요. 당신들은 습관처럼 이곳에 남아 있는 것뿐이에요. 이미 오래전에 자유가 됐지만 그걸 깨닫지 못하고 있는 거예요."

에이미가 교도소장의 말을 가로막고 소리쳤다.

"저 여자는 거짓말쟁이다!"

교도소장의 목소리는 비명에 가까웠다.

"저 여자는 달콤한 거짓말로 헛된 희망을 불어넣고 있는 것이다. 오늘 밤 너희가 해야 할 일은 정해져 있다. 다른 길은 없어. 진실은 오직 하나뿐이다."

갑자기 침묵이 흘렀다. 상황이 반전될지도 모른다는 희망이 에이미의 마음 한구석에서 고개를 들고 있었다. 바로 그때 교도소장이 죄수들을 거칠게 밀치며 비틀비틀 앞으로 걸어 나왔다. 그는 바닥에 고인 물을 철썩철썩 튀기며 빙그르 뒤를 돌아 죄수들을 정면으로 바라보았다.

"누가 감히 내게 거역할 테냐! 나는 너희들의 수호자다!"

교도소장이 외쳤다.

잠시 후 어둠의 무리가 발을 끌며 천천히 앞으로 걸어 나왔다. 진흙투성이 몸들이 삽시간에 교도소장을 둘러싸고 그의 몸 여기저기를 닥치는 대로 붙잡아 밀치고 잡아당기기 시작했다. 교도소장의 몸뚱어리가 원의 이쪽 끝에서 저쪽 끝으로 정신없이 끌려 다녔다. 그들은 굶주린 짐승 같았다. 그들을 가두고 통제하던 힘은 사라졌다. 악취와 때로 겹겹이 둘러싸인 참회자들에 가려 교도소장의 몸은 더 이상 보이지 않았다. 교도소장이 쩍 벌어진 목의 상처를 통해 날카로운 비명을 질러댔다. 잠시 후 끈적한 액체가 그의 목구멍을 타고 들어가 비명을 막아버렸다. 에이미는 그의 모습이 보이지 않는 게 차라리 다행스러웠다.

에이미와 베이즐은 건물을 빠져나가기 위해 고개를 돌렸다. 하지만 참회자들의 무리는 거대한 벽처럼 그들 앞을 가로막은 채 꼼짝하지 않았다.

"이 사람들, 왜 안 움직이는 거죠?"

베이즐이 속삭였다.

"모르겠어요. 왼쪽으로 가보죠."

에이미가 속삭였다.

두 사람은 왼쪽에 보이는 반짝이 길을 향해 조금씩 움직였다. 하지만 참회자들은 또다시 그들 앞을 가로막았다. 이해할 수 없는 일이었다. 그들은 이제 자유의 몸이 되지 않았나? 에이미가 그들이 더 이상 감옥에 갇힌 존재가 아니라는 사실을 깨닫게 해주지 않았던가?

"뭘 원하는 걸까요?"

베이즐이 물었다.

하지만 그녀가 채 대답하기도 전에, 그들이 밀물처럼 두 사람을 덮쳤다. 그들은 에이미와 베이즐을 정신없이 밀치고 던지며 끔찍한 악취 속에 가둬버렸다. 두 사람은 속수무책으로 그들의 힘에 휩쓸릴 수밖에 없었다. 에이미는 그 압도적인 힘에 파묻혀 비명조차 지를 수 없었다. 참회자들에게는 어떠한 목적도 없었다. 그들은 그저 오랫동안 그들을 지배하고 통제해온 그 방식 그대로 움직이고 있을 뿐이었다. 그들은 이미 교도소장의 치료 방식에 익숙해져 있었고, 그것이 그들의 본성이 되어버린 것이다.

베이즐이 손을 뻗어 에이미를 붙잡으려 했지만, 무리에 휩쓸려 점점 멀어져갔다. 그는 결국 무리 속에 파묻혔고, 그의 손을 벗어난 손전등 불빛만이 천장 이곳저곳을 비추었다.

다시 의자로 돌아가는 건가? 그들은 에이미를 다시 의자에 묶을 계획인 것이다. 그녀는 몸부림쳤지만, 그들의 손은 차가운 진흙으로 뒤덮인 강철 같았다. 손들은 그녀를 바닥에서 번쩍 들어 올렸다. 그녀는 그들의 머리 위에서 발버둥 치며 힘껏 저항했지만 아무 소용 없었다. 그녀의 몸은 고깃덩어리처럼 운반되고 있었다. 천장이 빙글빙글 돌고, 이따금 손전등 불빛이 그녀의 시야를 스치고 지나갔다. 손들이 그녀를 내려놓았다. 바닥에는 마치 관처럼 생긴 옷장이 입을 벌린 채 그녀를 기다리고 있었다.

"너무 작아서 안 들어갈 거예요. 안 맞는다니까요. 절대 안 들어갈⋯⋯."

에이미가 좁은 입구에 그녀를 밀어 넣는 무자비한 손들을 향해 소리 질렀다.

하지만 그들은 이미 에이미의 얼굴 앞에서 문을 닫고 있었다. 에이미는 팔을 쭉 뻗어 나무판을 밀어내려 했지만, 그것은 그녀의 힘으로 감당할 수 있는 무게가 아니었다. 그들의 수는 너무 많았고, 그들은 무게를 실어 문을 내리누르고 있었다. 그녀는 벤치프레스를 하는 것처럼 팔을 쭉 펴고 그들의 힘에 대항했지만, 점차 팔꿈치가 휘기 시작하는 것을 느낄 수 있었다. 팔이 금방이라도 부러질 것 같았고, 참회자들은 전혀 물러설 기세가 아니었다. 결국 그녀가 팔에 힘을 빼자 나무 문은 쾅 소리를 내며 닫혀버렸다. 거친 바람 한 줄기가 폭발하듯 그녀의 얼굴을 때리고 지나갔다.

문 바깥에서 뭔가를 두드리는 소리가 들렸다. **탕! 탕! 탕!** 워낙 좁은 공간이었기에, 소리가 들릴 때마다 마치 가슴에 총을 대고 발사하는 것 같은 충격이 느껴졌다. 관 뚜껑에 못을 박는 소리였다. 그들은 그녀를 완전히 가두려 하고 있었다. 망치질 소리가 쇼룸에 울려 퍼졌다. 교도소장 없이도, 벌집 안의 죄수들은 자신들에게 익숙한 노동을 성실히 수행해나갔다.

16

잉알루트

익사할지도 모른다는 공포와 두려움, 무력감에 온몸을 맡긴 채, 잠자듯 평온한 죽음을 꿈꿔보시겠습니까? 물 치료법을 위해 정교하게 설계된 **잉알루트** 욕조는, 환자가 완치될 때까지 이러한 스트레스 속에서 끊임없이 고통받게 합니다.

색상 및 소재: 나이트 자작나무, 내추럴 단풍나무, 그레이 오크
사이즈: W 58×D 54×H 173cm
제품번호: 0056660043

망치질 소리가 멈추자 다시 무거운 정적이 감돌았다. 에이미는 약 180센티미터 길이에 폭은 50센티미터밖에 되지 않는 좁은 나무 상자 안에 갇혀 옴짝달싹할 수 없었다. 깊이도 너무 얕아 얼굴이 뚜껑에 닿을 지경이었다. 관과 비슷한 크기였지만, 그녀는 그것이 리리피프라는 사실을 금세 알 수 있었다. 옷장방에서 가장 잘 팔리는 제품을 직원인 그녀가 몰라볼 리 없었다.

에이미는 무릎을 굽힐 수 없었고, 오른팔은 몸 아래에 깔려 움직일 수도 없었다. 왼손을 옷장 문에 대고 밀어보았지만, 문은 거대한 산처럼 꿈쩍도 하지 않았다. 좁은 옷장 속은 그녀의 거친 숨소리로 가득 찼다. 그녀는 정신을 차리고 이성적으로 생각하려고 애썼다. 산소가 떨어져 죽는 일은 없을 것이다. 오르스크 같은 대기업이 공기가 통하지 않는 옷장을 만들 리는 없다. 아이가 옷장 안에 기어들어갔다가 갇히기라도 하면 어쩌겠는가?

하지만 만에 하나 이 리리피프 하나만 우연히도 공기가 통하지 않도록 만들어졌다면 어떡하지? 참회자들이 그녀를 가둔 뒤 옷장 전체를 포장용 비닐로 감쌌을 수도 있지 않은가? 아니면 그들이 그녀를 가둔 옷장을 벌집 어딘가에 파묻어버릴 가능성은 없을까? 혹시 그들이 거대한 셀프서브 창고 맨 위 선반에 옷장을 올려놓은 채 그냥 가버리면 어떻게 하지? 그녀가 소리를 지른들 누가 들을 수나 있을까? 몇 달이 흐른 뒤 끔찍한 시체로 발견되는 것은 아닐까?

에이미는 비명을 질렀다. 온몸을 비틀며 발버둥 치는 통에 그녀의 어깨가 양쪽 벽에 부딪쳐 멍들었다. 하지만 아무 소용이 없었다. 아무리 힘을 써봤자 움직일 수 있는 공간도 거의 없었다. 하지만 그녀는 움직여야 했다. 옷장에서 **반드시 빠져나가야 했다.**

바로 그때 물이 느껴졌다.

처음에는 땀이라고 생각했다. 하지만 너무 차가웠다. 양도 굉장히 많았다. 냉랭한 기운이 그녀의 오른쪽 허벅지를 감쌌다. 척테일러 운동화를 신은 그녀의 발이 어느새 오들오들 떨리기 시작했다. 불빛이 조금이라도 있었다면 입에서 하얀 김이 뿜어 나오는 것도 보일 것 같았다.

에이미는 무슨 일이 벌어지는지 알아내기 위해 귀를 귀울였다. 하지만 헐떡거리는 그녀의 숨소리 외에는 아무것도 들을 수 없었다. 그녀는 옷자락이 바스락거리는 소리와 높고 날카로운 이명이 들릴 때까지 마음을 가다듬고 호흡을 가라앉혔다. 아주 작지만 꾸준히 들려오는 또 다른 소리가 있었다. 쇼룸 안에 물이 차오르는 소리였다. 리리피프 주변에 물이 흐르고 있었다.

에이미는 등에 깔린 오른손으로 바닥을 문질러보았다. 손이 축축했다. 소매가 물에 젖고 있는 것이 느껴졌다. 그녀는 다시 한 번 손가락으로 바닥을 만져보았다. 바닥에는 어느새 물이 고여 있었다. 손바닥을 내리치면 물이 튈 정도였다.

얼음장같이 차가운 물이 끊임없이 흘러들어왔다. 체온이 내려가 이가 덜덜 떨리기 시작했다. 옷장은 개울 한가운데 놓인 돌멩이 신세였다. 양옆으로 물살이 빠르게 휘몰아쳤다. 갑자기 옷장이 왼쪽으로 미끄러졌다. 에이미는 참회자들이 돌아와 그녀를 들어 올리는 것이라 생각했지만, 옷장은 계속해서 좌우로 흔들리다가 돌연 공중에 붕 떠올랐다. 에이미는 그제야 옷장이 물살에 떠내려가고 있음을 깨달았다.

잠시 후 오른손 손가락이 완전히 물에 잠겼다. 그녀는 숨을 쉬기 위해 코를 옷장 문에 바싹 가져다댔다. 그녀는 비명을 지르고 발버둥 쳐보았지만, 물은 어느새 그녀의 팔과 무릎까지 차올랐다. 리리피프의 반이 물에 잠긴 것이다. 그 많은 일을 겪어냈건만 결국 이렇게 끝나는구나. 의자에서 탈출하고, 매장을 빠져나가고, 베이즐을 구해내고, 그리고 교도소장을 벗어나 완전히 자유로워졌다고 생각했는데, 그 순간 이렇게 죽음을 맞이하게 된 것이다. 그녀는 리리피프에 갇힌 채 익사하고 말 것이었다.

그렇게 모든 것을 포기한 순간, 에이미의 머릿속에 뭔가가 떠올랐다.

'지금 갇혀 있는 곳은 리리피프잖아!'

모든 직원이 알고 있는 사실이지만, 리리피프는 고객들의 미움을 한 몸에 받는 제품이었다. 워낙 가격이 싼 탓에 가장 많이 팔리기도 했지만, 리리피프를 사 간 사람들은 머지않아 스스로의 결정을 후회하고 잔뜩 화가 난 채 제품을 그대로 가져와 반품했다. 문제는 바로 조립이었다. 리리피프를 조립하는 일은 힘이 들 뿐만 아니라 분노를 불러일으키는 작업이었다. 옆면과 윗면을 이어붙이려면 네 개의 육각형 나사못이 필요한데, 이것을 완전히 조이는 것은 거의 불가능했다. 어떻게든 나사를 조여 옷장을 세워놓는다 해도, 옷장은 작은 흔들림조차 견디지 못하고 금세 무너져 내렸다. 쇼룸에 전시된 리리피프도 예외는 아니었다. 직원들은 늘 <u>오르스크 전용 조립 도구인 '마법 도구'</u>를 갖고 다니면서 틈날 때마다 나사를 조여줘야 했다. 따라서 성실한 오르스크 직원이라면 누구나 이 마법 도구를 지니고 다녔고, 에이미의 주머니에도 당연히 이 도구가 늘 들어 있었다.

이제 그녀가 해야 할 일은 분명했다. 주머니에 들어 있는 마법 도구를 꺼내 윗면을 고정하고 있는 육각 나사못을 풀고 뚜껑을 열기만 하면 되는 것이다. 운이 좋으면 옷장 전체가 산산조각 나버릴 수도 있다. 조립 가구를 사용하는 사람에게는 드문 일도 아니었다. 평상시 같으면 너무나 간단한 작업이었겠지만……. 점점 감각이 없어지는 팔로 과연 해낼 수 있을까? 차가운 물에 잠긴 채 어둠 속에서 이 작업을 할 수 있을까? 물은 이제 에이미의 갈비뼈 높이에서 찰랑거렸다. 그녀에게는 더 이상 선택의 여지가 없었다.

가장 먼저 할 일은 주머니에 손을 넣는 것이었다. 오른손은 등 뒤에 깔려 있어 움직일 수 없었다. 그녀는 가슴과 리리피프 옷장 문 사이에 끼어 있는 왼팔을 내려보려고 했다. 팔꿈치를 굽히고 손목을 안으로 최대한 꺾은 상태로 팔을 내려봤지만, 손목이 옷장 문에 닿아 움직이지 않았다. 그녀는 더 힘을 주었다. 손목이 부러질 것만 같았다. 하지만 위기의 순간은 무사히 지나갔고, 그녀의 손은 허리춤에 털썩 떨어졌다.

그녀는 손가락으로 젖은 옷자락을 움켜쥐고, 주머니라 생각되는 구멍을 향해 손을 뻗었다. 팔에 힘을 주자 근육이 바짝 긴장하며 불끈거렸다. 갑자기 불길한 생각이 엄습했다. 혹시 도구를 잃어버렸으면 어쩌지? 정신없이 도망치는 와중에 주머니에서 빠지진 않았을까? 그녀는 손을 좀 더 깊이 넣어보려 했지만, 옷장 문에 이마를 부딪치면서 혀를 깨물고 말았다. 그녀는 재차 손가락을 최대한 길게 뻗어보았다. 손끝에 뭔가 딱딱하고 날카로운 것이 스쳤다. 그녀는 엉덩이를 살짝 옆으로 비틀고 손끝으로 살살 긁듯 주머니에서 도구를 끌어냈다. 마침내 손가락에 축축한 금속 손잡이가 걸렸고, 그녀는 마법 도구를 주머니 밖으로 끄집어내는 데 성공했다. 이제 정말로 어려운 다음 단계가 그녀를 기다리고 있었다.

에이미는 가슴 앞에서 팔을 비틀어 머리 위로 뻗을 방법을 찾아내야 했다. 그녀는 먼저 배 위에 손을 올려놓았다. 그리고 뱀이 기어가듯 천천히 손을 얼굴 쪽으로 끌어올렸다. 격렬한 고통이 느껴졌지만 그녀는 멈추지 않았다. 그녀는 끙끙 소리를 내며 계속해서 팔을 밀고 또 밀었다. 마지막으로 큰 숨을 내쉬며 초인적인 힘을 발휘한 끝에 그녀는 손을 머리 위로 쭉 뻗어 올릴 수 있었다. 하지만 손가락이 옷장 윗부분에 부딪치면서 관절 부위의 피부가 벗겨지고 마법 도구가 손에서 떨어지고 말았다.

그녀는 침착함을 유지하려고 애쓰며 손으로 물속을 더듬었다. 하지만 도구는 잡히지 않았다. 밖에서 들려오던 물소리는 전보다 잔잔해졌지만, 물이 가차 없이 쏟아져 들어오는 탓에 옷장이 흔들리는 듯 느껴졌다. 수위가 점점 높아져서 물은 어느새 그녀의 턱까지 차올랐고, 물속에 잠긴 몸 전체가 바늘로 콕콕 찌르는 듯 따끔거렸다. 물에서 지저분한 기름 냄새와 진흙 냄새가 강하게 느껴졌다. 그녀는 도구를 더 멀리 쳐내지 않도록 조심하면서 다시 한 번 물속을 더듬거렸다. 하지만 도구는 거기에 없었다.

그것은 어디에도 없었다!

틈새로 빠져나간 걸까? 물살에 떠밀려 그녀의 몸 아래로 들어간 걸까? 어깨뼈 사이의 좁은 틈, 그녀가 어떤 노력을 하더라도 결코 닿을 수 없는 곳으로 가버린 건 아닐까? 마법 도구가 그녀의 목보다 더 아래쪽으로 미끄러져 갔다면 그것은 없는 것이나 마찬가지였다. 그녀의 팔에 새로운 관절을 몇 개 더 만들어 붙이지 않는 한 결코 손이 닿지 않을 것이다. 그녀는 결국 옷장 안에서 익사하고 말 것이다.

그녀는 비관적인 생각을 한쪽으로 밀쳐냈다. 물건을 잃어버렸을 때 늘 사용하던 방법을 써보자. 가장 가능성이 적다고 생각되는 곳을 찾아보는 것이다. 그녀는 도구를 놓친 데서 가장 먼 곳, 도저히 도구가 있을 거라고는 생각할 수 없는 곳에서부터 시작하기로 했다. 먼저 머리 바로 위에 손을 뻗어 물속에서 옷장 뒷면을 더듬어보았다. 손에 감각이 없어 도구가 손에 닿아도 과연 그것을 감지할 수 있을지 걱정되었다.

그녀는 손으로 바닥을 더듬으며, 가장 가능성 적어 보이는 쪽으로 천천히 이동했다. 오른쪽 어깨 5센티미터쯤 위에 이른 그녀의 손에 마침내 무언가가 부딪치더니 옆으로 미끄러졌다.

"찾았다."

그녀가 속삭였다.

조심스럽게 손가락을 뻗자, 도구의 끄트머리가 그녀의 손에 닿았다. 그녀는 손톱을 이용해 살살 끌어당겼고, 한참을 공들인 끝에 마법 도구를 손에 쥘 수 있었다.

손가락으로 도구를 꼭 쥔 채, 그녀는 옷장의 오른쪽 윗면의 육각 나사못을 더듬어 찾았다. 차가운 물 때문에 감각이 없어진 손으로 몇 번을 허탕 친 끝에 겨우 구멍을 발견한 그녀는 조심스럽게 육각 렌치를 구멍에 밀어 넣고 돌렸다. 지렛대로 삼을 만한 게 없다 보니 힘이 제대로 전달되는 것 같지 않았다. 그녀는 팔을 뻗어 코로 팔뚝을 받치고 힘껏 렌치를 돌렸다. 날카로운 쇳소리와 함께 나사못이 움직이기 시작했다.

그녀는 반 바퀴를 돌린 뒤 렌치를 뺐냈다가 다시 구멍에 끼우고 반 바퀴 돌리는 방식으로 작업을 해야 했다. 공간이 좁아 속도는 느릴 수밖에 없었다. 동작을 반복할 때마다 코와 광대뼈가 으스러질 듯 짓눌렸다. 하지만 고통을 느낄 여유도 없었다. 마침내 나사못이 헐거워졌다. 에이미는 손가락을 움직여 나사를 돌렸다. 머리 오른쪽은 이제 완전히 물에 잠겨 있었다. 잠시 후 '탁' 소리와 함께 나사가 옷장 바닥에 떨어졌다. 그녀는 반대편으로 손을 뻗어 두 번째 구멍을 더듬어 찾았다. 그리고 또다시 길고 긴 반복 작업을 시작했다.

렌치를 돌릴 때마다 팔꿈치가 옷장 문에 부딪쳤지만, 고통은 에이미의 정신을 더욱 또렷하게 해줄 뿐이었다. 그녀는 음악에 맞춰 움직이듯, 규칙적으로 돌리고 부딪치고 또다시 돌리고 부딪치는 작업을 반복했다. 작업이 생각보다 길어졌다. 뭔가 잘못된 걸까? 나사못의 금속이 벗겨져 헛돌고 있는 건 아닐까? 그때 갑자기 나사가 툭 떨어져 나왔다.

그녀는 두 발을 옷장 바닥에 꽉 붙이고 왼손으로 옷장 윗부분의 판을 밀었다. 옷장은 꼼짝하지 않는 듯하더니, 갑자기 우두둑 소리를 내며 흔들렸다. 물에 젖어 물렁해진 섬유판이 그녀의 힘에 마침내 굴복하는 순간이었다. 남아 있던 나사못들이 물에 젖은 섬유판에서 떨어져 나갔고, 옷장 윗부분이 활짝 열리며 물살에 휩쓸려갔다. 뻥 뚫린 구멍으로 물이 밀려 들어왔지만 그녀는 날카로운 섬유판 가장자리를 양손으로 꽉 잡고 흡사 허물을 벗는 뱀처럼 옷장을 빠져나갔다. 그녀는 비틀거리며 두 발로 서서 주변을 둘러보았다. 암흑에 잠긴 쇼룸에는 줄기차게 흐르는 물소리만 가득했다.

"부지점장님!"

그녀가 소리쳤다.

칠흑같이 어두운 쇼룸을 둘러보던 에이미의 눈에 희미한 불빛이 들어왔다. 안내 포스트 옆 드라셀 서랍장 뒤에서 물에 잠긴 맥라이트 손전등이 작은 빛을 발하고 있었다. 에이미는 철벅거리며 손전등을 향해 걸음을 옮겼다. 꼭 얼음 가득한 양동이에 발을 집어넣는 것 같았다. 그녀는 차가운 물속에 팔을 쑥 넣고 손전등을 집어 올렸다.

그녀는 곧바로 베이즐을 찾기 시작했다. 이곳저곳에 넘어진 옷장이 보였고, 그녀의 눈앞에서 옷장 두 개가 물살에 휩쓸려 휘청하더니 사방으로 물방울을 튀기며 바닥에 쓰러져 굴렀다. 등 뒤 먼 곳에서 폭포수가 쏟아지듯 요란한 물소리가 들려왔다. 그들이 그녀를 옷장에 가둔 것을 보면, 베이즐도 분명 옷장 안에 갇혀 있을 것이다.

피님브룬 양문 옷장이 물에 잠긴 채 떠내려가는 것이 보였다. 옷장은 흡사 누에고치처럼 포장용 비닐로 둘둘 감겨 있었다. 에이미는 물살을 헤치고 달려가 옷장 문을 두드렸다.

"부지점장님!"

그녀가 소리쳤다.

안에서 희미한 울음소리가 들려왔다. 그녀는 다시 한 번 거센 물살을 헤치며 안내 데스크로 걸어가 서랍을 뒤졌다. 그녀는 안에 든 것을 잡히는 대로 꺼내 바닥에 내동댕이쳤다. 보통 매장에서는 어디를 가든 커터칼 한두 개쯤은 쉽게 찾을 수 있는데, 오늘따라 서랍을 아무리 뒤져도 커터칼은 보이지 않았다. 마침내 서랍 가장 안쪽 한 귀퉁이에서 칼 한 자루가 나왔다. 그녀는 물을 첨벙거리며 옷장으로 돌아가서, 칼을 길게 휘둘러 비닐을 잘라냈다. 물이 가득 찬 옷장 안에 베이즐이 둥둥 떠 있었다. 그녀가 손을 뻗어 베이즐의 팔을 붙잡고 끌어당겼다. 그제야 그녀는 자신이 얼마나 두려움에 떨었는지 깨달았다. 베이즐이 이미 죽었을까 봐 걱정했던 것이다. 그녀는 그를 바짝 끌어당겨 꼭 껴안았다.

"아!"

베이즐이 비명을 지르듯 긴 숨을 내뱉었다.

"왜 그러세요?"

그녀가 그를 껴안고 있던 팔에 힘을 풀며 물었다.

"놈들이 손목을 부러뜨렸어요."

그가 어리광 부리듯 말했다.

"저는 못질까지 한 리리피프 안에 갇혀 있었어요. 걸으실 수 있겠어요?"

에이미가 물었다.

"네."

베이즐이 고개를 끄덕였다.

그녀는 나가는 길을 찾기 위해 손전등으로 쇼룸 이곳저곳을 비췄다. 순간 그녀의 몸이 얼어붙었다.

"이럴 수가!"

가짜 창문과 문을 통해 물이 쏟아져 들어오고 있었다. 거대한 물보라를 일으키며 밀려들어온 거센 물줄기가 가구들을 쓰러뜨리고, 쇼룸 전체를 기름이 둥둥 뜬 물바다로 만들고 있었다.

"어서 나가야 해요."

베이즐이 말했다.

"맷이랑 트리니티를 찾아야죠."

에이미가 대답했다.

"물이 너무 빨리 차오르고 있어요."

베이즐의 말이 맞았다. 물은 이미 그들의 무릎 높이까지 차올라 있었다.

"아직 시간이 있어요. 여긴 2층이니까 그렇게 빨리 물에 잠기지는 않을 거예요."

에이미가 말했다.

"정상적인 상황에서라면 그렇겠죠. 하지만 오늘 밤 일어난 일들을 생각해봐요. 정상적인 게 하나라도 있었나요?"

베이즐이 물었다.

"그럼 어떡해요? 다 내버려두고 우리만 나가자고요?"

"우리 두 사람이 지금까지 살아 있는 것도 기적이에요. 조금 있으면 저체온증으로 쓰러질지도 몰라요. 수위가 점점 높아지고 있잖아요. 지금 당장 나가지 않으면 여기에서 죽을 수도 있어요."

베이즐은 이를 덜덜 떨며 겨우 말을 이어가고 있었다.

포템킨 안락의자가 출렁거리는 물살을 타고 그들 곁을 지나쳐갔다. 의자는 매장 출입문을 향하고 있었다.

"일단 빠져나간 다음 다시 돌아와야 해요. 약속해주세요. 꼭 친구들을 찾으러 돌아오겠다고요."

에이미가 단호하게 말했다.

"약속해요. 자, 이제 제발 나가요."

베이즐이 더욱 거칠게 몸을 떨며 말했다.

두 사람은 물의 흐름을 따라 매장 출입문을 향해 걸었다. 어린이방에 이르자 수면을 뒤덮은 판다 인형들이 보였다. 인형들은 흠뻑 젖은 채 천장을 보며 으스스한 미소를 짓고 있었다. 두 사람은 인형을 헤치며 앞으로 나아갔다. 저 앞에서 거센 물소리가 들려왔고, 물살은 점점 더 빨라지고 있었다. 마침내 소리의 정체를 알게 된 에이미는 가슴이 철렁 내려앉는 것을 느꼈다. 두 사람은 거칠게 다리를 밀어대는 물살에 맞서 걸음을 멈췄다. 그리고 부대용품 판매 코너로 내려가는 계단을 망연자실한 표정으로 바라보았다.

폭포수 같은 거대한 급류가 거품을 일으키며 계단 아래로 떨어지고 있었다. 계단뿐만이 아니었다. 중이층(mezzanine) 전체에 물이 쏟아져 내리고 있었다. 어마어마한 양의 물줄기가 매끈한 벽 같은 거대한 폭포를 이루며 부대용품 판매 코너를 향해 떨어졌고, 계단은 거친 물살에 휩싸인 물미끄럼틀이 되어 있었다.

"다른 길로 가야겠어요."

베이즐이 으르렁거리는 폭포수의 소음을 뚫고 소리쳤다.

"카페를 가로질러서 쇼룸 앞에 있는 에스컬레이터로 가죠. 거기에서 정문으로 내려가면 돼요."

에이미는 카페를 향해 손전등을 비추었다. 급류에 휩쓸린 아르슬레 의자들이 빙글빙글 돌며 떠내려오더니, 계단 근처에 이르자 물살에 휩쓸려 모습을 감췄다.

"할 수 있겠어요?"

에이미가 베이즐에게 물었다.

베이즐은 고개를 끄덕였다. 두 사람은 계단을 따라 쏟아져 내리는 급류를 피해 카페 안으로 걸음을 옮겼다. 물살은 두 사람을 잡아 뜯을 듯 달려들었다. 바닥에서 발을 떨어뜨릴 때마다 그들의 발을 낚아채 계단 쪽으로 끌어가려 하고 있었다. 하얀 물거품이 에이미의 허리까지 올라왔고, 기름진 물방울은 그녀의 어깨 높이까지 튀어 올랐다. 에이미는 베이즐을 앞세운 채, 뒤에서 그의 왼팔을 붙잡고 길을 안내했다. 그의 오른팔은 죽은 듯 축 늘어져 덜렁거리고 있었다. 아르슬레 의자 하나가 또다시 그들에게 다가왔다. 의자는 마치 바람에 날리는 잡초처럼 힘없이 물살에 휩쓸리더니 계단 근처에 이르자 물속으로 빨려들어갔다. 빙글빙글 돌던 의자 다리가 베이즐의 정강이를 치고 지나갔고, 순간 균형을 잃은 베이즐은 허리 높이까지 차오른 물속으로 순식간에 사라져버렸다.

"부지점장님!"

에이미가 소리쳤다.

2미터 정도 떨어진 곳에 그의 머리가 보였다. 그는 폭포 쪽으로 휩쓸려가고 있었다. 에이미는 물살에 휩쓸리지 않으려고 안간힘 쓰며 그를 향해 달렸다. 베이즐은 바닥에 발을 딛지 못하고 또다시 물속으로 빨려 들어갔다. 에이미는 팔을 길게 뻗어봤지만, 거리가 너무 멀었다. 공포에 질린 커다란 눈과 숨을 들이쉬기 위해 쩍 벌린 입이 다시한 번 물 위로 모습을 드러냈지만, 그것이 마지막이었다. 베이즐은 부대용품 판매 코너로 내려가는 계단을 뒤덮은 급류 속으로 완전히 모습을 감췄다.

에이미는 좌절감에 휩싸여 비명을 질렀다. 몇 걸음만 더 가면 그들은 안전하게 에스컬레이터를 따라 내려갈 수 있었다. 하지만 이제 그녀는 부대용품 판매 코너를 가로질러 넓디넓은 셀프서브 창고를 지나고 계산대를 통과해야만 밖으로 나갈 수 있었다. 너무 멀었다. 더 큰문제는, 베이즐이 그 거친 폭포수 속에서 살아남았는지 알 수 없다는사실이었다.

하지만 그는 그녀를 구하려고 돌아왔다. 그녀 또한 그를 위해 기꺼이 돌아갈 것이다.

에이미는 바닥에서 발을 떼고 물살에 몸을 맡겼다. 순식간에 그녀의 몸을 낚아챈 급류가 계단을 따라 내려가고 있었다. 그녀의 몸이 미친 듯한 소용돌이 속에서 정신없이 돌았다. 물살은 거대한 망치가 되어 에이미를 때리고 사정없이 내던졌다. 마침내 계단 아래까지 이른 그녀의 몸 위로 거친 물줄기가 쏟아져 내렸다. 그녀는 마치 트럭에 치인 사람처럼 물속 깊이 나가떨어졌다. 온갖 소리가 멀어졌다. 그녀는 공포에 사로잡혔다. 어느 쪽이 위고 어느 쪽이 아래인지도 알 수 없었다.

갑자기 날카로운 뭔가가 그녀의 이마를 내리찍었다. 잠시 후 그녀의 몸이 부력 덕분에 수면 위로 둥실 떠올랐다. 그녀는 위아래로 흔들리며 두 눈을 끔뻑였다. 기름기가 잔뜩 섞인 더러운 물이 그녀의 얼굴 위로 주르륵 흘러내렸다. 세차게 떨어지는 급류 덕분에 그녀는 계단에서 멀찍이 밀려난 상태였다. 놀랍게도 그녀는 그 거친 소용돌이 속에서도 맥라이트 손전등을 놓치지 않았다. 그녀는 수면 위로 손전등을 비췄다. 베이즐이 아직 움직일 수 있는 왼팔로 생수병 받침대에 매달려 있는 모습이 보였다.

"괜찮으세요?"

에이미가 물었다.

베이즐은 쇼크 상태에 빠진 것 같았다. 얼굴은 회색빛이었고, 눈은 초점 없이 멍했다. 몸은 발작을 일으키는 것처럼 심하게 떨고 있었다. 에이미는 베이즐 옆에 쌓인 상자더미를 붙잡았다.

"조명 구역을 가로지르면 바로 창고로 갈 수 있어요. 그다음엔 헤엄쳐서 계산대를 빠져나가면 돼요. 그럼 나갈 수 있어요."

베이즐이 고개를 위아래로 흔들었지만, 에이미는 그것이 알아들었다는 뜻인지 추위에 몸을 떠는 것인지 구분할 수 없었다. 그때 상자를 움켜쥐고 있던 그녀의 왼팔로 뭔가 날카로운 것이 달려들었다. 그녀는 반사적으로 팔을 당겼다. 그러자 축축하고 묵직한 검은 형체가 그녀의 팔에 딸려 왔다.

"아!"

그녀는 물을 첨벙대며 팔을 흔들었다.

통통하게 살찐 검은 쥐 한 마리가 물에 퐁당 빠지더니 미친 듯 헤엄쳐 도망쳤다. 에이미는 손전등을 들어 주변을 비췄다. 사방에 쥐가 있었다. 그것들은 넘쳐나는 물을 피해, 발 디딜 곳만 보이면 어디든 몰려들어서 야단법석을 떨고 있었다. 벽에 고정된 선반들에는 검은 카펫을 깔아놓은 듯 쥐들이 우글거렸다. 그것들은 서로 엎치락뒤치락하며 상자와 떠다니는 파편들 위로 기어올랐다. 물에 빠진 놈들은 어디든 매달릴 기세로 발톱을 바짝 세우고 네발을 버둥거리고 있었다. 수면은 들썩거리는 쥐들로 파도치듯 넘실댔다.

"어서 가요!"

에이미가 소리쳤다.

베이즐이 움직이지 않자 에이미는 그의 옷깃을 잡고 그를 차가운 물속으로 잡아당겼다.

부대용품 판매 코너는 오르스크 매장 안에서는 비교적 평범한 공간으로, 전통적 의미의 마트에 가장 가까운 곳이라고 할 수 있었다. 고객들은 카트를 끌고 일상 용품이 잔뜩 쌓인 진열대 사이를 걸어 다니며 물건을 담았다. 접시, 포스터, 액자, 주걱, 시트지, 유리잔, 식탁용 소금과 후추 그릇, 행주, 냅킨, 장식용 쿠션 등 집 안에서 사용하는 대부분의 물건이 그곳에 있었다. 이 모든 상품이 지금은 가슴까지 차오른 물 위를 둥둥 떠다니고 있었다. 물에서는 끔찍한 악취가 피어올랐고, 검은 짐승들이 찍찍대는 소리가 어두운 공간을 가득 채웠다. 에이미는 베이즐의 한 팔을 꽉 붙잡고 걸음을 재촉했다. 물살이 등을 밀어주고 있어서 속도를 내는 데는 문제가 없었다. 하지만 물에 잠긴 가구와 카트에 걸려 넘어지기도 했고, 전선이 다리를 휘감아 비틀거리는 일도 많았다.

"조금만 더 가면 돼요. 잘 따라오세요."

에이미는 베이즐을 안심시키기 위해 계속해서 그에게 말을 걸며 나아갔다.

판매 코너 안은 허리케인이 지나간 뒤 폐허가 되어버린 마을 같았다. 짧은 연필 자루, 생수병, 물에 젖어 겹이 풀린 매장 지도, 화분, 거울, 그리고 쥐 새끼까지 모든 것이 물 위를 둥둥 떠다니고 있었다. 셀프서브 창고에 가까워지자, 두 사람은 더 이상 다리 힘을 쓸 필요가 없었다. 바닥을 한 번 밀고 다리를 살짝 들어 올리기만 하면, 거센 물살이 그들의 몸을 알아서 앞으로 실어 날랐던 것이다. 그녀는 한 팔을 베이즐의 가슴에 둘러 그를 꽉 붙든 채 물살에 몸을 맡겼다. 온갖 쓰레기를 헤치며 걸어가는 것보다는, 그것들과 함께 휩쓸려 가는 것이 훨씬 쉬운 방법이었다.

모퉁이를 돌자 물살은 더욱 빨라졌고, 두 사람은 드디어 휑뎅그렁한 창고에 들어섰다. 포장용 가구를 쌓아두는 선반이 천장을 향해 거의 15미터 높이까지 솟아 있는 거대한 창고에서, 맥라이트 손전등의 가녀린 불빛은 별 도움이 되지 않았다. 거친 물살에 건물 여기저기가 삐걱거리며 낮은 비명을 질렀고, 저 높이 어둠에 싸인 공중에서는 거대한 금속 선반들의 신음 소리가 들려왔다. 선반에 놓여 있던 브루카와 뮈스크 상자들이 물에 떨어지며 거대한 물보라를 일으켰고, 그 소리가 높은 천장을 향해 메아리쳤다.

물살을 타고 가던 에이미의 정강이에 뭔가 딱딱한 것이 부딪쳤다. 물속에 잠긴 가구가 다시 한 번 그녀의 발목을 잡은 것이다. 그녀는 베이즐을 놓치고 근처에 있던 기둥을 붙잡았다. 그녀가 재빨리 손전등을 들어 거센 물길을 비췄다. 베이즐의 머리와 어깨가 위아래로 출렁거리며 물살에 휩쓸려가는 것이 보였다.

"선반을 잡으세요!"

에이미가 소리쳤다.

베이즐은 복도 끝에 있는 거대한 선반을 향해, 다치지 않은 왼팔을 힘껏 뻗었다. 선반에 매달린 채 에이미를 바라보던 그의 눈이 갑자기 휘둥그레졌다.

"헤엄쳐요, 에이미! 뒤돌아보지 말고 헤엄쳐요!"

그가 소리쳤다.

보통 이런 상황에서 사람들은 후회할 걸 뻔히 알면서도 결국 실수를 저지르고 만다. 에이미도 예외는 아니었다. 그녀는 뒤를 돌아보았다.

쥐들을 잔뜩 실은 거대한 파도가 그녀를 향해 다가오고 있었다. 수면을 까맣게 덮은 쥐 떼가 급류에 떠밀려 정면으로 그녀를 덮칠 태세였다. 잔뜩 부풀어 오른 커다란 파도에 올라앉은 쥐들은 족히 수천 마리는 되어 보였다. 그것들이 그녀의 입술을 할퀴고, 입속과 셔츠 안으로 파고들고, 찍찍거리면서 그녀의 온몸을 갈가리 찢어놓는 모습이 떠올랐다. 그녀는 공포에 질려 물속으로 뛰어들었다. 그리고 있는 힘껏 헤엄치기 시작했다.

베이즐도 그녀를 따라 물속에 뛰어들었고, 두 사람은 전력을 다해 팔다리를 움직였다. 그들이 마침내 계산대에 이르자, 천장은 다시 3미터 높이로 낮아졌다. 에이미는 계산대 천장에 걸린 "또 오세요" 표지판을 거의 들이받을 듯 아슬아슬하게 통과했다. 등 뒤에서는 여전히 찍찍거리는 울음소리가 어둠 속에서 메아리치고 있었다. 그녀는 온몸이 아팠다. 팔은 납덩어리가 된 것 같았고, 피부는 추위 때문에 따끔거렸으며, 입술은 기름진 물에 퉁퉁 불어 갈라졌다.

하지만 출구가 머지않았다. 주차장을 향해 난 유리문이 보이기 시작했던 것이다. 아래쪽은 거의 물에 잠겼지만, 아직 남아 있는 유리문 윗부분을 통해 주차장의 오렌지색 불빛이 쏟아져 들어왔다. 끝날 것 같지 않던 어둠 속을 헤매던 그들에게 그것은 대낮의 환한 햇빛만큼이나 밝고 눈부셨다. 에이미는 문 위에 부착된 동작 감지기 앞에 다가가 손을 흔들었다. 아무 반응이 없자, 그녀는 주먹을 쥐고 유리문을 두드렸다. 하지만 문은 꼼짝도 하지 않았다. 전원이 차단된 탓에 문이 잠겨버린 것이다. 양쪽 유리문 사이의 가느다란 틈으로 물이 새어 나가는 것이 보였다. 엄청난 압력 탓에 물은 굉음을 내며 보도로 쏟아지면서 하얀 물보라를 일으켰다.

"쥐 떼예요! 가까이 오고 있어요."

베이즐이 이를 딱딱 부딪치며 말했다.

에이미는 더 이상 아무 생각도 할 수 없었다. 상황은 절망적이었다. 바로 코앞에 신선한 공기를 두고도, 겨우 몇 센티미터 두께의 유리문에 가로막혀 익사할 운명에 처한 것이다. 게다가 바로 뒤에는 쥐들이 있었고, 물은 더 이상 흘러갈 곳이 없었다.

조금 있으면 급류에 실려온 쥐들이 최종 목적지인 이곳에 집결할 것이다. 그것들은 그녀의 얼굴 위로 기어올라 그녀를 물속에 밀어 넣을 것이다. 놈들이 조금이라도 높은 자리를 차지하기 위해 비명을 지르며 서로를 물고 할퀴는 가운데 그녀의 몸은 점점 깊은 물속으로 가라앉을 것이다. 그리고 겁에 질린 작은 짐승들이 휘몰아치며 만들어낸 그 거친 회오리 속에서 두 사람은 갈기갈기 찢겨서 물속에 잠길 것이다.

"소화기!"

에이미가 소리쳤다.

"뭐라고요?"

베이즐이 물에 가라앉지 않으려고 발버둥을 치며 물었다.

"소화기 어디 있죠? 문 어느 쪽이에요?"

"왼쪽이었나? 맞아요, 왼쪽이에요. 아니, 오른쪽, 오른쪽이 맞아요. 아니에요. 왼쪽이에요."

베이즐은 정신없이 고개를 흔들었다.

에이미가 눈을 부릅뜨고 그를 똑바로 쳐다보았다.

"기회는 단 한 번뿐이에요."

"왼쪽이에요. 확실해요."

베이즐이 대답했다.

에이미는 숨을 크게 들이마신 뒤 물속으로 들어갔다.

청소용 화학제품이 잔뜩 녹아든 물이 눈에 닿자 눈이 타버릴 것처럼 아팠다. 하지만 그녀는 두 눈을 크게 뜨고 앞을 바라보았다. 그녀는 판유리를 따라 점점 아래로 내려갔다. 양쪽 유리문 사이의 가느다란 금속 날에 손가락을 걸면서 조금씩 더 깊은 곳으로 향했다. 뿌연 물 때문에 손전등 불빛이 어지럽게 굴절됐지만, 앞을 보는 데는 충분했다. 그녀는 문 왼쪽에 붙어 있는 붉은색 소화기를 발견하고 받침대에서 뜯어냈다. 소화기는 그녀가 원하는 작업을 수행할 수 있을 만큼 묵직했다. '이 정도면 유리를 깰 수 있겠어.'

갑자기 뭔가 단단한 것이 그녀의 등을 후려치더니 다리를 짓눌렀다. 에이미는 깜짝 놀라 팔다리를 허우적거렸다. 그것은 물살에 휩쓸려온 푸낭 안락의자였다. 다행히 다친 곳은 없지만, 소화기를 떨어뜨리고 말았다. 소화기는 '댕' 소리를 내며 바닥에 떨어져 꼼짝하지 않았다.

에이미는 의자를 걷어찬 뒤 소화기를 향해 헤엄쳤다. 폐가 타들어가는 것 같았지만, 숨을 들이마시기 위해 다시 수면 위로 올라갈 시간이 없었다. 그녀는 1미터를 더 내려가 소화기를 손에 쥐었다. 그리고두 발을 바닥에 고정한 채 소화기 바닥을 유리문에 가져다댔다. 금방이라도 찢어질 것 같은 폐의 고통을 덜기 위해 그녀는 남은 숨을 모두뱉어버렸다. 그런 다음 소화기를 어깨 뒤로 쭈욱 당겼다가 있는 힘껏유리문을 향해 밀어냈다.

물의 저항력이 유리문에 전달되어야 할 힘을 모조리 빼앗아 가버렸다. 소화기 바닥은 둔탁한 소리와 함께 유리문을 살짝 건드렸을뿐이다. 밀리지 않는 뭔가에 등을 기대면 좀 더 힘을 써볼 수 있겠지만, 주변에 그럴 만한 물건은 하나도 없었다. 유리문은 너무나 두꺼웠고, 소화기는 무거웠다. 소화기가 문에서 힘없이 튕겨져 나오는 순간, 그녀의 심장도 마침내 무너지고 말았다. 유리문 밖으로 뿌연 오렌지색 불빛이 보였다. 그리고 어렴풋이 무언가 움직이는 것이 보였다. 파란색과 빨간색 섬광이 번쩍이고 있었다. 경찰인가? 경찰차가 도착한 걸까?

시야가 점점 어두워졌다. '거의 다 왔는데……' 그녀가 중얼거렸다. 그랬다. 그녀는 거의 성공할 뻔했다. 그녀는 평생 뒷걸음질 치고, 포기하고, 남보다 뒤떨어졌다. 손대는 것마다 중도에 그만두고 말았다. 하지만 이번만큼은 그러지 않았다. 그녀는 정말 최선을 다했다. 하지만 때는 이미 늦었다.

폐와 심장이 거의 멈춰서 수면 위로 올라갈 수도 없었다. 하지만 어쩌면 한 번 더 시도해볼 힘은 남아 있을지도 모른다. 마지막으로 한 번만 더 해보자. 그래도 안 되면 그때는 정말 포기하면 된다.

마지막 기회다.

그녀는 다시 소화기를 들어 올려 유리문에 가져다댔다. 그런 다음 10센티미터 정도 뒤로 잡아당겼다. 그녀는 남아 있는 힘을 모두 어깨에 싣고 머릿속으로 비명을 지르며 유리문을 향해 소화기를 내던졌다. 소화기가 유리판에 부딪치는 순간, 미세한 떨림이 그녀의 손에 전달되었다. 거대한 유리판이 마치 종이 울리듯 떨고 있었다.

하지만 부서지지는 않았다.

그녀는 온몸의 힘을 풀었다. 소화기는 물살에 휩쓸려 그녀의 손을 떠났다. 그녀의 영혼도 서서히 몸을 빠져나가고 있었다. 폐에는 더러운 물이 차올랐고, 눈앞에 어른거리던 오렌지색 불빛은 검게 변해갔다. 그녀의 몸이 점점 깊은 어둠 속으로 가라앉았다. 언제나 같은 자리에서 그녀를 기다리고 있는 바로 그 의자를 향해 그녀는 다가가고 있었다.

그때 갑자기 잔가지 부러지는 듯한 소리가 들리더니, 유리판에 번쩍이는 은빛 선이 나타났다. 유리에 금이 간 것이다. 금은 너무나 가늘었지만, 뿌연 물속에서도 볼 수 있을 만큼 밝은 빛을 내뿜고 있었다. 은빛 선은 얼음 쪼개지는 소리를 내며 점점 길어졌다. 에이미는 그 한쪽 끝이 유리판 오른쪽 윗부분을 향해 뻗어가는 것을 멍하니 바라보았다. 금은 빠른 속도로 뻗어나갔다. 그리고 마침내 몰려 있던 엄청난 양의 물이 그 힘을 발휘했다.

하늘이 무너지는 듯한 요란한 굉음과 함께, 모든 일이 순식간에 벌어졌다. 유리문은 산산조각 나 주차장으로 와르르 쏟아졌고, 빠져나갈 곳을 찾고 있던 성난 물줄기가 에이미를 끌고 밖으로 토해졌다. 그녀는 거대한 물줄기에 휩쓸려 유리문 위쪽에 머리를 부딪쳤다. 뜨거운 피가 흘러내리는 게 느껴졌다. 하지만 물줄기는 멈출 줄을 몰랐다. 그녀는 형체를 알아볼 수 없는 온갖 쓰레기와 쥐 떼와 유리 조각과 더러

운 물과 젖은 영수증 용지 들과 함께 정신없이 소용돌이치며 오르스
크 건물 앞 보도로 밀려 나왔다.

17

구르네

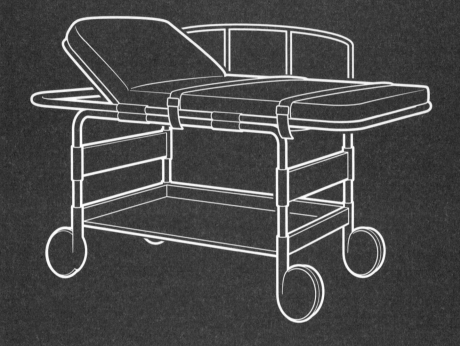

탄탄한 쿠션으로 무장한 매트리스 위에 온몸을 뉘고 긴장을 풀어보세요. 우아한 디자인의 **구르네**가 당신을 원하는 곳으로 모셔다드립니다. 응급실로 질주해야 하는 상황이든, 아니면 검시장으로 향하는 여유로운 상황이든, 구르네와 함께라면 격조 있고 편안한 여행이 될 것입니다.

소재: 아연도금 강
사이즈: W 65×D 191×H 79cm
제품번호: 7743666252

폭발하듯 쏟아져 나온 거대한 물줄기가 에이미를 보도 위에 내동댕이쳤다. 축 늘어진 그녀의 몸은 거친 콘크리트 바닥을 구르고 도로경계석을 가뿐히 넘어, 주차장 아스팔트 바닥에 이르러서야 겨우 멈췄다. 매장을 가득 채우고 있던 물은 간헐천처럼 쿨렁쿨렁 쏟아져 나왔고, 매장 앞 보도는 금세 하얀 물거품과 날카로운 비명을 질러대는 쥐 떼로 가득 찼다. 정신없이 허둥대던 쥐 한 마리가 에이미의 가슴을 들이받았지만 곧 물살에 떠밀려갔다. 그녀는 하얀 물보라를 맞으며 일어서려 했지만 몸을 가누지 못하고 바로 쓰러지고 말았다. 입으로는 계속해서 물을 토해내며, 살이 찢어져 피가 흐르는 무릎과 피부가 다 벗겨져 생살이 드러난 손바닥으로 그녀는 바닥을 기어갔다. 마침내 그녀는 물살의 영향을 벗어나, 옆으로 누운 채 두 눈을 감았다.

"괜찮으십니까?"

에이미는 고개를 들고 베이즐을 찾기 위해 주변을 둘러보았다. 출입문 근처에 그의 모습이 보였다. 소방관 세 명이 그를 둘러싼 채 그의 바이털사인을 확인하며 질문을 던지고 있었다.

"제 말이 들리십니까?"

에이미는 몸을 일으켜 앉았다. 쿠야호가 카운티 보안관 사무소 소속의 젊은 경관이 그녀를 내려다보고 있었다. 열네 살 정도로밖에 보이지 않는 앳된 외모의 남자였다. 그녀가 비틀거리면서 자리에서 일어서자, 경관이 그녀의 팔꿈치를 잡고 부축했다. 그녀는 그의 목에 양팔을 두르고 필사적으로 끌어안은 채 그동안 억눌러왔던 울음을 터뜨렸다.

"응급구조대원, 지원 바랍니다."

경관이 고개를 돌리고 어깨 너머로 소리쳤다. 그리고 다시 에이미를 바라보며 낮은 목소리로 입을 열었다.

"머리 부상이 심합니다."

그녀는 손가락으로 이마를 만져보았다. 찢겨 나간 피부가 덜렁거리고 있었다. 다시 손을 내려 바라보니, 손끝에는 회색빛 끈적끈적한 액체가 묻어 있었다. 붉은 피가 주차장의 오렌지색 조명 아래에서 본래의 색을 잃어버린 것이다. 그녀는 넋을 놓고 한참 동안 손끝만 바라보았다. 오르스크에서 탈출해야 한다는 긴급한 목표는 이제 사라졌다. 그녀는 정신이 멍해지는 것을 느꼈다.

미식축구 선수처럼 건장한 응급구조대원이 경관에게서 그녀를 인계받아 구급차 뒤쪽으로 부축해 갔다. 그곳은 모든 것이 하얗고 밝은 세상이었다. 구조대원이 그녀를 구급차 뒤 범퍼에 조심스럽게 앉혔다. 그녀는 모든 것이 정상적인 이 밝은 세상에서 영원히 떠나고 싶지 않았다.

"성함이 어떻게 되십니까?"

구조대원이 물었다.

"에이미요."

그가 작은 손전등을 그녀의 동공에 똑바로 비추며 다시 물었다.

"오늘이 무슨 요일인지 아십니까?"

"어제의 다음 날이겠죠."

구조대원이 살며시 미소 지었다.

"위험한 수준의 뇌 손상은 없다고 봐도 될 것 같군요."

에이미는 고개를 끄덕이고는 웃어 보이려고 얼굴근육을 씰룩거렸다.

"아뇨, 움직이지 마세요."

구조대원이 다급히 그녀를 말렸다.

"그냥 가만히 계세요. 응급실에 도착하기 전까지 간단한 치료를 해드릴게요."

그녀는 마음이 편안해지는 것을 느꼈다. 구조대원은 체온계를 그녀의 귀에 넣고 수치를 확인한 뒤, 은색 응급구조용 담요를 펼쳐 오들오들 떨고 있는 그녀의 어깨에 덮어주었다. 그녀가 다시 자리에서 일어서려고 하자, 그는 그녀의 어깨를 지그시 눌렀다.

"몇 분만 가만히 앉아 계세요."

말을 마친 구조대원은 하늘색 라텍스 장갑을 끼고 그녀의 이마에 난 상처를 살폈다.

경찰들이 매장 주위에 노란색 테이프로 경찰통제선을 둘렀고, 존재만으로도 드라마틱한 장면을 연출하는 소방차에서는 소방관들이 쏟아져 나와 매장 유리문에 바싹 붙어 내부를 들여다보았다. 구조 차량 뒤쪽으로는 수많은 차가 몰려와 있었다. 문을 열어놓은 채 차 안에 앉아 있거나 혹은 차 앞에 서서 고개를 길게 뺀 사람들은 저마다 휴대전화에 대고 소리를 지르고 사진을 찍느라 바빴다. 이 믿을 수 없는 뉴스를 가능한 한 많은 사람들에게 퍼뜨리기 위해 사력을 다하고 있는 것 같았다. 매장 앞에 진을 치고 있던 경찰들은 물에 흠뻑 젖어 정신없이 뛰어다니는 쥐들을 피하느라 괴성을 지르며 다리를 번쩍번쩍 들어 올렸다.

"여기 있었군요, 에이미! 무사해서 천만다행입니다."

자신의 이름을 부르는 소리에 에이미는 천천히 고개를 돌렸다. 밴 헤일런(미국 헤비메탈 그룹—옮긴이) 티셔츠와 트레이닝 바지를 입은 팻 지점장이 그녀를 향해 달려오고 있었다.

"괜찮은 거죠?"

그가 구조대원을 향해 물었다.

"네, 아직까지는 괜찮아 보이네요."

구조대원이 붕대를 싹둑 자르며 말했다.

"응급실에 도착하면 찢어진 곳을 몇 바늘 꿰매고, 몸을 따뜻하게 유지하세요. 그러면 문제없을 겁니다."

"정말 다행이에요. 쇼크 상태에 빠진 것 같은데, 아닌가요? 괜찮아요? 정말 괜찮은 건가요?"

팻 지점장은 구조대원과 에이미를 번갈아 바라보며 호들갑스럽게 질문을 쏟아냈다.

"아뇨. 전혀 괜찮지 않아요."

에이미가 중얼거렸다.

"대체 무슨 일이 있었던 거죠? 정말 믿을 수 없는 광경이네요."

팻이 말했다.

에이미는 매장을 향해 시선을 돌렸다. 아직도 주차장으로 물이 쏟아지고 있었다. 경찰들과 소방관들 사이로 스포츠재킷과 바람막이를 걸친 사람들이 보였다. 그들은 휴대전화를 들고 통화하거나 서로를 향해 뭔가 소리치고 있었다. 한 손에 노트북을 올려놓고 엉성한 자세로 이메일을 쓰고 있는 사람도 보였다. 에이미는 그제야 그들의 정체를 눈치챘다. 그들은 오르스크 컨설턴트팀이었다. 예정된 시간에 정확하게 이곳에 도착했던 것이다. 그녀는 시선을 돌려 자신의 모습을 내려다보았다. 지저분한 옷과 너덜너덜해진 척테일러 운동화, 그리고 곳곳이 찢겨나간 청바지가 차례로 눈에 들어왔다.

"뭐라고 설명해야 할지 저도 잘 모르겠어요."

한참을 뜸들이던 에이미가 마침내 팻의 질문에 대답했다.

"부지점장님은 무사한가요?"

"팔이 부러져서 빨리 병원으로 이송해야 한대요. 하지만 생명에는 지장이 없다는군요."

"다른 사람들은 어떻게 됐어요?"

"다른 사람들이라뇨? 누가 또 있어요?"

팻이 눈을 껌뻑였다.

"맷이랑 트리니티, 루스 앤 말이에요. 다 같이 있었어요."

"맙소사!"

팻은 등을 돌려 컨설턴트팀을 향해 거의 뛰다시피 걸어갔다. 그리고 오르스크 건물 방향으로 미친 듯이 팔을 휘저으며 그들에게 뭔가 긴 이야기를 쏟아냈다.

에이미는 천천히 자리에서 일어나 베이즐을 향해 걸어갔다. 그는 사다리차 뒤에 등을 기대고 앉아 있었다. 그의 얼굴은 물과 땀으로 범벅되어 번들거렸고, 팽팽하게 부풀어 오른 광대뼈 위로는 시퍼런 멍이 피어오르고 있었다. 그는 에이미를 발견하고 힘겹게 미소 지었다. 입술에 난 상처가 쩍 벌어지면서 끈적끈적한 피가 새어 나왔다.

"저런, 머리에 상처가……."

그가 말했다.

"다른 사람들은 못 나왔어요. 다들 어떻게든 빠져나왔기를 바랐는데, 우리 둘뿐이래요."

에이미가 말했다.

베이즐의 얼굴에서 미소가 사라졌다. 그는 자리에서 일어서려 했지만 몸을 움직이는 순간 팔에서 엄청난 고통이 느껴졌다.

"자리에 앉아 있는 게 좋을 겁니다. 일어서려다가 쓰러질 수도 있어요."

소방관 하나가 그를 보며 말했다.

하지만 베이즐은 그 말을 듣지 않고 자리에서 일어섰다. 그리고 에이미와 함께 걷기 시작했다.

"지점장님은 어떻게 하신답니까?"

베이즐이 물었다.

"지점장님이 뭘 할 수 있겠어요? 물이 빠지기를 기다렸다가 시체를 찾으러 들어가겠죠."

에이미가 말했다.

살아남았다는 안도감에 들떴던 것이 부질없고 부끄럽게 느껴졌다.

"죽지 않았을 수도 있어요. 저 안에서 무슨 일이 일어났는지는 아무도 모르잖아요."

베이즐이 말했다.

"저는 알아요. 옛날 이 자리에는 감옥이 있었어요. 그리고 사람들은 그 폐허 위에 또 다른 감옥을 지었죠. 그러자 오래전 그 죄수들이 이곳으로 돌아온 거예요."

베이즐은 한참 동안 말없이 매장을 바라보다가 고개를 끄덕였다.

"맞는 말이네요."

갑자기 주차장에서 요란한 소리가 들려왔다. 베이즐과 에이미는 주차장 쪽으로 몸을 돌렸다. 방송국 뉴스 차량 한 대가 주차장을 가로질러 매장을 향해 돌진하고 있었다. 경찰 두 명이 허둥지둥 달려가 차량을 가로막았고, 오르스크 컨설턴트 팀원들은 타고 온 차 안으로 재빨리 몸을 숨겼다.

"저 사람들은 이 일을 과연 어떻게 설명할까요?"

에이미가 물었다.

"누구나 이해할 수 있는 적절한 해명을 내놓겠죠. 지점장님은 벌써 건물주 얘기를 두 번이나 꺼냈더군요. 길고 복잡한 소송이 시작될 겁니다."

베이즐이 대답했다.

"부지점장님은 어떻게 되는 거예요? 저들이 부지점장님한테 책임을 물을까요?"

"누가 뭐라고 하지 않더라도 이 일은 내 책임이에요."

베이즐이 말했다.

"내 자리 지키겠다고 당신들을 이 일에 끌어들였으니까요. 맷과 트리니티는 내가 부른 건 아니지만, 그래도 어쨌든 난 그 사람들 상관입니다. 그 사람들을 책임져야 하는 자리예요. 그 사람들 죽음은 모두 내 책임이에요."

에이미가 말했다.

"그렇지 않아요."

"여기들 있었군요!"

팻 지점장이 한 손에 휴대전화를 들고 다른 한 손으로 손가락을 튕기며 두 사람을 향해 다가오고 있었다.

"이게 뭐죠? 우리 직원 번호인가요?"

그가 내민 휴대전화 화면에 익숙한 메시지가 보였다.

'살려줘요!'

에이미는 단번에 번호의 주인이 누구인지 알았다.

"맷이에요! 전화 걸어보세요."

그녀가 소리쳤다.

팻이 번호를 누르자 통화 연결음이 세 번 울리더니 음성사서함으로 연결되었다.

에이미가 휴대전화를 낚아채, 맷의 번호로 메시지를 보냈다.

'어디예요?'

세 사람은 일 분쯤 지나 휴대전화가 부르르 떨며 답신이 올 때까지 작은 휴대전화 화면만 뚫어지게 바라봤다.

'살려줘요!'

"살아 있어요! 맷이 아직 살아 있다고요."

에이미가 외쳤다.

팻은 휴대전화를 움켜쥐고 구조대 쪽으로 달려갔다.

"맷을 구할 수 있을까요?"

에이미가 베이즐에게 물었다.

"글쎄요. 곧 휴대전화 배터리가 떨어질 텐데……."

베이즐이 대답했다.

순간 두 사람 사이에 무거운 침묵이 내려앉았다. 그들은 같은 생각을 하고 있었다.

에이미를 치료했던 구조대원이 다가와 무거운 정적을 걷어냈다.

"이제 응급실로 가시죠. 친구 분들이 아직 매장에 남아 있다면, 소방관들이 구출할 겁니다."

"아뇨. 그런 일은 없을 거예요."

에이미가 말했다.

에이미와 베이즐은 구조대원을 따라 구급차로 돌아갔다. 팻이 두 사람을 다급히 쫓아왔다. 멀리서 컨설턴트팀이 그들을 지켜보고 있었다.

"잠깐만요. 두 사람과 잠깐 얘기 나눠도 될까요?"

팻이 구조대원에게 물었다.

구조대원이 고개를 끄덕이고 몇 발자국 떨어진 곳으로 물러나자, 팻은 두 사람을 향해 몸을 돌렸다.

"두 사람 다 끔찍한 일을 겪었다는 거 압니다. 오르스크를 대신해서 진심으로 사과드려요. 오늘 저 안에서 무슨 일이 있었든, 오르스크는 직원이나 관리자 누구에게도 어떠한 책임도 묻지 않을 것이라는 점을 말씀드리고 싶습니다. 손해는 보험회사에서 보상해줄 거예요. 무슨 말인지 알겠죠? 베이즐, 이해하겠죠?"

"고맙습니다."

베이즐이 대답했다.

"오르스크는 가족입니다. 서로 돌봐줘야 해요. 컨설턴트팀은 이번 일로 두 분이 오르스크를 떠나는 일이 생겨서는 안 된다는 입장입니다. 오히려 새로운 기회를 줄 생각이에요. 마침 동부지부에 빈자리가 있다고 하네요. 사무실이 펜실베이니아주에 있다는 게 좀 마음에 걸리겠지만, 이사하는 데 드는 비용은 모두 회사에서 지원할 겁니다. 두 사람 다 충분히 만족할 만한 자리예요."

팻이 말했다.

"승진을 시켜주신단 말씀입니까?"

베이즐이 물었다.

"사무직이고, 시급이 아니라 월급을 받는 자립니다. 복지 혜택도 훨씬 많아지겠죠."

팻은 베이즐의 손에 명함 한 장을 쥐여주었다. 뒷면에는 회사 메일이 아닌 개인 메일 주소가 적혀 있었다.

"톰 라슨 회장님 연락처예요. 내일이 지나기 전에 두 사람에게 개인적으로 연락을 취하실 겁니다."

"이해할 수가 없네요. 왜 이러시는 거죠?"

베이즐이 물었다.

"두 분은 하나만 지켜주면 됩니다. 언론에 아무 얘기도 하지 않는 거죠. 한동안만 입을 다물어달라는 겁니다. 사람들은 어차피 이해하지 못할 거예요. 오히려 혼란만 가중되겠죠. 회사 측에서 철저히 조사할 겁니다. 이 건물을 설계한 건축가와 건물주랑도 얘기를 나눠봐야죠. 사건의 진상이 파악되면 두 사람에게도 알려줄 겁니다. 그리고 때가 되면 언론에도 공개하게 될 텐데요, 오르스크는 두 사람이 이 모든 것을 감당하게 내버려두지 않을 겁니다. 언론의 생리를 이해하고, 언론을 어떻게 대해야 하는지 잘 아는 전문가들이 두 사람 곁을 지켜줄 거예요. 오르스크는 두 사람과 루스 앤의 유족들이 정당한 대우를 받을 수 있도록 최선을 다할 겁니다."

"맷이랑 트리니티는요?"

에이미가 물었다.

"그건 좀 애매한 문제예요. 부지점장과 에이미는 그 두 사람이 같이 있었다고 주장하지만, 지금은 모든 게 혼란스러운 상황 아닙니까? 정확하게 무슨 일이 어떻게 일어났는지 아무도 확실하게 말할 수 없을 거예요. 게다가 그 두 사람은 근무 중도 아니었죠."

팻이 말했다.

"분명히 저희랑 같이 있었어요!"

에이미가 말했다.

"그래요. 에이미는 그렇게 **믿고** 있겠죠. 하지만 이건 어려운 문제 예요. 문제를 부풀릴 필요는 없잖아요? 상황을 더 복잡하게 만들지 맙 시다."

팻이 말했다.

"맷과 트리니티는 저희랑 같이 있었어요. 제가 두 눈으로 똑똑히 봤다고요. 제가 상처 입은 트리니티를 매장 입구까지 끌고 나오기도 했어요. 맷이랑 직접 얘기도 했고요. 저 미치지 않았어요, 지점장님!"

에이미가 다시 말했다.

"당신이 미쳤다고 생각하는 사람은 아무도 없어요. 하지만 만약 두 사람이 여기 있었다고 해도, 그 사람들은 근무 중이 아니었잖아요. 시 급이 계산되는 시간이 아니었단 말입니다. 그럼에도 오르스크가 그 사 람들의 안전을 책임져야 할까요? 자, 이거 받아요, 에이미."

팻은 조금 전 베이즐에게 쥐여준 것과 똑같은 명함을 에이미에게 건넸다. 뒷면에는 역시 같은 이메일 주소가 적혀 있었다. 에이미는 가 슴 깊은 곳에서 뭔가가 치솟는 것을 느꼈다.

"그러니까 그냥 입 다물고 하던 일이나 계속하라는 말씀이세요?"

그녀가 차가운 목소리로 물었다.

"새로운 일을 하는 거죠. 더 좋은 환경에서 말이에요. 모두에게 최 선의 해결책이 될 겁니다."

팻이 말했다.

"제정신이세요? 직원 세 명이 죽었는데, 지금 저희한테 뇌물을 주 고 입을 다물라고 하시는 거예요?"

에이미는 명함을 집어던졌다.

"새로운 일이니 더 좋은 환경이니, 지점장님이나 실컷 누리세요! 오르스크에서 하루라도 더 일하느니 차라리 길거리에서 빈병을 줍는 게 낫겠어요. 그렇죠, 부지점장님?"

"화내는 건 이해하지만……."

팻이 다시 입을 열었지만 에이미는 그의 말을 듣고 싶은 생각이 전혀 없었다.

"이해라고요?"

격분한 그녀의 목소리가 주차장을 쩌렁쩌렁 울렸다. 그 소리를 들은 뉴스 진행자와 취재팀이 카메라맨을 끌고 그들에게 다가왔다. 그들은 주변을 둘러싼 경찰들을 헤치고 경찰통제선에 바싹 다가섰고, 오르스크 컨설턴트팀은 초조한 표정으로 그들을 바라보았다.

"사람들이 죽었어요. 저도 죽을 뻔했고요. 상황이 이런데, 지점장님은 지금 법적책임 문제를 걱정하시는 거예요? 그게 말이나 되는 일이에요?"

"에이미, 그만해요."

베이즐이 나섰다.

"지점장님 말씀이 맞아요. 이미 일어난 일은 어쩔 수 없는 거고, 이제 상황을 수습해야죠. 그 두 사람이 여기 온 것은 회사 일과는 아무 관련이 없어요."

에이미는 뺨을 한 대 얻어맞은 것 같은 기분이었다.

"부지점장님은 회사가 시키는 대로 하겠다는 말씀이에요?"

에이미가 물었다.

"나도 화가 나요. 당장 이곳을 뒤엎어버리고 싶은 심정이에요. 하지만 이제 우리가 할 일은 끝났어요. 나머지는 전문가들이 알아서 해결하게 놔둡시다. 최선의 방법을 찾아낼 거예요. 난 돌봐야 할 어린

동생이 있어요. 회사에서 좋은 자리를 제안해줘서 솔직히 고맙네요."

에이미의 가슴속 거대한 새가 날개를 활짝 펼쳤다. 그녀는 걷잡을 수 없는 분노에 휩싸였다. 그 끔찍한 상황에서 이루 말할 수 없는 고통을 겪었는데, 세상은 마치 아무 일도 없었던 것처럼 모든 것을 덮으려 하고 있었다. 그녀는 철저하게 혼자가 된 것 같았다.

"이런 일이 일어나서 정말 마음이 아픕니다. 유족들에게는 회사에서 직접 조의를 표할 거예요. 이 건물을 설계한 건축가, 건물주와도 얘기할 거고, 이 비극적인 일에 책임을 져야 할 부분이 발견되면 반드시 그렇게 하도록 할 겁니다. 회사는 모두에게 최선이라고 판단되는 해결책을 찾아낼 거예요. 에이미와 베이즐은 이번 일로 너무 자책하지 않았으면 해요. 맷과 트리니티, 루스 앤이 이렇게 된 건 두 사람 잘못이 아니에요."

에이미는 팻의 머리를 향해 팔을 힘껏 휘둘렀다. 그녀는 평생 다른 사람을 때려본 적이 없었다. 경험이 없었던 탓인지, 그녀의 동작은 어설프기 짝이 없었다. 뺨을 때린 것인지 주먹을 날린 것인지 알 수 없게 되어버린 것이다. 팻은 아프다기보다 깜짝 놀라 얼이 빠진 얼굴로 그녀를 바라보았다.

"이 나쁜 자식아! 아니긴 뭐가 아니야! 그 사람들은 우리 책임이었다고!"

그녀가 소리쳤다.

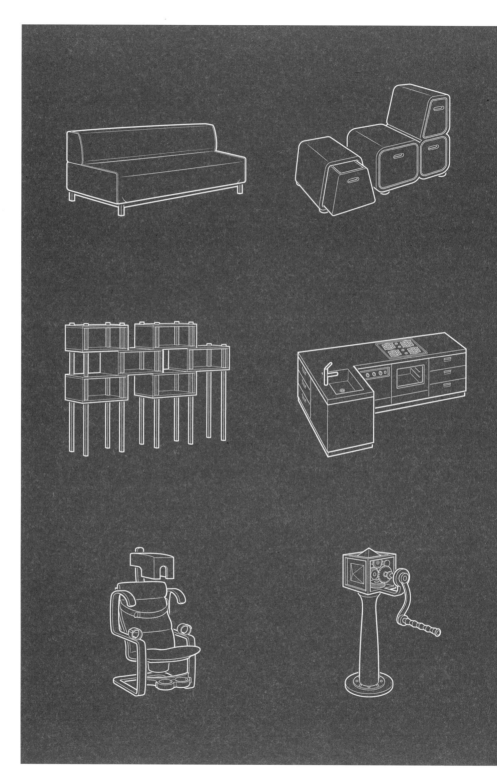

오르스크는 과연 모두가 이해할 수 있는 적절한 해명을 내놓았다. 주요 수도 공급 시설이 파손됐고 스프링클러 시스템이 오작동했다는 것이다. 보험회사 손해사정인이 마침내 매장 안에 들어섰을 때, 가짜 문들은 모두 닫혀 있었고 옷장은 산산조각 나 있었으며 참회자의 모습은 찾아볼 수 없었고 시체도 나오지 않았다. 눈에 보이는 것은 오직 매장에 엄청난 홍수가 났다는 증거들뿐이었다. 모든 손실 물품은 배상 목록에 꼼꼼하게 기록되었다.

맷과 트리니티, 그리고 루스 앤은 발견되지 않았다. 오르스크는 그들의 추도식에 필요한 모든 비용을 부담했고, 가족에게는 위로금을 전달했다. 맷과 트리니티에 대해서는 좀 더 세심한 뒤처리가 이루어졌는데, 회사는 그들이 그날 밤 매장에 있었다는 사실을 끝내 인정하지 않았다. 본사와 건물주, 그리고 건설업체 사이에 추가적인 조정이 진행되었다. 하지만 소송은 없었고, 언론에 나서는 사람도 없었다. 칼의 시체 역시 발견되지 않았다. 그날 밤 사건을 다룬 기사가 수없이 쏟아져 나왔지만, 그의 이름은 언급조차 되지 않았다. 그가 노숙자이기 때문 인지 아니면 아예 존재하지 않았기 때문인지는 알 수 없었다. 이 세상 에서 그를 기억하는 사람은 에이미 하나뿐인 것 같았다.

세 번의 추도식이 있었다. 맷과 트리니티와 루스 앤을 기억하는 자 리였다. 트리니티의 추도식은 교회 사람들끼리 조용히 치러졌다. 맷 의 추도식은 고등학교와 지역 대학 친구들로 북적거렸다. 감동적인 추도사가 몇 편 있었고, 바이브레이션을 남발하는 형편없는 가수가 마이크를 잡기도 했다. 베이즐도 추도식에 참석했지만, 에이미는 그 와 한 마디도 나누지 않았다. 루스 앤의 추도식에는 무려 134명의 추 모객이 참석했다. 모두가 오르스크의 직원이거나 고객이었다. 그들은 진심 어린 추도사를 읊고 눈물을 흘렸으며, 그녀가 생전에 보여주었 던 다정하고 친절한 모습에 대해 이야기했다. 꽃과 액자로 장식된 테 이블 한가운데에는 스누피 인형이 놓였고, 많은 이들이 오르스크 유 니폼을 입고 있었다. 에이미는 맨 뒤에 서서 추도식을 지켜보다가 도 중에 자리를 떠났다. 그녀의 마음은 추도식장에 들어설 때보다 더한 층 무거워져 있었다.

사건이 발생하고 일주일 뒤, 오르스크 법무팀에서 연락이 왔다. 그 들은 오르스크의 직원 모두를 가족으로 생각하고 있으며, 자신들의 진심 어린 호의를 모쪼록 오해 없이 받아주길 바란다고 말했다. 그들 의 제안은 명료했다. 에이미가 회사를 고소하지 않겠다는 서류에 사 인만 해주면 그녀에게 후한 퇴직금을 지급하겠다는 내용이었다. 회사 의 책임이나 잘못에 대한 언급은 전혀 없었다. 에이미는 그들이 뭘 원 하든 신경 쓰고 싶지 않았다. 그녀는 서류 내용을 읽어보지도 않고 사 인했다. 그리고 90일 뒤 DHL로 수표가 배달되었다. 금액은 8,397달러였다.

그녀는 잠을 이룰 수 없었다. 첫날 밤, 엄마의 새 남편 제라드가 응급실로 그녀를 데리러 왔고, 그들은 함께 트레일러하우스로 갔다. 그녀의 엄마는 흥분을 가라앉힐 수 없어 진정제를 먹었고, 두 사람이 도착하기 전 이미 잠이 들었다. 에이미는 집 안에 있는 불이라는 불은 다 켜고 커튼을 닫았다. 무슨 일이 있었는지 궁금해하는 제라드에게는 적절히 편집한 이야기를 들려주었다. 참회자나 지하 통로 얘기, 못질한 옷장에 갇혔던 얘기 등은 다 빼버렸다. 하지만 그렇게 손본 이야기조차도 허무맹랑하게 들리기는 마찬가지였다. 제라드는 그녀가 거짓말을 한다고 생각하는 게 분명했다. 얼마 후 제라드도 잠자리에 들었고, 그녀는 혼자 남겨졌다. 그녀는 완전히 녹초가 된 상태였지만 혼자 있는 것은 견딜 수 없었다. 결국 그녀는 베개와 담요를 들고 엄마의 침실로 들어가 침대 발치 맨바닥에 드러누웠다. 하지만 눈을 감을 수는 없었다.

다음 날 에이미는 꾸벅꾸벅 졸면서 하루를 보냈다. 점심을 먹다가도 깜빡 잠이 들었고, 엄마와 이야기 나누는 도중에도 눈이 감겼다. 예전 룸메이트들과 통화할 때도 졸음은 그녀를 놓아주지 않았다. 룸메이트들은 그녀에게 네 번이나 전화를 걸었고, 마침내 그녀가 전화를 받자 바로 삼자 통화를 시작했다. 그들은 그런 무시무시한 상황에서 살아남은 그녀를 영웅으로 치켜세우며 그녀가 얼마나 용감했는지에 대해 입에 침이 마르도록 칭찬했다. 그리고 그곳에서 '진짜로' 무슨 일이 일어났는지 물었다. 몇 분 뒤, 그들은 자신들이 원하는 짜릿하고 흥미진진한 얘기는 결코 들을 수 없으리라는 사실을 깨달았다. 이제 남은 문제는 자신들의 본심을 끝까지 들키지 않고 최대한 자연스럽게 통화를 마치는 것뿐이었다.

며칠 뒤 제라드가 에이미의 아파트로 차를 몰고 가서 그녀의 물건들을 챙겨왔다. 에이미는 몰랐지만, 그는 그동안 밀린 월세도 해결해주었다. 에이미는 제라드가 가져온 상자들을 침실로 옮겼지만, 짐을 풀지는 않았다. 그녀는 매일 똑같은 트레이닝복을 입고 하루 종일 침대에 누워 있었다.

엄마는 처음 며칠 동안은 온갖 호들갑을 떨며 그녀를 살뜰히 챙겨주었다. 제라드도 완전히 다른 사람이 된 듯 에이미를 따뜻하게 돌봐주었다. 하지만 에이미는 아무 변화를 보이지 않았고, 두 사람의 마음속에는 실망감이 쌓여갔다. 결국 얼마 못 가 모든 것이 원위치로 돌아왔다. 제라드는 에이미에게 지역 대학에 재등록하거나 취직자리를 알아보는 게 어떠냐고 넌지시 묻기도 했다. 오르스크 같은 대형 매장이 아니어도 상관없고, 개를 산책시키는 일이라도 좋으니 뭐든 해보라는 것이었다. 평생 침실에 처박혀 TV나 보면서 살 수는 없지 않느냐고도 했다.

하지만 에이미가 원하는 삶은 바로 그런 것이었다. 그녀는 TV를 껴안고 침실에서 꼼짝하지 않았다. 〈리얼 하우스와이프〉 전 시즌 모든 에피소드를 두 번 이상 본 뒤, 그녀는 한 주 동안 아이튠즈에서 147달러어치 영화를 다운 받아 보았다. 베이즐이 다섯 번이나 메일을 보냈지만 그녀는 읽지도 않고 삭제했다. 글을 읽으려면 집중력이 필요했지만, 그녀에게는 그럴 힘이 없었다. 상실감이나 트라우마에 관한 책을 읽어보려고도 했다. 성경을 펼쳐보기도 했고, 아마존에서 코란을 주문하기도 했다. 하지만 늘 두세 문장을 읽고 나면 금세 집중력을 잃었고, 결국은 책을 내려놓았다.

사건이 발생한 뒤 일주일 동안, 그녀는 집착이라고 해도 좋을 만큼 광적인 관심을 갖고 오르스크와 관련된 모든 뉴스를 찾아보았다. 하지만 시간이 흐르자 오르스크 관련 뉴스는 점차 자취를 감췄고, 그에 따라 그녀의 관심도 사그라졌다. 그녀는 때가 되면 먹었고, 낮 동안에 도 잠을 잤다. 엄마나 제라드가 무슨 말을 하든, 두 사람이 제풀에 지쳐 그만둘 때까지 잠자코 듣기만 했다. 그녀는 살아 숨 쉬는 송장이었다.

6개월이 지나고 7개월째가 되었다. 에이미는 크리스마스에도 방에 처박혀 나오지 않았고, 엄마는 혼자 친척들을 만나러 갔다. 그해 마지막 날, 그녀는 오후 6시에 잠들어 새벽 3시에 잠에서 깼다. 그리고 그 후 이틀 동안 잠을 이루지 못했다. 그렇게 1월이 지나가고, 2월도 지나갔다. 달력은 한 장 한 장 넘어갔지만, 그녀의 삶은 늘 똑같았다.

때로 그녀는 아무 이유 없이 울음을 터뜨렸다. 몇 시간씩 짐승처럼 울부짖기도 했고, 조용히 눈물 흘리기도 했지만, 왜인지는 그녀 자신도 알 수 없었다. 3월이 지나고 4월이 되었다. 제라드와 엄마는 나이아가라 폭포를 구경하기 위해 사촌 집으로 휴가를 떠났다. 에이미는 아무도 없는 트레일러하우스를 견디지 못하고 근처 호텔에서 며칠을 묵었다. 그 며칠을 제외하고는 그녀는 외출도 하지 않았고, 말도 하지 않았다. 치료받는 것도 거부했다. 잠이 오면 잠을 잤고, 배가 고프면 먹었다. 그렇게 그녀는 생명을 이어갔다.

그러던 어느 날, 그녀는 마침내 자신이 해야 할 일을 발견했다.

사건이 발생하고, 신문과 TV에서 수많은 기사를 쏟아내고, 오르스크 본사 홍보팀장이 〈크리스 매슈스의 하드볼〉(MSNBC에서 방송되는 미국 토크쇼—옮긴이)에 출연해 직원들의 안전과 관련한 회사의 책임 문제에 대해 답하고, 세 번의 추도식이 치러진 뒤, 오르스크는 마을을 조용히 빠져나갔다. 건물이 시커먼 곰팡이에 뒤덮여서 허물고 새로 지어야 했지만, 톰 라슨은 불미스러운 사건과 연결되어 이미지를 망친 매장에 그런 엄청난 투자를 할 생각이 전혀 없었다. 그는 꼬리를 잘라내고 도망가는 방법을 택했다.

놀랍게도 오르스크가 떠나간 자리를 메운 것은 또 다른 대형 상점이었다. 사건이 발생하고 13개월 후, 오르스크가 사라진 바로 그 자리에 플래닛베이비(Planet Baby)가 들어섰다. 아기에게 필요한 모든 물건을 한자리에 모아놓은 거대 매장이었다. 플래닛베이비와 함께라면, 아이를 갖는 것은 인생 최고의 선택일 뿐 아니라, 흥분과 기쁨으로 가득한 새로운 라이프스타일의 시작이라는 것이 그들의 모토였다.

에이미는 플래닛베이비 오픈 소식을 듣자마자, 차를 타고 매장으로 달려가 입사지원서를 제출했다. 그리고 바로 다음 날 놀라운 일이 벌어졌다. 인사부에서 그녀의 휴대전화로 직접 전화를 걸어, 그녀를 전시부 파트장으로 채용하겠다는 소식을 전했던 것이다. 그녀는 첫 출근 바로 전날 밤이 되어서야 엄마와 제라드에게 사실을 털어놓았다. 두 사람은 기뻐했지만 불안한 마음을 거두지 못하는 눈치였고, 제라드는 때가 되었다는 듯 조심스럽게 입을 열었다.

"그런 일을 겪고도 그곳으로 돌아갈 용기를 냈다니 정말 대견하구나. 이제 일을 시작하게 됐으니 너도 생활비를 같이 부담하는 것이 좋지 않겠니? 앞으로 상황이 어떻게 될지 모르겠지만, 일단 그렇게 해보자꾸나."

첫 출근 날 아침, 그녀는 벌겋게 충혈된 눈에 안약을 넣고 커피를 여섯 잔이나 마신 후, 낡은 혼다 시빅을 몰고 한때 매일 오가던 익숙한 길을 달려 리버파크 드라이브에 들어섰다. 그녀는 건물 옆면을 따라 주차장으로 들어가, 플래닛베이비가 들어서기 전 오르스크가 그 자리에 있을 때 항상 차를 세우던 바로 그 자리에 주차했다.

새로운 매장은 예전과 전혀 다른 듯했지만 한편으로는 전과 똑같았다. 건물 전체를 뒤덮고 있던 차분한 색깔이 알록달록한 원색으로 바뀌었고, 글을 막 배우기 시작한 어린아이가 크레용으로 삐뚤빼뚤하게 쓴 것 같은 커다란 간판이 여기저기 걸려 있었다. 간판은 그곳을 방문한 엄마, 아빠 들에게 어서 지갑을 열라고 재촉하는 것 같았다. 아기들은 이곳의 상품들이 절실히 필요하지만 자신이 원하는 것을 정확하게 설명할 수 없으니, 플래닛베이비가 친절하게 그들의 마음을 대변하겠다는 듯. 정말 고마운 기업이 아닐 수 없다!

안으로 들어간 에이미는 사무실이 늘어선 건물 뒤편으로 가서 직원 등록을 하고 인사부장을 만났다. 그녀는 새 유니폼을 구입한 뒤 라커룸에서 옷을 갈아입었다. 부드러운 청바지와, 체형이 전혀 드러나지 않을 만큼 헐렁한 핑크색 셔츠였다. 척테일러 운동화를 신은 사람은 아무도 보이지 않았다. 플래닛베이비 직원들은 모두 리복을 신고 있었다. 여자는 핑크색, 남자는 파란색이었다. 에이미는 휴대전화를 꺼내 쇼핑 리스트에 '새 신발'을 추가했다. 그녀는 사람들 눈에 띄지 않고 자연스럽게 섞여 들고 싶었다.

오리엔테이션에 몇 분 늦은 에이미를 위해, 근무지원팀 직원 한 명이 그녀를 오리엔테이션 장소로 안내했다. 거대한 전시장을 지나는 동안 익숙한 풍경이 그녀의 시선을 사로잡았다. 오르스크와 똑같은 자리에 똑같은 전시물을 배치한 방들도 심심치 않게 보였다. 놀이방과 아기방, 그리고 아이를 위한 첫 침실에 특별히 신경 쓴 것도 한눈에 알 수 있었다. 에이미는 전시장 벽 곳곳에 자리 잡은 가짜 문을 보며 살며시 미소 지었다. 모두 단단히 못이 박혀 있었던 것이다. 문을 열면 진짜 집 안으로 들어갈 수 있을 거라고 착각하긴 힘들 것이다.

지원팀 직원은 구불구불한 복도를 따라 제품으로 가득 찬 복잡한 전시장을 지나는 동안 한시도 쉬지 않고 떠들어댔다. 두 사람은 마침내 오리엔테이션 장소에 도착했다. 전시부 팀장이 새 직원들 앞에서 큰 소리로 교육을 진행하고 있었다.

"우리는 고객에게 강요하는 것이 아니라, 그들을 안내해야 합니다. 플래닛베이비는 오감으로 즐기는 특별한 경험입니다. 아주 즐거운 경험이 되어야 하지요. 무엇보다도 중요한 것은 바로 첫 만남입니다."

팀장은 에이미가 도착하는 것을 보고 살짝 고개 숙여 그녀에게 인사를 건넨 뒤, 다시 말을 이었다.

"플래닛베이비를 방문하는 고객은 두 부류입니다. 아무것도 사지 않는 사람과 모든 것을 사는 사람이 있죠. 이곳 쇼룸은 제품 구매를 위한 곳이 아니라 고객들에게 기대감을 심어주는 곳입니다. 진짜 쇼핑은 바로 아래층에 있는 '베이비 스토어'에서 이루어지죠."

에이미는 뒤쪽에 자리를 잡고, 모든 대형 매장이 전략으로 채택한 예의 최면술 강의에 몸을 맡겼다. 6시가 되어 근무 시간이 끝나자 그녀는 77번 도로에 있는 파네라브레드(빵과 음료를 함께 제공하는 캐주얼 레스토랑 체인—옮긴이)로 가서 가볍게 저녁을 먹었다. 그런 다음 딕스스포팅과 홈 데포에 들러 잠깐 시간을 보내고, 다시 플래닛베이비 주차장으로 돌아와 때를 기다렸다.

11시가 되자 청소팀이 도착했다. 노란 셔츠를 입은 관리인들이 직원 전용 출입문을 통해 우르르 매장 안으로 몰려 들어가는 것이 보였다. 에이미는 차 문을 열고 밖으로 나와, 배낭가방의 끈을 바싹 조였다. 가방은 묵직했다. 손전등과 배터리, 스크루드라이버, 칼, 460미터 길이의 낚싯줄과 30미터 길이의 야광테이프, 멀미를 막기 위한 패치와 플래닛베이비 제품 전용 조립 도구로 가득 차 있었기 때문이다. 이번에는 어둠 속에서 길을 잃지 않으리라! 그녀는 야광테이프와 낚싯줄을 사용해 지나간 길을 표시할 계획이었다. 친구들을 찾아내면 그 표시를 따라 밖으로 나오면 된다.

마지막 관리인이 출입문을 향해 다가갔다. 턱에는 염소수염이 나 있고 목에는 문신을 한, 키가 작고 체격이 다부진 남자였다. 그가 직 원카드를 리더기에 긁고 건물 안으로 들어가는 순간, 에이미는 출입 문을 향해 몸을 날렸다. 문이 닫히기 전에 붙잡으려는 것이었다. 하지 만 실패하고 말았다. 사람들 눈에 띄지 않기 위해 너무 멀리 숨어 있 었던 탓이다. 그녀는 손잡이를 거의 잡을 뻔했지만, 문은 그녀의 손끝 을 스치듯 지나가 그대로 닫히고 말았다. 그녀는 분노를 가득 실어 문 을 발로 찼다.

"내가 열어줄게요."

등 뒤에서 귀에 익은 목소리가 말을 건넸다.

그녀는 뒤돌아보았다. 베이즐이 그녀를 향해 걸어오고 있었다. 전 보다 살이 조금 쪘지만 얼굴의 상처는 거의 아문 것 같았다. 턱의 작은 상처 자국이 벌레처럼 툭 불거져 나오고, 왼쪽 눈썹 위로 꼬불꼬불한 상처가 희미하게 남아 있을 뿐이었다. 그는 오른팔에 반복성 긴장 장 애 치료를 위한 교정기를 착용하고 있었다.

"직원 명단에서 당신 이름을 봤어요."

그가 플래닛베이비 직원카드를 꺼내며 말했다.

"배낭에 뭘 그렇게 잔뜩 넣어 왔어요?"

에이미는 대답하지 않았다. 배신자에게 그녀의 계획을 말해줄 이 유는 없었다. 그렇지만 그를 조롱하고 싶은 마음까지 억누를 수는 없 었다.

"오르스크 지부 사무실에 편안히 앉아 계셔야 될 분이 여긴 어쩐 일이세요? 톰 라슨 회장님께서 특별히 신경 써주셨는데, 결국은 쫓겨 났나 보죠? 속이 쓰리겠네요."

"회장님께 이메일은 보내지 않았어요. 도저히 못 하겠더라고요. 작년 내내 맥도날드에서 일했죠."

베이즐이 말했다.

"그래도 양심은 있었나 보네요. 늦게나마 정신을 차리셨다니 다행이에요."

에이미가 여전히 날을 세웠다.

"여기에서 일한 지는 3개월 정도 돼요. 기계운용 부서 차장을 맡았어요. 가방엔 뭐가 들었죠?"

베이즐이 다시 물었다.

"신경 쓸 거 없잖아요. 일하다가 마주치더라도 모르는 척해주세요. 우린 서로 볼일 없는 사람들이니까요."

말을 마친 에이미가 몸을 돌려 자리를 떠나려는 순간, 베이즐이 다시 입을 열었다.

"당신도 아마 나와 비슷한 것들을 갖고 왔겠죠? 손전등, 배터리, 주머니용 손난로 같은 것들 말이에요. 난 호신용 스프레이도 가져왔는데, 그놈들한테 통할지는 모르겠어요. 지금 막 가방을 가지러 가던 길이었어요."

에이미는 온몸을 감싸고 있던 분노가 한순간 씻겨나가는 것을 느꼈다. 그녀는 혼란스러웠다.

"대체 무슨 말이에요?"

그녀가 물었다.

"그 사람들은 내 친구이기도 했어요. 그보다 더 중요한 건, 내가 그들의 안전을 책임져야 하는 사람이었다는 거죠. 진작부터 얘기하려고 했는데, 당신은 들으려고 하지 않더군요."

그는 갑자기 목소리를 낮추고 속삭이듯 말을 이었다.

"솔직히 난 이미 한 번 들어갔다 왔어요. 아직 문이 열려 있더군요.

벌집도 그대로였어요."

"맷이랑 트리니티는요? 찾으셨어요?"

"아직요. 당신도 나랑 같은 이유로 여기 온 거 맞죠?"

베이즐의 물음에 에이미는 고개를 끄덕였다.

"네, 반드시 구해낼 거예요. 사람들은 이미 끝난 일이니 이제 다 잊고 일상으로 돌아가야 한다고 말하지만, 난 싫어요. 예전의 내 모습으로 돌아가고 싶지 않다고요. 그 일이 있던 날 밤 난 다른 사람이 됐고, 이제 그 새로운 모습을 지키고 싶어요."

"우리가 기억하는 것보다 더 힘들지도 몰라요. 지도자가 사라지고 나자 참회자들은 혼란에 빠졌어요. 따돌리기는 어렵지 않아요. 하지만 매장은 여전히 정신을 파고들어 혼란을 일으켰죠. 아기 용품이 가득하니 더 으스스하더군요. 아기용 침대는 절대 쳐다보지도 말아요. 알았죠?"

베이즐이 말했다.

"네, 천천히, 조심스럽게 접근할 거예요. 이곳이 어떻게 돌아가는지 파악하면서요. 시간이 얼마나 걸리든, 난 친구들을 다 찾을 때까지 계속 여기 올 거예요. 다 끝날 때까지 절대 포기하지 않겠어요."

서로를 바라보는 두 사람의 얼굴에 희미한 미소가 감도는 순간, 에이미는 얼른 고개를 돌렸다. 공기는 습했고, 늪지에서는 개구리 울음소리가 우렁차게 울렸다. 베이즐이 직원카드를 리더기에 통과시키자 '삐' 하는 전자음이 들리며 문이 안쪽으로 딸깍 열렸다. 베이즐은 손잡이를 잡고 문을 활짝 열었다.

온갖 벌레가 불빛을 향해 건물 안으로 날아들었다. 에이미는 그에게 뭔가 더 얘기하고 싶었다. 그녀는 달라졌고, 그가 돌아와 기쁘다고 말하고 싶었다. 그동안 그를 오해했던 것을 사과하고, 자신의 생각이

틀려서 다행이라고 그에게 말해주고 싶었다. 하지만 그녀는 입을 다 문 채 건물 안으로 들어섰다. 더 이상 지체할 시간이 없었다. 그들에게 는 해야 할 일이 있었다.

역자 후기

'분명히 공포 소설이라고 했는데……'

이것이 『호러스토어』를 만난 나의 첫 반응이었다. 특이한 판형과 밝고 선명한 색깔이 마치 세련된 카탈로그를 보는 것 같은 느낌을 주었기 때문이다. 여러 장의 속표지를 거쳐 마침내 만난 작가의 글은 컬러풀하면서도 기괴한 느낌을 주는 표지의 느낌을 그대로 이어갔다. 작가는 깔끔하고 모던한 동시에 가시가 돋친 듯 까칠하고 냉소적인 문장으로 대탈주극이 펼쳐질 장소와 그 주인공들을 차근차근 그려간다. 이렇게 탄탄하게 지어진 세계 속에서 마침내 "공장"의 문이 열리고, 이야기는 속도감을 더해간다. 긴박한 사건의 흐름은 감정을 조이고 풀기를 몇 번 반복하며 공포와 안도감, 분노와 동료애를 뒤섞어 쏟아내고, 마침내 거대한 벽에 부딪쳤던 주인공이 절망과 도피 대신 또 다른 길을 선택하면서 이야기는 끝이 난다.

오랜만에 다시 번역 작업을 하게 된 나에게 이 책은 한동안 잊고 있던 몰입의 즐거움을 느끼게 해주었다. 다음 이야기가 궁금해 견딜 수 없어 안달하고 이야기가 끝난 뒤 그다음이 알고 싶어 또다시 안달하게 되는, 괴로우면서도 즐거운 경험이었다. 하지만 이 작품은 매력적인 스토리에 '홀려' 책장을 넘기다가 자칫 놓칠지도 모르는 여러 장점을 가지고 있다. 독자들이 이 작품을 충분히 즐기는 데 도움이 되기를 바라면서, 그중 가장 인상적이었던 두 가지에 대해 이야기하고자 한다.

첫째는 바로 평범한 사람들이 살고 있는 익숙한 가상의 세계로 독자를 끌어들이는 흡인력이다. 작가는 생기 넘치는 대사와, 외모나 사물을 활용한 재치 있는 묘사로 등장인물들에게 개성을 부여하고, 인물들이 서로를 바라보는 시각을 통해 한 인물의 다양한 면을 보여주기도 한다. 이러한 묘사는 사건이 진행되는 곳곳에 자연스럽게 배치되어 적은 수의 단어와 짧은 문장만으로도 매우 효과적으로 인물들에게 살을 입히고 색을 더한다. 이야기가 진행됨에 따라 인물들의 숨겨졌던 면모가 조금씩 드러나고, 이렇게 완성된 인물들은 어느 순간 나 또는 내 주변 사람들의 익숙한 모습을 하고 내 곁에 '존재'하게 된다.

인물들보다 더 흥미로웠던 것은 작가가 공간을 창조해낸 방식이었다. 작가는 주요 사건들이 벌어지는 공간을 "이케아의 모조품 버전"이라고 소개함으로써 하나의 익숙한 이미지를 떠올리게 한다. 이케아를 전혀 모른다 하더라도 표지와 쇼룸 지도, 그리고 카탈로그처럼 꾸민 각 장의 첫 페이지 등 꼼꼼하게 준비된 다양한 이미지는 금세 오르스크의 골격을 만들어낸다. 그리고 작가는 정확하고 세밀한 묘사로 출입구와 각종 가구, 주차장과 사무실 등을 채워간다. 그렇게 건물을 짓듯 차곡차곡 쌓아 올려진 가상의 공간은 마치 360도 동영상 속의 세상처럼 입체적이고 사실적이다.

소설은 허구지만, 혹은 허구이기에 '실제 있음직함', '정말 그럼직함'을 통해서 독자를 새로운 세상으로 안내하고 공감을 이끌어낸다. 작가는 평범하고 친근한 인물과 정교하고 사실적인 공간을 만들어냄으로써 이 작업을 성공적으로 해냈고, 그 덕분에 독자는 그 안에 존재하는 또 다른 어두운 세상과 참회자들의 존재를 실감나게 즐길 수 있게 된다. 이것이 영리하게 잘 만들어진 세상과 인물의 힘이다.

둘째는 가상의 세계와 내가 살고 있는 실제 세계를 연결시킬 때 비로소 더욱 큰 공포를 느끼게 하는 작품의 시사적 상징성이다. 작가는 본문 첫 줄에서부터 "좀비"라는 단어를 등장시키고, 인물과 공간을 부지런히 창조하는 동안에도 곳곳에 의심스러운 힌트들을 심어놓는다.

작품 중반이 지나도록 이러한 긴장감은 유머 혹은 인물들의 합리적인 추론으로 적절히 가려지고 마치 아무 일도 아닌 것처럼 지나가버린다. 그리고 마침내 "엑토플라즘"이 등장하고 "공장"의 문이 열리는 순간 본격적인 공포 스토리가 시작된다. 하지만 작품의 반이 지난 다음에야 등장하는 이 공포스러운 사건은 일상적이고 평범해 보였던 이전 부분들과 결합하면서 또 다른 차원의 공포를 만들어낸다. 의도적으로 길을 잃도록 설계된 대형 가구 매장과 벽 뒤에 존재하는 어두침침한 미로, 출입문이 고장 나 늘 지켜오던 규칙이 무너진 순간 어찌할 바를 모르고 리더의 손끝만 바라보는 "좀비"들과 자신들을 속박하는 물리적 힘이 사라진 뒤에도 여전히 스스로의 나약함을 기댈 절대자의 규칙에서 벗어나지 못하는 "썩은 고깃덩어리들"이 서로 다르지 않음을 깨닫는 순간 가짜 문 뒤에 숨겨져 있던 세상과 바깥세상의 경계는 없어진다. 또한 고객들에게는 "스스로" 선택할 수 있는 권리를 강조하면서 한편으로는 최면술 같은 전략으로 촘촘한 그물망을 짜 정해진 길을 가도록 유도하는 거대한 존재, 열심히 일함으로써 자유로워지고 구원받을 수 있다고 강변하는 거스를 수 없는 존재, 그리고 스스로 생각하기를 멈추고 나보다 크고 힘 있는 존재에게 나의 선택을 위탁한 존재들과 그 존재들이 만들어낸 여러 층위의 구조들을 확인하는 동안, 소설 속 공포는 우리가 살고 있는 실제 세상 속으로 서서히 손발을 뻗는다.

　이렇듯 가짜 문 뒤의 보이지 않았던 세상과 밝고 질서 있는 가짜 문 바깥의 세상, 그리고 우리가 살고 있는 실제 세상의 경계가 모호해지는 순간, 머릿속에는 갖가지 개인적 경험과 수많은 역사적·사회적 사건들이 떠오를 것이다. 그리고 그 사건을 체험하거나 접한 순간 자신의 입장이 어떠했느냐에 따라 독자들은 다양한 감정을 느끼게 될 것이다. 판단은 각자의 몫이나, 작품 속 결말을 통해 우리는 적어도 작가의 시선이 어디에 머무르고 있는지는 짐작할 수 있다. 소속감이나 동료애에 냉소적이었던 주인공은 숨겨져 있던 세계를 알게 되고, 서로 입장은 달라도 함께 싸워야 할 동료들에게 애착을 느끼면서 부당함을 향한 분노를 표출하고 거대한 벽에 가로막혀 절망을 경험하지만, 결국 다시 "건물 안으로 들어섰다". 그녀에게는 아직 "해야 할 일"이 있었기 때문이다.

이 작품은 요즘 우리 사회에 유행하는 통쾌한 응징의 스토리가 아니다. 물론 속이 시원해지는 카타르시스도 존재하지만 그보다는 다양한 층위에서 현실에 존재하지만 자칫 못 보고 지나칠 수 있는, 혹은 의도적으로 외면해버린 구조를 비추고 그 안에서 살고 있는 다양한 사람들의 시선을 보여준다. 사실 이 작품을 충분히 즐기기 위해 앞의 두 가지를 기억하면서 책을 읽으라는 조언은 필요 없을지도 모른다. 독자들은 작품을 읽는 동안 저절로 매력적인 디자인과 카탈로그 형식의 가구 소개에 눈이 갈 것이고, 꼼꼼하게 그려진 인물과 공간에 빠져들 것이며, 지배와 종속에 관한 다양한 직간접 경험들을 떠올릴 것이다. 어쩌면 이런 장점들이 하나하나 두드러지지 않고, 모든 것을 잊게 만드는 흥미진진한 스토리 속에 녹아서 그 효과만으로 자신의 존재를 드러내는 것이 이 작품의 가장 큰 장점일지도 모르겠다. 그렇다면 앞의 두 가지는 사족이 되어 오히려 독자들이 작품을 다양하게 경험할 기회를 제한하는 것이 될 테니, 소설을 읽기 전에 이 글을 읽게 된 분들에게 사과를 드려야 하겠다. 하지만 이미 밝혔듯 이 작품에는 앞의 두 가지 외에도 수많은 매력이 존재한다. 오르스크의 홍보 문구와 인물들의 대화 속에는 날카로운 아이러니가 섞여 있고, 상황이 급변하는 동안 재난 영화에서나 봄직한 '평범한 영웅'들이 등장하기도 한다. 이처럼 책 곳곳에 배어 있는 다양한 해석의 층위와 색다른 공포를 "스스로" 발견하고 음미하는 것이 이 작품을 충분히 즐기는 최고의 방법이 될 것이다.

Planet Baby

$5 할인권

플래닛베이비 기저귀팩 구매 시 적용

이 할인권은 2018년 7월 27일, 매장 내에서 1회에 한해 사용 가능합니다. 명기된 품목 구매 시 1인당 1매에 한해 사용할 수 있고, 구매 물품 환불 시 할인권의 효과는 상실됩니다. 국내 지점에서만 유효합니다. 자세한 환불 규정 및 기타 조건에 대해서는 고객 서비스센터로 문의 바랍니다.

유효기간 준수

Planet Baby

10% 할인권

영유아 잠옷류 구매 시 적용

이 할인권은 2018년 7월 27일, 매장 내에서 1회에 한해 사용 가능합니다. 명기된 품목 구매 시 1인당 1매에 한해 사용할 수 있고, 구매 물품 환불 시 할인권의 효과는 상실됩니다. 국내 지점에서만 유효합니다. 자세한 환불 규정 및 기타 조건에 대해서는 고객 서비스센터로 문의 바랍니다.

유효기간 준수

Planet Baby

1+1 할인
50% 할인

놓치기 아까운 기회! 서두르세요!

560g 가루형 이유식 전 품목 구매 시 적용

이 할인권은 2018년 7월 27일, 매장 내에서 1회에 한해 사용 가능합니다. 명기된 품목 구매 시 1인당 5매에 한해 사용할 수 있고, 구매 물품 환불 시 할인권의 효과는 상실됩니다. 해당 물품의 수량은 한정되어 있고, 유기농 제품이나 프리미엄 제품은 제외됩니다. 국내 지점에서만 유효합니다. 본 할인권의 복제 및 양도는 사기죄에 해당함을 알려드립니다. 자세한 환불 규정 및 기타 조건에 대해서는 고객 서비스센터로 문의 바랍니다.

Planet Baby

$10 할인권

유아 침구 세트 구매 시 적용

이 할인권은 2018년 7월 27일, 매장 내에서 1회에 한해 사용 가능합니다. 명기된 품목 구매 시 1인당 1매에 한해 사용할 수 있고, 구매 물품 환불 시 할인권의 효과는 상실됩니다. 국내 지점에서만 유효합니다. 자세한 환불 규정 및 기타 조건에 대해서는 고객 서비스센터로 문의 바랍니다.

유효기간 준수

Planet Baby

25% 할인권

아기방 가구 전 품목 구매 시 적용

이 할인권은 2018년 7월 27일, 매장 내에서 1회에 한해 사용 가능합니다. 명기된 품목 구매 시 1인당 1매에 한해 사용할 수 있고, 구매 물품 환불 시 할인권의 효과는 상실됩니다. 국내 지점에서만 유효합니다. 자세한 환불 규정 및 기타 조건에 대해서는 고객 서비스센터로 문의 바랍니다.

유효기간 준수

드디어

Planet Baby
24시간
밤샘 쇼핑
세일!

7월 27일, 플래닛베이비가 바쁜 엄마, 아빠를 위해
24시간 논스톱 쇼핑 찬스를 선물합니다.
아침 6시부터 다음 날 아침 6시까지, 여유 있게 쇼핑하세요!

시간 가는 줄 모르는 즐거움을 약속합니다!

오르스크는
모두에게
더 나은 집을
선사합니다!

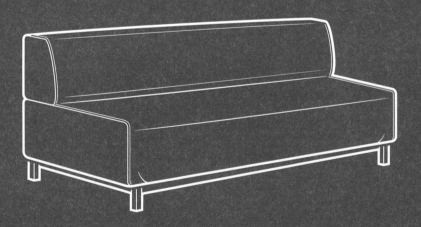

오르스크 USA는 다음 직원들의 헌신적인 노고에 감사를 표합니다.

오르스크 파고 지점의 알렉산더 샐다냐와 클로디아 히폴리토는 관리자들을 도와 지점의 인력 위기 상황을 극복하는 데 기여했으므로 이에 감사를 표합니다.

오르스크는 스타인 모엔과 존 조셉 애덤스를 새 가족으로 맞이했습니다. 스타인 모엔은 유럽연합 법 집행부와의 연락 담당자로, 그리고 존 조셉 애덤스는 오르스크 인스머스 지점의 새 지점장으로 수고해주실 것입니다.

회사를 떠나는 오르스크 라운드 록 지점의 맷 런던에게 작별 인사를 전합니다. 그의 자리는 조던 헤임슬리가 대신할 예정이며, 오르스크는 어려운 자리를 기꺼이 맡아준 조던 헤임슬리에게 감사를 표합니다.

캐나다 전역에서 직원들의 사기를 고양하고 새로움을 이끌어낸 카타리나 플리고리예빅과 콜린 게디스 지사장에게 감사의 뜻을 전합니다.

마지막으로 오르스크 USA는 3개월 전 심야 팀빌딩 훈련 참가 후 실종된 오르스크 노스요크 지점 어맨다 코언의 가족과 그 친구들에게 심심한 위로를 전합니다. 어맨다 코언의 소재와 관련된 정보를 입수한 분은 지체 없이 지역 담당자에게 전달해주시기를 부탁드립니다.

오르스크는 멈추지 않습니다.
오르스크는 잠들지 않습니다.
이제 오르스크가 당신의 집으로 찾아갑니다.

ORSKUSA.COM

어디를 가든 오르스크는 당신 곁에 있습니다. 언제나. 이것은 고객을 향한 오르스크의 약속입니다. 오르스크 웹사이트와 모바일 애플리케이션은 당신이 어디에 있든 당신과 오르스크를 1대 1로 연결해드립니다. 오르스크가 제공하는 드넓은 디지털 세상에 푹 빠져보십시오. 새로운 세상을 경험하게 될 것입니다!

옮긴이_신윤경

서강대에서 영어영문학과 불어불문학을 복수 전공하고, 같은 학교 대학원에서 석사학위를 받았다. 영국 리버풀 종합단과대학과 프랑스 브장송 CLA에서 수학했으며 현재 프리랜서 번역가로 활동하고 있다. 주요 역서로 『청소부 밥』 『소문난 하루』 『마담 보베리』 『포드 카운티』 외 다수가 있다.

호러스토어

초판 1쇄 인쇄 2017년 7월 3일
초판 1쇄 발행 2017년 7월 17일

지은이 | 그래디 헨드릭스
옮긴이 | 신윤경
발행인 | 강봉자, 김은경

펴낸곳 | (주)문학수첩
주 소 | 경기도 파주시 회동길 192(문발동 513-10) 출판문화단지
전 화 | 031-955-4445(마케팅부), 4453(편집부)
팩 스 | 031-955-4455
등 록 | 1991년 11월 27일 제16-482호

홈페이지 | www.moonhak.co.kr
블로그 | blog.naver.com/moonhak91
이메일 | moonhak@moonhak.co.kr

ISBN 978-89-8392-660-9 03840

「이 도서의 국립중앙도서관 출판예정도서목록(CIP)은 서지정보유통지원시스템 홈페이지(http://seoji.nl.go.kr)와 국가자료공동목록시스템(http://www.nl.go.kr/kolisnet)에서 이용하실 수 있습니다.(CIP제어번호: CIP2017015235)」

* 파본은 구매처에서 바꾸어 드립니다.